徐
复
观
全
集

徐复观 全集

中国文学论集续篇

九州出版社

图书在版编目（CIP）数据

中国文学论集续篇 / 徐复观著. -- 北京 ：九州出版社，2013.12（2019.1重印）

（徐复观全集）

ISBN 978-7-5108-2562-0

Ⅰ. ①中… Ⅱ. ①徐… Ⅲ. ①中国文学－文学评论－文集 Ⅳ. ①I206-53

中国版本图书馆CIP数据核字(2013)第304281号

中国文学论集续篇

作　　者	徐复观　著
出版发行	九州出版社
地　　址	北京市西城区阜外大街甲 35 号（100037）
发行电话	(010)68992190/3/5/6
网　　址	www.jiuzhoupress.com
电子信箱	jiuzhou@jiuzhoupress.com
印　　刷	三河市九洲财鑫印刷有限公司
开　　本	650 毫米 ×950 毫米　16 开
插页印张	0.5
印　　张	15.25
字　　数	176 千字
版　　次	2014 年 4 月第 1 版
印　　次	2019 年 1 月第 3 次印刷
书　　号	ISBN 978-7-5108-2562-0
定　　价	38.00 元

徐复观先生与夫人王世高女士，1963 年于东海大学家中庭院

新亞研究所叢刊

徐復觀教授著　薛順雄教授編校

中國文學論集續篇

壹靜果題

臺灣學生書局印行

《中国文学论集续篇》书影

出版前言

徐复观先生的著作散见于海内外多家出版社，选录文章、编辑体例不尽相同。现将他的著作重新编辑校订整理，名为《徐复观全集》出版。

《全集》共二十六册，书目如下：

一至十二册为徐复观先生译著、专著，过去已出版单行本，《全集》基本按原定稿成书时间顺序排列如下：

一、《中国人之思维方法》与《诗的原理》

二、《学术与政治之间》

三、《中国思想史论集》

四、《中国人性论史·先秦篇》

五、《中国艺术精神》与《石涛之一研究》

六、《中国文学论集》

七、《两汉思想史》（一）

八、《两汉思想史》（二）

九、《两汉思想史》（三）

十、《中国文学论集续篇》

十一、《中国经学史的基础》与《周官成立之时代及其思想性格》

十二、《中国思想史论集续篇》。编辑《全集》时，编者补入若干文章，并将原单行本《公孙龙子讲疏》一书收入其中。

十三至二十五册，将徐复观先生散篇文章分类拟题编辑成书：

十三、《儒家思想与现代社会》

十四、《论智识分子》

十五、《论文化》（一）

十六、《论文化》（二）

十七、《青年与教育》

十八、《论文学》

十九、《论艺术》。并将原单行本《黄大痴两山水长卷的真伪问题》一书收入其中。

二十、《偶思与随笔》

二十一、《学术与政治之间续篇》（一）

二十二、《学术与政治之间续篇》（二）

二十三、《学术与政治之间续篇》（三）

（二十一至二十三册是按《学术与政治之间》的题意，将作者关于中外时政的文论汇编成册，拟名为《学术与政治之间续篇》。）

二十四、《无惭尺布裹头归·生平》。并将原单行本《无惭尺布裹头归——徐复观最后日记》收入其中。

二十五、《无惭尺布裹头归·交往集》

二十六、《追怀》。编入亲友学生及各界对徐复观先生的追思怀念以及后学私淑对他治学理念、人格精神的阐明与发挥。

徐复观先生的著作，以前有各种编辑版本，其中原编者加入的注释，在《全集》中依然保留的，以"原编者注"标明；编辑《全集》时，编者另外加入注释的，以"编者注"标明。

为更完整体现徐复观先生的思想脉络，编者将个别文章，在不同分类的卷中，酌情少量选取重复收入。

《全集》的编辑由徐复观先生哲嗣、台湾东海大学徐武军教授，台湾大学王晓波教授，武汉大学郭齐勇教授，台湾东海大学薛顺雄教授协力完成。

九州出版社

二〇一三年十二月

编者前言

　　徐复观教授，始名秉常，字佛观，于一九〇三年元月卅一日出生于湖北省浠水县徐家坳凤形塆。八岁从父执中公启蒙，续在武昌高等师范及国学馆接受中国传统经典训练。一九二八年赴日，大量接触社会主义思潮，后入日本士官学校，因九一八事件返国。授身军职，参与娘子关战役及武汉保卫战。一九四三年任军令部派驻延安联络参谋，与共产党高层多次直接接触。返重庆后，参与决策内层，同时拜入熊十力先生门下。在熊先生的开导下，重启对中国传统文化的信心，并从自身的实际经验中，体会出结合中国儒家思想及民主政治以救中国的理念。年近五十而志不遂，一九五一年转而致力于教育，择菁去芜地阐扬中国文化，并秉持理念评论时事。一九七〇年后迁居香港，诲人笔耕不辍。徐教授于一九八二年四月一日辞世。他是新儒学的大家之一，亦是台、港最具社会影响力的政论家，是二十世纪中国智识分子的典范。

　　我们参与《徐复观全集》的选编工作，是以诚敬的态度，完整地呈现徐复观教授对中华民族的热爱和执著，对理念的坚持，以及独特的人生轨迹。

　　九州出版社出版《徐复观全集》，使得徐复观教授累积的智慧，能完整地呈现给世人，我们相信徐复观教授是会感到非常欣慰的。

王晓波　郭齐勇　谨志
薛顺雄　徐武军

《中国文学论集续篇》，薛顺雄编校，由台北学生书局一九八一年十月初版。

自　序

一

　　这里收录的几篇有关中国文学的文章，并不够印成一部书。去岁在台湾大学附属医院割治胃癌后，自知生命快要结束，于是把未曾汇印过的杂文，交给陈君淑女及曹君永洋，请为我编成杂文续集及外集。把未曾收印到《中国文学论集》中的几篇文章，在养病中重阅一过，有的稍作补充，另外为了纪念友人唐君毅先生，更补写了一篇，一并交给薛君顺雄，请为我编成《中国文学论集续篇》，并将几篇用文言写的文章和若干首诗，附录在后面。其他未成熟的讲稿及《论》、《孟》、《老》、《庄》的零星札记，预定在断气前再赠送与愿意保存的人。古人有自营生圹，作为身后善后的。即使我有此雅兴，也没有这份力量。残稿的安排处理，大概就算是为自己所办的善后了。

　　我颇能论诗，但不能作诗。作诗不仅要多读多作，下一番勤苦锻炼的工夫。并且诗人的精神状态和学人的精神状态，并不完全相同。诗人是安住在感情的世界。他们的理智活动，或因觉其与生命的疏外而随时加以抛弃；或因其对生命的深入而又化归为感情。诗人常以欣赏咏叹的心境来读书，所以读书不求甚解；但也常由欣赏咏叹而能对书有所得。他们与对象的关系，是相融相即的关系。对于对象的表达，是在感发咨嗟中，把对象唱叹描绘出来；越唱叹描绘得入神，越含有作者的性情和面影。学人是安住在理智的世界。他们的感情活动，或因觉其对生命是一种纠缠而加以抑制；或因其对生命的浸透而运用理智来加以处理。学人是以钻研揭露的心境来读书，读书必求甚解。也常因钻研揭露而对书才有所得。他们与对象的关系，是主客分明的关系；对于对象的表达，是在冷静分析中把对象解剖条理出来，越解剖条理得入微，越能显出对象所含的原理、法则。当然，在现实生活中，两种精神状态，常常能作，并且也常常会作自由的转换。但并不是诗人由感情世界转换为理智世界时即可成为学人。同样的，并不是学人由理智世界转换为感情世界时便能成为诗人。转换之后，必须继之以各自不同的工夫，才可得到各自不同的成就。我少年有天资而无志气；中年役精疲神于国政攻取之场；晚年治学，自然走上学人所走的路；我是不会作诗，偶然作一首两首，也多不成熟乃至不合规格，乃必然之事。所以随作随丢，不值得爱惜。此次把偶然记得，及金君达凯为我从《民主评论》上抄录下来的，不惜自暴其丑，附录刊布出来，也是在"善后"的心境中，留下渺小的人生脚印。其余失散的，只好听其随声尘而俱归泯灭了。

二

我从一九五〇年以后，慢慢回归到学问的路上，是以治思想史为职志的。因在私立东海大学担任中国文学系主任时，没有先生愿开《文心雕龙》的课，我只好自己担负起来，这便逼着我对中国传统文学发生职业上的关系，不能不分出一部分精力。偶然中，把我国迷失了六七百年的文学中最基本的文体观念，恢复它本来的面目而使其复活，增加了不少的信心。我把文学、艺术，都当作中国思想史的一部分来处理，也采用治思想史的穷搜力讨的方法。搜讨到根源之地时，却发现了文学、艺术，有不同于一般思想史的各自特性，更须在运用一般治思想史的方法以后，还要以"追体验"来进入形象的世界，进入感情的世界，以与作者的精神相往来，因而把握到文学艺术的本质。这便超出我原来的估计，实比治一般思想史更为困难。可惜我的精力有限，在艺术方面比较有计划、有系统地写了一部《中国艺术精神》，但在文学方面，到一九六五年为止，仅写了八篇文章，汇印成《中国文集论集》；以后每重印一次，便增加若干文章，到一九八〇年的第四版，长长短短的，共增加了十六篇，由原来的三百多页，增加到今天的五百五十七页。

一九六九年秋季，我来香港中文大学新亚书院哲学系担任客座教授。据唐君毅先生告诉我，听我讲中国哲学史课程的学生，在人数上打破了过去的纪录。但我发现，对许多问题，我与唐先生及牟宗三先生的看法，并不相同。为了预防由看法不同而引起友谊上的不愉快，我便要求转开以中文系为主的课，把我的名字也转到中文系；虽然继续开中国哲学史的选课，一直到新亚书院离开农圃道为止，但这中间重新开了《文心雕龙》的课。新亚研究所脱离中文大学独立后，学生人数少，中国哲学方面，由唐、牟两先生负责，唐先生要我专开《文心雕龙》研究，及中国文学批评史研究。我也想借此机会，写一部像样点的中国文学批评史。但为了写《两汉思想史》，费了六年以上的准备时间。到香港时，初步的准备工作，刚刚成熟。若再不动笔，等于前功尽弃。而可以利用作写学术专文的时间，在上课期间，只能抽出两天或一天半，此外便靠寒暑假。我还不断为《华侨日报》写时论性的文章，去岁印成杂文四册。还因兴趣而参与过《红楼梦》的讨论，及引起有关黄公望两长卷山水真伪问题的一番热烈讨论，加上其他有关作品评鉴的文章；总共写了十多万字。这样一来，香港十年，学术上除印行了《两汉思想史》三册，及可作为《两汉思想史》分册的《周官成立之时代及其思想性格》一书外，在中国文学批评方面，只有一、二、三三次的简单而未成熟的讲稿，及一九八○年加印到《中国文学论集》四版中的十六篇文章。我常常忘掉自己的年龄，还想在《两汉思想史》告一段落时，也用独立论文的方式，在中国文学批评史中选择若干关键性的题目，写成十篇左右深入而具纲维性的文章，以完成这一方面的心愿。及去年八月在台北发现胃癌后，知道这一切已成梦想。《续篇》中所收《陆机〈文赋〉疏释》及《宋诗特征试论》，是计划中的一部分。今后假定还能侥幸多活几年，按原定计划再写几篇，加到《续集》的再版中去，那便太幸运了。

三

写这方面的文章，同样应当注重有关资料的收集，这一点，早为时贤所注意。但在这里想特别提出的：每门学问，都有若干基本概念。必先将有关的基本概念把握到，再运用到资料中去加以解析、贯通、条理，然后有水到渠成之乐。中国著作的传统，很少将基本概念下集中的定义，而只作触机随缘式的表达；这种表达，常限于基本概念某一方面或某一层次的意义。必须由完善周密的归纳，虚心平气的体会，切问近思的印证，始有得其全、得其真的可能性。否则或仅能涉及文学周边的若干故事，而不能涉及文学的自身；一涉及文学的自身，辄支离叛涣，放弃自己的立场反成翳蔽。甚至把自己的意思去代替古人的意思。我曾看到某学术机构，出版一厚册研究《文心雕龙》的著作，对原著的基本概念，及由基本概念所形成的结构、系统，毫无理解，却代刘彦和安上许多项目，标出许多名称，不知道把问题扯到甚么地方去了，真令人难以忍受。我的文章，或者在这方面有点贡献。错误的地方，希望能得到指教。

薛君顺雄，性格纯厚而通达。在这方面所下功力之深，积累之富，远在我之上。我想达到而未能达到的愿望，只有寄托在他身上。他为《续篇》的编校尽了许多心力，我想这不应仅是师生间深厚感情的纪念。

一九八一年五月一日徐复观序于休士顿客次

目 录

儒道两家思想在文学中的人格修养问题

　　一九六九年九月，我第二次来香港担任中文大学新亚书院哲学系客座教授（第一次是一九六七年春季），先以"哲学家的任务"为题，作了一次例行的讲演。过了不久，唐君毅先生要我再讲一次，我便选定这里所标出的题目。可以说是"中国哲学与文学之间"的题目。讲完后，反应很热烈。第二天唐先生向我说："复观兄昨天所讲的内容，我们也可以想得到，但若非从你口中讲出，便不会给听者以那种感动。"真的，从内容看，本极寻常，加以在新环境下准备上课材料，时间也非常忙遽，所以没有进一步整理成一篇文章。现唐先生墓有宿草，而我又以衰年得此顽疾（胃癌），每念前尘，感伤不已。现清出当时讲演残稿，略加补缀，凡经十日而成篇。虽论证较讲时稍详，但可给听者以感动的精神气味，已随时间而一去不可复返，每念及此，倍增怅触。

　　　　　　　　　　一九八〇年十一月二十九日灯下补记

一

首先应说明的是，各民族的文学创造，必定受到各民族传统及流行思想的"正、反、深、浅"各种程度不同的影响。中国文学，自西汉后，几乎都受有儒、道两家直接与间接的思想影响。六朝起，又加上佛教。由思想影响，更前进一步，便是"人格修养"。所谓"人格修养"，是意识地，以某种思想，转化、提升一个人的生命，使抽象的思想，形成具体的人格。此时人格修养所及于创作时的影响，是全面的，由根而发的影响。而一般所谓思想影响，则常是片段的，缘机而发的。两者同在一条线上滑动，但有深浅之殊，因而也有纯驳之异。

其次应当说明的是，人格修养，常落实于生活之上，并不一定发而为文章，甚至也不能发而为文章。因为人格修养，可形成创作的动机，并不能直接形成创作的能力。创作的能力，在人格修养外，还另有工夫。同时文学创作，并非一定有待于人格修养。原始文学，乃来自生活中喜怒哀乐的自然感发，再加以天赋的表现才能，此时连思想的影响也说不上，何待于人格的修养。所以各民族原始文学的歌谣，常出现于文字创造之前，即使有了文字以后，也有不识字的人能创造歌谣。及至"文学家"出现，当然要有基本学识，更需要由过去文学作品中获得创作经验，得到创作启发与技巧。愈是大文学家，此种工夫愈为深厚。杜甫说"读书破万卷，下笔如有神"，又勉励他的儿子，应"熟精《文选》理"，都是说明此点，这也可以说是一种"修养"，但这是"文学修养"。文学修养深厚而趋于成熟时，也便进而为人格修养，但也并非以人格修养为创作的前提，乃至基本条件。文学中所反映出的作者的个性（性情），多为原始生命的个性，不一定是由修养而来的个性。

但文学、艺术，乃成立于作者的主观（心灵或精神）与题材的客观（事物）互相关涉之上。不仅未为主观所感所思的客观，根本不会进入于文学艺术创作范围之内。并且作者的主观，是可以塑造而上升或下坠，形成许多不同的层次。进入于创作范围内之客观事物，虽赋予以形象性的表出；但成功作品中的形象性，必然是某客观事物的价值或意味。客观事物的价值或意味，在客观事物的自身，常隐而不显，必有待于作者的发现，这是创造的第一意义。由文学、艺术家发现客观事物的价值或意味，与科学家发现客观事物的"法则"，其间最大不同之点，在于法则只有一个层级，因而有定性定位，一经发现，即固定于一个位置而没有变化。价值意味，则有高低浅深等无限层级，可以说是变动不居的。同一题材的客观事物，可以容纳无数创作的原因在此。对客观事物价值意味所含层级的发现，不关系于客观事物的自身，客观事物自身是"无记"的，无颜色的，而系决定于作者主观精神的层级。作者精神的层级高，对客观事物价值、意味，所发现的层级也因之而高；作者精神的层级低，对客观事物价值、意味，所发现的层级也低。决定作品价值的最基本准绳，是作者发现的能力。作者要具备卓异的发现能力，便必须有卓越的精神；要有卓越的精神，便必须有卓越的人格修养。中国较西方早一千六百年左右，把握到"作品与人"的不可分的关系（见拙著《〈文心雕龙〉的文体论》）。则由提高作品的要求进而提高人自身的要求，因之提出人格修养在文学艺术创造中的重大意义，乃系自然的发展。

二

　　中国只有儒、道两家思想，由现实生活的反省，迫进于主宰具体生命的心或性，由心性潜德的显发，以转化生命中的夹杂，而将其提升，将其纯化，由此而落实于现实生活之上，以端正它的方向，奠定人生价值的基础。所以只有儒、道两家思想，才有人格修养的意义。因为这种人格修养，依然是在现实人生生活上开花结果，所以它的作用，不止于是文学艺术的根基，但也可以成为文学艺术的根基。印度佛教在中国流行后，所给与于文学的影响，常在善恶因果报应范围之内，这只是思想层次的影响，不是由人格修养而来的影响。由人格修养而给文学以影响的，一般都指向佛教中的"禅"。但如实地说，禅所给与于文学的影响，乃成立于禅在修养过程中与道家——尤其是与庄子，两相符合的这一阶段之上。禅若更向上一关，便解除了文学成就的条件。所以日本人士所夸张的禅在文化中、在文学艺术中的巨大影响，实质是庄子思想借尸还魂的影响。试以道家中的庄子与禅宗中的《坛经》，互作比较如下：

　　（1）动机　道：解脱精神的桎梏

　　　　　　　　禅：因生死问题发心

　　（2）工夫　道：无知无欲

　　　　　　　　禅：去"贪、嗔、痴"三毒

　　（3）进境　道："至人之心若镜"

　　　　　　　　禅："心如明镜台"

　　　　　　　　　　　　　　　　　　　中国文学论集续篇

（4）归结　道："故胜（平声）物而不伤"

　　　　　　禅："本来无一物"

由上比较，道与禅，仅在（2）与（3）的两点相同。但禅若仅如
此，便不足以为禅。禅之所以为禅，必归结于"本来无一物"。道
家由若镜之心，可归结为任物，来而不迎，去而无系（"不将不
迎"），与物同其自然，成其大美，此之谓"胜物而不伤"。由此可
以转出文学，转出艺术。禅宗归结为"本来无一物"，除了成就一
个"空"外，再不要有所成。凡文人禅僧在诗文上，若自以为得
力于禅，实际乃得力于被五祖所呵斥，却与道相通的"心如明镜
台"之心，而以此为立足点。既以此为立足点，本质上即是"道"
而非"禅"。所以这里只举道而不及佛，也可以说道已包含了佛。

三

　　从西汉起，儒生已因各种要求，追求儒、道两家的思想，若
就人生、社会、政治而表现于作品之上时，由贾谊起，在一篇作
品中的积极的一面，常是出于儒家。由积极而无可奈何地转为消
极时，便由儒家转入道家。其间大概只有班固是例外。这说明两
汉的大作家已同时受到儒、道两家或浅或深的影响。但汉人常把
儒、道两家由外向内的发掘，发掘到生命中的心或性，再由心或
性向外发皇的工夫历程加以略过，偏于向外的虚拟性的大系统的
构造，不一定把握到心或性的问题，这在道家尤为显著。因此他
们接受的是道家消极的人生态度与方法，但不一定把握到道家的
"虚、静、明"的心；这便不容易由外铄性的思想影响，进而为内

在化的人格修养。对儒家也重在积极性的功用，与人格修养的工夫尚有距离。

经东汉党锢之祸，再加以曹氏与司马氏之争，接着又是八王之乱，知识分子接连受了三次惨烈的打击，于是儒家的积极精神自然隐退，代之而起的是"以无为体"的新形上学，亦即是当时的所谓"玄学"，以此掩饰消极的逃避的人生态度。这是以老子为主的前期玄学。此种玄学影响到文学创作上，便出现了"正始（魏废帝年号）明道（倡明道家思想），诗杂仙心（超出现实世界之心）。何晏之徒，率多浮浅"，及"江左篇制，溺乎玄风。……而辞趣一揆，莫能争雄"（以上皆见《文心雕龙·明诗》篇），用现代的语言表达，这是抽象的哲学诗。这种诗，乃是由道家思想的外铄而来，不是由人格修养的内发而出。

但江左玄风，是以庄子为主。在长期庄学熏陶之下，他们也不知不觉地"撞着了"庄子所提出的"虚、静、明"之心。我在《中国艺术精神》一书的第二、第三、第四各章中，已再三指出，"虚、静、明"之心，乃是人与自然，直往直来，成就自然之美的心，我便说这是艺术精神的主体。所以意识的自然美的发现，及文学艺术理论的提出与发展，皆出现在此一时代。由此再进一步，便是刘彦和在《文心雕龙·神思》篇中为文学所提出的道家思想的人格修养。他说：

> 是以陶钧文思（如陶工用模盘以成器样，此盖塑造提升之意），贵在虚（无成见故虚）静（无欲扰故静）。疏瀹（疏通调畅）五藏（脏），澡雪（成《疏》："犹精洁也。"按不杂则精，不污则洁）精神。

按庄子所提出的心的本来面目是"虚、静、明",此处未言及明,盖虚静则明自见。为了陶钧文思,亦即为了塑造、提升自己文学心灵活动的层级、效能,而贵在能虚能静,以保持心的本来面目,心是身的主宰,这便是意识地以道家思想修养自己的人格,作为提高创作能力的基础。下面两句见于《庄子·知北游》篇,乃达到虚静的修养工夫。这是玄学对文学、艺术,发生了约两百年影响后所达到的一个最高到达点,通过刘彦和的笔写了出来。所以他所提倡的写作态度是"秉心养术,无务苦虑,含章司契,不必劳情"(《神思》篇)。这与陆机《文赋》所提倡的勤苦积极精神成一显明对照。而他的《养气》篇的所谓"养气",上不同于孟子,下不同于韩愈,实乃道家的养生论对文学作者的进言。他认为"率志委和,则理融而情畅。钻砺过分,则神疲而气衰"。更以由三皇到春秋时代,"虽沿世弥缛,并适分胸臆,非牵课才外"。而以"汉世迄今……虑亦竭矣"。他主张"从容率情,优柔适会","吐纳文艺,务在节宣;清和其心,调畅其气,烦而即舍,勿使壅滞。意得则舒怀以命笔,理伏则投笔以卷怀。逍遥以针劳,谈笑以药倦……虽非胎息之迈术,斯亦卫气之一方也"。总结他的意思是"元神宜宝,素气资养,水停以鉴,火静而朗"(以上皆见《养气》篇)。可以说这是前引《神思》篇四句话的发挥。由此可知他对修养问题的见解是统一的。也可以说,他的思想的基底是出自道家。由此再进一步,便只好出家当和尚,于是写《文心雕龙》的刘勰便成为空门的慧地了。

前面已经提到,以道家思想为文学修养之资,便常对人生社会政治采取消极逃避的态度,此时形成创作动力,作为创作对象的,常是指向自然的"兴趣"。刘彦和因此而写出了非常出色的

《物色》篇。他说："是以四序纷回，而入兴贵闲。物色虽繁，而析辞尚简。""尚简"是技巧的问题，"贵闲"则是虚静的心灵状态。何以"入兴贵闲"？他已说过："水停以鉴，火静而朗。"无人世利害关系的自然景物，只能进入于虚静之心而呈现其美的意味。苏东坡《送参寥师》诗"欲令诗语妙，无厌空且静。静故了群动，空故纳万境"，也是这种意思。顺着玄学之流而再下一格的，便是梁简文帝（萧纲）之所谓"文章且须放荡"（《诫当阳公大心书》），由此而"连篇累牍，不出月露之形；积案盈箱，惟是风云之状"（隋李谔上隋文帝书中语）。这正是顺着这一脉流演下来的。

四

若如上所说，则何以许多人认为《原道》篇的"道"，是道家的"自然之道"，而我又坚持《原道》的"道"，指的是"天道"，并且此天道又直接落实于周公、孔子的道呢？这很简单。《原道》篇第一段之所谓"文"，乃指艺术性而言。这段先说"日月叠璧"等，是艺术性的天道。接着说由艺术性的天道所生的万物之灵的人，也生而即具有艺术性，他认为这是自自然然的道理。此处扯不到道家的"自然"上去。

然则刘彦和为什么写《征圣》、《宗经》等篇，并且通过全书看，他非常推重儒家的"圣"与"经"，远在道家之上呢？这里有四点提出加以解释：

第一，儒道两家有一共同之点，即是皆立足于现实世界之上，皆与现实世界中的人民共其呼吸，并都努力在现实世界中解决问题。道家"虚静之心"与儒家"仁义之心"，可以说是心体的两面，皆为人生而所固有，每一个人在现实具体生活中，经常作自由转换而不自觉。儒家发展了"仁义"的这一面，并非必如有的宋儒一样，必须排斥"虚静"的一面。孔子也提出"仁者静"的意境。道家发展了"虚静"的一面，并非必如《庄子》中的《盗跖》篇一样，必须排斥"仁义"的一面。所以老庄提出"大仁"、"大义"，极其究，皆未尝不以天下百姓为心。老庄以后的道家，尤其是魏晋玄学，才孤立于社会之上。儒、道两家精神，在生活实践中乃至于在文学创作中的自由转换，可以说是自汉以来的大统。因此刘彦和由道家的人格修养而接上儒家的经世致用，在他不感到有矛盾。

第二，仅凭虚静之心，可以成就一个人在现实生活中对自然之美的观照，但并不能保证把这种观照写成作品。要把观照所得写成作品，还需要有学问的积累与表现技巧的熏陶。所以彦和在前引四句的后面，接着便是："积学以储宝，酌理以富才（才指表现的能力）。研阅以穷照（研究检阅各家作品，以彻底了解各种文体的变化），驯致以怿辞（由不断练习，以达到表现时文字语言的流畅）。"前两句是学问的积累，后两句是技巧的熏陶，有了这两个条件以充实虚静之心，才能从事于持久的创作。但这已突破了原有道家的羁勒，伸入到儒家的范围。因儒家承传，发展了历史文化，成为学问的大统。彦和在《宗经》篇说："至若根柢槃深，枝叶峻茂……是以往者虽旧，余味日新。后进追取而非晚，前修久用而未先，可谓太山遍雨，河润千里者也。"又说："若禀经以制式，酌雅以富言，是仰山而铸铜，煮海而为盐也。"这并非虚拟的话。并且能以虚静之心，追求学问，只会提高效能，决无所扞格。荀子以心的"虚静而一"，为知"道"的根源条件，即其明证。

第三，彦和是由文学的发展以作文学的批评。所以他主张"沿根讨（求）叶，思转自圆"（《体性》篇）。中国有文字的文学的根，只能求之于儒家的经。他在《宗经》篇说："故论说辞序，则《易》统其首。诏策章奏，则《书》发其源。赋颂歌赞，则《诗》立其本。铭诔箴祝，则《礼》总其端。纪（记）传铭（盟）檄，《春秋》为根。并穷高以树表，极远以启疆。所以百家腾跃，终入环内者也。"这说的正是文学发展的事实。则在文学发展中追求文学的根，自然接上了周、孔。

第四，彦和写《文心雕龙》的基本用心，在于从形式与内容两方面挽救当时文学的衰弊。而形式与内容，刘彦和认为是不可分的。他说"宋初讹而新"（《通变》篇），"自近代辞人，率好诡巧。原其为体，讹势所变"，"密会者以意新得巧，苟异者以失体成怪……新学之锐，则逐奇而失正。势流不反，则文体遂弊"（以上皆见《定势》篇）。"殷仲文之孤兴，谢叔源之闲情，并解散辞体，缥缈浮音。虽滔滔风流，而大浇文意。"（《才略》篇）"自中朝贵玄，江左称盛。因谈余气，流成文体。是以世极迍邅，而辞意夷泰。诗必柱下（老）之旨归，赋乃漆园（庄）之义疏。"（《时序》篇）他对自身所处的宋代，则采"世近易明，无劳甄序"（《才略》篇）的态度；但由一个"讹"字亦可以概括。这类批评，全书随处可见。总之，从形式上说，是因讹势而"失体成怪"，就内容上说，则因玄风而肤浅无用。他要"矫讹翻浅"，不能在"因谈余气"中找出路，而只有"还宗经诰"（《通变》篇）。这便不能不由道家回到儒家的大统，亦即是回到文学的主流。他在《序志》篇的总结说："唯文章之用，实经典枝条。五礼资之以成，六典因之致用，君臣所以炳焕，军国所以昭明。详其本源，莫非经典。

而去圣久远，文体解散。辞人爱奇，言贵浮诡……离本弥甚，将遂讹滥。盖《周书》论辞，贵乎体要。尼父陈训，恶乎异端。辞训之异，宜体于要。于是搦笔和墨，乃始论文。"他当迍遭的世运，未尝无救世之苦心，于是想把文章的形式与内容，挽回到儒家经世致用的大统；但还要保持汉魏以来，抒情及文采上的成就，于是因梦见孔子而发心，以"征圣"、"宗经"为主导，写成《文心雕龙》一书，这与他主张以道家的虚静为文学的修养，并无扞格。我们只要留心现代反孔反儒最烈的人，多是成见最深、胸怀鄙秽之辈，便可反映出虚静之心的意义了。

五

站在文学的立场，自觉地、很明确地，以儒家思想作人格修养工夫的，大概始于韩愈（大历三年至长庆四年，西纪七六八至八二四年）。《唐书·文艺传》序，虽谓"唐有天下三百年，文章无虑三变"，然终唐之世，朝野所通行的，毕竟以承江左余风的骈四俪六之文为主。这种形式僵化了的文章，必然气体卑弱，内容空泛，所以自萧颖士、李华、独孤及、权德舆以来，已开始了古文运动，不断要求以质朴救文弊。但至韩愈而始达到成功，奠定以后发展的基础。唐代在思想上，开国时虽张儒、释、道同流并进之局，但玄宗以后，终以释教为主导。在韩愈以前的古文运动，并未明显地提出与古文形式相应的思想运动，至韩愈则不仅正面提出"文以载道"，要求以文章的内容决定文章的形式，更进一步以儒家的仁义，作为人格修养之资，由道与作者生命自然的融合，发而为文章内容与形式的自然融合，以此达到文章的最高境界。

从这一点说，则苏东坡说他是"文起八代之衰，道济天下之溺"（《韩文公庙碑》），不算没有根据。兹就他《答李翊书》略加申述。

> 将蕲至于古之立言者（古文），则无望其速成，无诱于势利。养其根而俟其实，加其膏而希其光。根之茂者其实遂，膏之沃者其光晔。仁义之人，其言蔼如也。

上文的所谓"古"，是针对当时之"时"而言。所谓"古之立言者"，即是所谓"古文"，是针对当时的骈四俪六的"时文"而言。"时文"是长期的风气，顺着这种风气写文章，是因袭性的，其势易。"古文"是反抗这种风气来写文章，是创造性的，其事难；所以说"无望其速成"。骈四俪六的时文，可以猎取功名，应付官场需要，而古文则没有这种作用，可以说古文是为满足文学自身要求所作的独立性的创造，所以说"无诱于势利"。这种反抗与势利结合在一起的时文，以从事于古文的新创造，必须具有深厚远大的胸襟，以形成持久不变的创造动机，这便必须有人格的修养；这便有后面的一段话。但这还是一般性的陈述。以后他分三段历述自己进程的经验，将上面一般性的陈述加以印证。

> 抑又有难者，愈之所为，不自知其至犹未也。虽然，学之二十余年矣。始者，非三代、两汉之书不敢观（此盖在学习上决然与四六文章的系统分途），非圣人之志不敢存（此盖在趋向上决然不诱于势利）。处若忘，行若遗（此言学习的专一）。俨乎其若思，茫乎其若迷（此言学有所得，但尚未能纯熟）。当其取于心（取其所得者于心），而注于手也

（而宣之于文），惟陈言之务去（此"陈言"指时文的陈腔
滥调而言，指摆脱四六文的一套语言，非泛说），戛戛乎其
难哉（使用时文以外的语言，等于是新创造一套语言，这
是很不容易的事。当时只有他与柳宗元，宋代则要到欧阳
修，才得到成熟）。其观于人，不知其非笑之为非笑也，如
是者亦有年，犹不改。

此段叙述他开始立志之坚毅，取则之高卓，用力之勤苦，创造之
艰辛。此乃在《文心雕龙·神思》篇"积学以储宝"四句的阶段。
但加上了预定的意志与方向，便不同于"积学以储宝"四句的
泛指。

　　然后识古书之正伪（按此处之正伪，系由思想内容言，
不关文献。如他以孔、孟为正，以老、韩为伪）与虽正而
不至焉者（如他以"荀与扬，大醇而小疵"），昭昭然白黑
分矣，而务去之，乃徐有得也（按此指对书中义理确有得
于心，而加以别择）。当其取于心而注于手也，汩汩然来
矣（按此时已经纯熟，故汩汩然来）。其观于人也，笑之则
以为喜（喜自己之为新创），誉之则以为忧（忧其摆脱时文
不尽）。以其犹有人之说者存也。如是者亦有年，然后浩乎
其沛然矣。吾又惧其杂也，迎而拒之，平心而察之（此就
创作时，对内容的权衡取舍而言），其皆醇也，然后肆（发
挥）焉。

上一段乃较前一段更进一步的消化、成熟之功。这已经是由知识

而进入于修养。然此种修养工夫主要乃在临文而始见；换言之，这是创作时的修养。下面一段，则正式进入而为平时（即未创作时）生活的人格修养。

> 虽然，不可以不养也（不可不养之于平时）。行之乎仁义之途，游之乎《诗》《书》之源（源指文字后面的精神）。无迷其途，无绝其源，终吾身而已矣。

以儒家思想，作平日的人格修养，将自己的整个生命转化、提升而为儒家道德理性的生命，以此与客观事物相感，必然而自然地觉得对人生、社会、政治有无限的悲心，有无限的责任。仅就文学创作（不仅限于文学创作）来讲，便敞开了无限创作的源泉，以俯视于蠕蠕而动的为一己名利之私的时文之上。范仲淹《岳阳楼记》中说："嗟夫！予尝求古仁人之心，或异二者（随景物遭遇而或悲或喜）之为，何哉？不以物喜，不以己悲。居庙堂之高，则忧其民；处江湖之远，则忧其君。是进亦忧，退亦忧，然则何时而乐耶？其必曰：'先天下之忧而忧，后天下之乐而乐欤！'"这几句话，庶几可以形容以儒家思想修养人格所得的结果于一二。

六

这里有几点意见须提出加以补充。

第一，文学创造的基本条件，及其成就的浅深大小，乃来自作者在具体生活中的感发及其感发的浅深大小，再加上表现的能力。一个作者，只要有高洁的情操，深厚的同情心，便能有高洁深厚的感发，以形成创作的动机，写出伟大的作品。此时的儒、道乃至其他一切思想，只不过是一种可有可无的外缘。断不可执儒、道两家思想乃至任何其他思想，以部勒古今一切的作品，甚至也不可以此部勒某一家的全部作品，这在诗的范围内尤其明显。但有一点不容忽视的是，一位伟大的作家或艺术家，尽管不曾以儒、道两家思想作修养之资，甚至他是外国人，根本不知道有儒、道两家思想。可是在他们创造的心灵活动中，常会不知不觉地，有与儒、道两家所把握到的仁义虚静之心，符应相通之处。因为儒道所把握的心，不是像希腊系统的哲学一样，顺着逻辑推理向上向前（实际是向外）推出来的，而是沉潜反省，在生命之内，所体验出来的两种基源的精神状态。不从表达这种精神状态的形式、格局着眼，而仅从精神状态的自身去体认，便应当承认"人同此心，心同此理"的判断，任何人可以不通过儒、道两家表现出来的格局，以自力发现、到达与儒、道两家所发现、达到的生命之内的根源之地。世界上伟大作家、艺术家之所以成为伟大，正因为他们能发现、到达得比一般人更为深切。所以我年来常感到，从文学艺术上中西的相通，较之从哲学上中西的相通，实容易而自然。同时，也应指出不仅儒家思想对文学的最大作用，首先是在于加深、提高、扩大作者的感发；即以老庄为主的道家思想，我们试从其原典的放达性的语言中，同样可以听到他们深重叹息之声。不错，他们要从这种深重叹息中求得解放，使精神得一安息之地，由此而下开以"兴趣"为主的山水诗、田园诗。但没有深重的叹息，即没有真正的精神解放感。而"兴趣"与"感发"，两者之间，是不断地互相滑动，并没有不可逾越的界域。不仅受老庄思想影响很大的阮籍的《咏怀》、嵇康的《幽愤》，感发多于兴趣；即在陶渊明的田园诗中，难说仅有兴趣而没有感发？所以一个作者，可以有偏向于感发的作品，也可以有偏向于兴趣的作品。王维的《蓝田》、《辋川》等以兴趣为主的作品，与他的《夷门歌》、《老将行》等由感发而来的作品，气象节律，完全不同，但同出于一人之手，即是很显明的例证。魏晋的玄学诗何以没有价值，因为它既无所感发，甚至也没有真正的兴趣，而只是将玄学化为教条而已。

第二，由韩愈所提倡的"文以载道"，更进而以儒家思想作文学的人格修养，是否束缚了文学发展的问题；换言之，强调了"道德"，是否束缚了"文学"的问题。由乾嘉学派的反宋儒，因而反桐城派的古文，提出此一问题以后，经五四运动以下，逮今日模拟西方反理性的现代文艺派，及在专制下特为发达的歌功颂德派，对这一点的强调，可说是愈演愈烈；以至只要说某种作品是文以载道派，某种作品便被打倒了。我应借此机会，将此问题加以澄清。

首先是，一位作者的心灵与道德规范，事实上是隔断而为二，写作的动机，并非出于道德心灵的感发，而只从文字上把道德规范套用上去，甚至是伪装上出，此时的道德便成为生硬的教条。凡是教条，便都有束缚性、压抑性，自然也束缚了文学应有要求的发展。

其次，假定如前所述，由修养而道德内在化，内在化为作者之心。"心"与"道德"是一体，则由道德而来的仁心与勇气，加深扩大了感发的对象与动机，能见人之所不及见，感人之所不能感，言人之所不敢言，这便只有提高、开拓文学作品的素质与疆宇，有何束缚可言。古今中外真正古典的、伟大的作品，不挂道德规范的招牌，但其中必然有某种深刻的道德意味以作其鼓动的生命力。道德实现的形式可以变迁，但道德的基本精神，必为人性所固有，必为个人与群体所需要。西方有句名言是"道德不毛之地，即是文学不毛之地"，这是值得今日随俗浮沉的聪明人士，加以深思熟考的。

又其次，人类一切文化，都是归结于为人类自身的生存、发展，文学也不例外。假定道德真正束缚了文学，因而须通过文学以反道德，则人类在二者选一的情势之下，为了自身长久的利益，也只有选择道德而放弃文学。以反道德猎取个人利益的黄色作家、黑色作家，我认为与贩毒者并无分别。

其实，真正束缚文学发展的最大障碍的，是长期的专制政治。假定把诸子百家的著作，都从文学作品去加以衡量，则先秦的作品，把《诗经》、《楚辞》包括在内，反成为中国文学发展的高峰。何以故？因为尚没有出现专制政治。东汉文学何以不及西汉，因为开国的局面及言论尺度，西汉较东汉为宽大。宋代文学不如唐；明代文学不如宋；清代除明、清之际及咸光以后的文学外，不如明，是因为专制一代胜过一代。何以在改朝换代之际，反而常出现好的作品，因为此乃新旧专制脱节的时代。中国现代的三十年代作家，何以都失掉了光彩；而歌功颂德、反道德、反人性、反一切文化的作品，何以发展到亘古未有的绝顶，因为专制达到了亘古未有的绝顶。文学的生命是对人世、人类不合理的事物，而有所感发。在专制之下，刀锯在前，鼎镬在后，贬逐饥寒弥满于前后之间，以设定人类良心所不能触及的禁区；凡是最黑暗、最残暴、最反人性的，禁区的禁愈严，时间一久，多数人变麻木了，有的人变为走向反面的爬虫动物了。最好的作家，为了求得生命最低条件的存在，也不能不自觉地或不自觉地限制自己的感发，或在表达自己的感发时，从技巧上委曲求全，以归于所谓"温柔敦厚"。试以大文学家苏轼为例：他于元丰二年（年四十四）三月，由何正臣等人，摭录他的诗文表中若干文字，说他讥讽朝廷，送御史台狱。想在他平日所作的十四首诗中，锻炼成他的死罪，这即是有名的"乌台诗案"。从现在看来，他的诗文中是有偶然露出一点因感发而来的不平之气，若连这点不平之气也没有，还作什么诗呢？但竟因此把这位大天才陷于"魂飞汤火命如鸡"（《狱中寄子由》）的境地。他虽因神宗母亲临终时的解救，改在黄州安置，尔后又贬惠州，再贬琼州，这都是不明不白地受了文字之累。他虽常以道家思想作自己遭遇中的排遣，如前后《赤壁赋》特为显著，但到琼州后，终于不得不以"管宁投老终归去，王式当年本不来"之句，唱出他在专制下毕生的悲愤，这便不是儒、道两家思想所得而担当排遣的。中国历史中无数天才，便在这种专制下压抑以死。不从这种根本地方去了解中国文学乃至整个学术，何以会连续走着退化的路，却把责任推到儒家的道德之教身上，以至今日稍有良知良识的智识分子，"来"无存身之地，"归"无可往之乡，较苏东坡更为悲惨；于此而高谈文学创作，使我不能不有一片苍白迷茫之感了。

宋诗特征试论

一、问题的提出

所谓宋诗特征，是在与唐诗相对比之下所提出的问题，宋人几乎没有贬斥过唐诗，并且宋人也没有不学唐诗的。方虚谷（回，字万里，一二二七至一三〇六年）《送罗寿可诗序》，对宋诗作了一个概括性的叙述：

> 诗学晚唐，不自四灵（永嘉徐照、翁卷、徐玑、赵师秀）始。宋划五代旧习，有白体（或称香山体，即白居易）、昆体（师李义山）、晚唐体。白体如李文正（李昉）、徐常侍昆仲（徐铉、徐锴）、王元之（禹偁，九五四至一〇〇一年）、王汉谋。昆体则有杨（亿，字大年，九七四至一〇二〇年）、刘（刘筠，字子仪）《西昆集》传世（杨编《西昆酬唱集》）。张乖崖（咏）、钱僖公（惟演）、丁崖州（谓）

皆是。晚唐则九僧最逼真。① 寇莱公（准）、鲁三交、林和靖（逋）、魏仲先（野）父子、潘逍遥、赵清献（抃）之父，凡数十家，深涵茂育，气极势盛。欧阳公（修，字永叔，一〇〇七至一〇七二年）出焉，一变而为李太白、韩昌黎之诗。苏子美（舜钦，一〇〇八至一〇四八年）二难（兄舜元）相为颉颃，梅圣俞（尧臣，一〇〇二至一〇六〇年）则唐体之出类者也。晚唐于是退舍。苏长公（轼，字子瞻，一〇三六至一一〇一年）踵欧阳公而起。王半山（安石，字介甫，一〇二一至一〇八六年）修众体，精绝句、古五言或三谢。独黄双井（鲁直，字庭坚，一〇四五至一一〇五年）专尚少陵，秦（观，字少游，一〇四九至一一〇〇年）、晁（冲之、补之兄弟）莫窥其藩。张文潜自然有唐风，别成一宗。惟吕居仁（本中）克肖。陈后山（师道，字履常，一〇五三至一一〇一年）弃所学，学双井，黄致广大，陈极精微，天下诗人北面矣。立为江西派之说者（吕居仁为《江西宗派图》），铨取或不尽然，胡致堂诋之。乃后陈简斋（与义，字去非，一〇九〇至一一三八年）、曾文清（几）为渡江之巨擘。乾淳以来，尤（袤）、范（成大）、杨（诚斋）、

---

① 希昼、保暹、文兆、行肇、简长、惟凤、惠崇、宇昭、怀古，为宋初能诗之九僧。《宋诗纪事》卷九一引"《欧公诗话》：九僧诗集今不传。当时有进士许洞，俊逸士也。尝会诸僧分题，出一纸约曰，不得犯此一字。其字乃山水风云、竹石花草、雪霜星月、禽鸟之类，诸僧搁笔"。方虚谷《瀛奎律髓》卷四七僧怀古《寺居寄简长》诗下批："人见九僧诗，或易之，不知其几锻炼、几敲推，乃成一句一联，不可忽也……宋之盛时，文风日炽，乃有梅圣俞之酝藉闲雅，陈后山之苦梗瘦劲。一专主韵，一专主律；梅宽陈严，并高一世，而古人之诗，半或可废。则其高于九僧，亦人才涵养之积然也。"

　　　　　　　　　　　　中国文学论集续篇

萧（海藻）其尤也……又有一朱文公熹（字元晦，一一三
〇至一二〇〇年）。嘉定而降，稍厌江西。永嘉四灵，复为
九僧旧。晚唐体非始于此四人也。(《桐江续集》卷三二)

　　方氏的话，有的交代得不够清楚，有的则存有偏见，后文将
随处加以补正澄清。但为了对宋诗先有一概括性的了解，这是出
现得早而也是比较详细的材料。由上面的概括，可知宋代的名家
大家，虽好尚取舍以及其归宿各有不同，但很少觉得他们所作的
诗应分成与唐诗是两个不同的壁垒。这与唐人常意识地把六朝与
他们的趋向，划分为两个不同的壁垒的情形是显然不同的。
　　宋人对本朝诗感到不满而提出批评的，在相当早相当长的时
期内已经出现。但包举唐宋两代，作壁垒分明的比较、批评的，
则当始于严羽的《沧浪诗话》。他说：

　　　夫诗有别材，非关书也。诗有别趣，非关理也。然非多
　　读书，多穷理，则不能极其致。所谓不涉理路，不落言筌者
　　上也。诗者吟咏情性也。盛唐诸人，惟在兴趣，羚羊挂角，
　　无迹可求。故其妙处，透彻玲珑，不可凑泊，如空中之音，
　　相中之色，水中之月，镜中之象，言有尽而意无穷。近代
　　诸公，乃作奇特解会，遂以文字为诗，以才学为诗，以议
　　论为诗；夫岂不工，终非古人之诗也。盖于一唱三叹之音，
　　有所缺焉。且其作，多务实事，不务兴致，用字必有来历，
　　押韵必有出处。读之反复终篇，不知着到何在。其末流甚
　　者，叫噪怒张，迕乖忠厚之风，殆以骂詈为诗。诗而至此，
　　可谓一厄也。然则近代之诗无取乎。曰：有之，吾取其合

于古人者而已。国初之诗，尚沿袭唐人。王黄州（王禹偁）学白乐天，杨文公（杨亿）、刘中山（刘筠）学李商隐，盛文肃（盛度）学韦苏州，欧阳公学韩退之古诗，梅圣俞学唐人平淡处。至东坡（苏轼）、山谷（黄鲁直），始自出己意以为诗，唐人之风变矣。山谷用功尤为深刻。其后法嗣盛行，海内称为江西宗派。近世赵紫芝（师秀）、翁灵舒（卷），独喜贾岛、姚合之诗，稍复就清苦之风，江湖诗人多效其体，一时自谓之唐宗。不知止入声闻辟支之果，岂唐诸公大乘正法眼者哉。

严羽上面的话，把盛唐与以苏黄为主的宋诗，作了概括而集中的比较，以"兴趣"为盛唐诗的特征，以"以文字为诗，以才学为诗，以议论为诗"，为宋诗的特征。他以所谓"古人之诗"，实即以"唐人之诗"为评定诗好坏的标准。他说"近代诸公"的诗，"未尝不工，终非古人之诗也"。若宋人之诗，即古人之诗，则宋人何必作诗？这是拘碍不通的观点。严氏好为大言壮语，多似是而非之论，此亦其一例。但他把唐诗、宋诗提出作比较，认为各有其特征，给后来论诗者以莫大的影响。明代先以李梦阳、何景明为首，后以李攀龙、王世贞为首的前后七子，打出诗必盛唐的旗帜，主持明代诗坛者凡百余年之久。他们都以宋诗为不值一顾。李攀龙《古今诗删》一书，将明诗直承唐诗，不采录宋诗一首。屠隆、陈子龙，已开始不满前后七子，但屠隆《鸿苞集》卷一七，亦谓"宋诗河汉，不入品藻"。陈子龙《陈忠裕全集》卷二五《皇明诗选》序中谓宋诗与明诗，不是"同类"而是"异物"。这中间应受有《沧浪诗话》的影响。但公安派袁宏道《瓶花斋集》

卷九《答陶石篑》，及陶望龄《歇庵集》卷一五《与袁六休书》之三，黄宗羲选《明文授读》卷三六所载叶向高《王亦泉诗序》，卷三七所载何乔远《郑道圭诗序》、《吴可观诗草序》，和曾异撰《徐叔亨山居次韵诗序》，都推崇宋诗，有的且将苏轼的地位，推重到杜甫之上。明末清初，虽然王夫之、吴乔们仍提倡唐诗，但黄宗羲、吕留良、吴之振、陈讦等人，更提倡宋诗；①吕、吴两氏合撰《宋诗钞》，以不"近唐调"为标准，而以"尽宋人之长，使各极其致"为标准，乃得风行一时，宋诗大盛。王士祯出而承严沧浪的余绪，倡神韵之说，沈德潜以格律继之，唐诗又为坛坫主盟，但王士祯对黄山谷极为推重。及同光体出，②而宋诗复尊，其影响及于民国初年，陈石遗（衍）遂作《石遗室诗话》以为推毂。由此可知，唐、宋两代之诗，必各有其特征，且各有其所至，乃出现这种迭盛迭衰，互为起伏的现象。在这里，想把宋诗的特征，作概略而尝试性的讨论。

二、宋诗特征基线的画出者

一代的诗，常因它的风格不同，可以区别为若干时期。在同一时期的各家中，亦各有面貌，风格并常不一致。现在要概括有

---

① 以上乃转用钱锺书《宋诗选注》序页一二注（二）的材料。我没有去查他所根据的原典。钱氏以通博见称，其言当可信。

②《石遗室诗话》卷一："道（道光）咸（咸丰）以来，何子贞（绍基）、祁春圃（寯藻）、魏默深（源）、曾涤生（国藩）、欧阳磵东（辂）、郑子尹（珍）、莫子偲（友芝）诸老，始喜言宋诗。何、郑皆出程春海侍郎恩泽门下。湘乡诗文字，皆私淑江西。"又"丙戌在都，始知有嘉兴沈子培者，能为同光体。同光体者，余戏目同（同治）光（光绪）以来诗人，不专宗盛唐者也"。

宋一代，提出他们的共同特征，是不合理而且几乎近于不可能之事。但昔人所说的宋诗，实际是指几位有代表性的作家及其影响所及者而言。更具体地说，是指想摆脱唐人的面貌，呼吸在自己时代的空气中，投出自己的精神气力，以创作自己所要求的诗的人们而言。假使从有代表性的作家中间，舍其小异，以抽出其共同的方向，共同的风规，以作为宋诗的特征，或者亦有其可能。我在这里，将前人有关的评论，稍加整理，看能不能从综合中抽出比较可信的共同基线。

前引严羽所说的话，实以苏东坡、黄山谷二人为宋诗的代表，尤其是黄山谷，这大抵是不错的。但摆脱唐人的面貌，以成就宋诗特征的，不始自苏黄两人。同时，前面也说过，连苏黄在内，宋代诗人几无一不受唐代某些诗人的影响。但这里有两点应特别指出：第一，完全没有传承的创造，在文化上几乎是不可能的。问题是看他能不能由传承走向创造。例如宋周紫芝《见王提刑》书谓姑溪李先生尝为苏东坡之客，紫芝向他问作诗之法，"姑溪笑曰：仆尝闻苏先生之言矣，先生谓吾诗学李太白（按此语不太可信）。某（紫芝）应之曰：以今日观之，自是两家"（《古今尺牍大观》中编一）。苏学李白而"自是两家"，便是苏由传承走向了创造。又如王阮亭谓"山谷虽脱胎于杜，其天姿之高，笔力之雄，自辟庭户"。吴孟举（之振）谓"山谷荟萃百家句律之长，究极历代体势之变，自成一家，虽只字半句不轻出"（《宋诗钞·山谷诗钞》小序，语出《后村先生大全集》卷九五），较苏轼创造之功更为勤苦。第二，他们所法的唐人，乃与其资性及其时代精神相近之唐人，山谷《大雅堂记》（《豫章黄先生文集》卷一七）谓："余欲尽书杜子美两川夔峡诸诗刻石，藏蜀中好文喜事之家。"是山谷所喜者为愈老愈"剥落"（见后）之杜诗。换言之，他们实际是以自己为主体，在传承中作了选择。

概略地说，宋诗特征的形成，在苏黄以前，应举出梅尧臣、苏舜钦、欧阳修、王安石四人。在梅、苏尚未出来以前，宋诗是九僧及白体、昆体的天下。尤其是昆体支配坛坫凡四十年之久。"君谟以诗寄欧公，公答云，先朝刘、杨风采，耸动天下，至今令人倾想。"即指此而言。欧极推崇梅、苏两人，便是因为他两人在昆体华赡的诗风中能投袂而起，《宋诗钞·宛陵诗钞》（梅尧臣集）小序引"龚啸云，去浮靡之习于昆体极弊之余，存古淡之道于诸大家未起之先，此所以为梅都官诗也"。又《宋诗钞·沧浪集钞》（苏舜钦集）小序引"刘后村谓其歌行豪于圣俞，轩昂不羁，如其为人。及蟠屈为吴体，则极平夷妥帖，盖宋初始为大雅，于古朴中具灏落淳畜之妙，二家（梅、苏）所同"。叶梦得《石林诗话》谓"欧阳文忠公诗，始矫昆体，以气格为主，故其言多平易疏朗"。《宋诗钞·欧阳文忠诗钞》小序"其诗如昌黎，以气格为主。昌黎时出排奡之句，文忠一归之于敷愉，与其文相似也"。方植之《昭昧詹言》"学欧公作诗，全在用古文章法"。李调元谓"欧诗全是有韵古文"（黄节《诗学》页一○），胡应麟《诗薮·外编》："六一（欧阳修）虽洗削西昆，然体尚平正……至介甫（安石）创撰新奇，唐人格调，始一大变。苏黄继起，古法荡然。推原科斗时事，实舒王（介甫后封舒王）生此厉阶。其为宋代祸，盖不特在青苗法也。"《宋诗钞·临川诗钞》小序："安石少以意气自许，故诗语惟其所向，不复更为涵畜。后从宋次道尽唐人诗集，博观而约取，晚年始悟深婉不迫之趣。然其精严深刻，皆步骤老杜所得。而论者谓其有工致，无悲壮，读久，则令人笔拘而格退，余以为不然。

安石遣情世外，其悲壮即寓闲淡之中。独是议论过多，亦是一病矣。"

上面所述梅、苏、欧、王诸人的风格，并不完全相同，但有一共同倾向，即是要从唐人比较浓丽膏腴的风格中摆脱出来，甚至在用意用字上，也想从唐诗惯用的格套中摆脱出来，以开辟出新的境界。梅尧臣常语人谓："凡诗意新语工，得前人所未道者，斯为善矣。必能状难写之景，如在目前；含不尽之意，见于言外，然后为至也。"即是此意。所以朴素雅淡、清新平易，是他们诗的共同特征。苏子美诗豪放，但豪放中依然是平夷妥帖。对宋诗的特征而言，如后所述，他们画出了一条基线。在这里必须一提的，自徐铉兄弟及王禹偁们的"白体"后，因白乐天诗的风格与时代新精神相合，他在宋诗中，不知不觉地有如绘画的粉本，各家在此粉本上，再加笔墨之功，前人谓欧阳修学韩愈而兼及白居易，实则在他的作品中，可以看出白居易而不易看出韩愈。苏轼在"留别杭州三绝句"的标题序中谓"平生自觉出处老少，粗似乐天"，遂唱出"出处依稀似乐天"之句；我们不难看出在他的近体诗中所浮出的白诗的面影。黄山谷用乐天诗作《黔南诗》，他自己的解释是"少时诵熟，久而忘其为何人诗也"（《道山清话》）。《艇斋诗话》，亦记有他用乐天诗三则。我怀疑北宋诗人，都有白诗的底子。这是言宋诗特征，为前人所忽的。而积极奠定宋诗基础的，应推王安石。王安石学博才高，思深律严，晚年所走路数，与山谷相同，而学问才气及胸次远过于山谷。宋诗之特征，至他而始完备。后人对宋诗所作或好或坏的批评，皆可在他的诗中看出。因宋人多反对他的新政，所以他在诗方面的影响，远不及黄山谷。但宋人论诗，亦常将王、苏、黄三人并称。如《后山诗话》：

"王介甫以工，苏子瞻以新，黄鲁直以奇。"《王直方诗话》："……造语之工，至于舒王（王安石）、东坡、山谷，尽古今之变。"《冷斋夜话》卷一言"换骨夺胎法"，宋人惟引王、苏、黄三人为例。卷四云："用事琢句，妙在言其用，不言其名耳。此法唯荆公、东坡、山谷三老知之。"由此亦可窥见王安石在宋诗中的地位。《石林诗话》："王荆公晚年诗律尤精严。造句用字，间不容发。然意与言会，言随意遣，浑然天成，殆不见有牵率排比处。如'含风鸭绿鳞鳞起，弄日鹅黄袅袅垂'，读之初不觉有对偶。至'细数落花因坐久，缓寻芳草得归迟'，但见舒闲容与之态耳。而字字细考之，若经檃栝权衡者，其用意亦深刻矣。"此其一端。杨亿谓杜甫为村夫子，欧阳修法韩愈而兼及白居易，不喜杜甫。昔人有谓王安石法韩愈，但他实倾心于杜甫，他对韩愈有诗谓："力去陈言夸末俗，可怜无补费精神。"对杜则有诗谓"吾观少陵诗，谓与元气侔"，由此可见他对两人的评价。《唐子西文录》："王荆公五言律，得子美句法。其诗云，地蟠三楚大，天入五湖低。"仅以句法言与杜之关系，未免失之于浅。可以说，山谷对诗的要求，他自己或未能达到，而安石却早已达到了。正因为如此，所以在宋诗话中，王黄并称，且多于苏黄并称，而山谷的服膺安石，实在服膺东坡之上。《垂虹诗话》谓："山谷尉叶县日，有'俗学近知回首晚，病身全觉折腰难'之句，半山老人见之，击节称赏……遂除北都教授。"而《道山清话》记王介甫改杜甫"天阙象纬逼"之"阙"为"阅"，"黄鲁直对众极言其是。贡父闻之曰，直是怕他"。实则此乃由"服他"而来。《习学记言》卷四七言唐五七言律有"匀致丽密，哀思宛转"，及杜甫的"以功力气势，掩夺众作"的二体。而谓："王安石、黄庭坚，欲兼用二体，擅其所长，然终不能庶几唐人。"叶适的话中流露出两种意思：一是王、黄二人的用心相同，一是二人的作品与唐诗划界。因用心相同，所以山谷对自己与王的造诣之所至，是冷暖自知的。"陈无己云，山谷最爱舒王'扶舆度阳羡，窈窕一川花'，谓包含数个意"（《王直方诗话》），山谷曾效荆公六言诗（《高斋诗话》）。《咏淮阴侯》诗，荆公与山谷，"事同意同"（《能改斋漫录》卷一〇《议论》），当系由山谷熟读王诗而暗合。山谷又曾效荆公《游石牛洞》六言诗。石牛洞有山谷寺，因自号"山谷道人"，"略寓景行之意"。《次韵荆公西太一宫壁诗》，而叹"真是真非安在"。《有怀半山老人再次韵》诗则云"草玄不妨准《易》，论诗终近《周南》"，"推许至矣"（以上见张佩纶《涧于日记》"光绪己丑三月初七日"条）。又神宗挽词，以箕子比荆公（同上，"三月十六日"）。惜"王介甫刻意于文，而不肯以文名。究心于诗，而不肯以诗名"（《寓简》卷八），所以他论文论诗的文字绝少，诗的声气远不及山谷，本文遂不得不以山谷为中心。但由上所述，断不能忽视他在宋诗中的重要地位。

三、黄山谷在宋诗中的地位及杜诗的影响

现在应谈黄山谷在宋诗中的地位及杜甫对他的影响。宋谢枋得《与刘秀岩论诗》书："次选黄山谷、陈后山两家诗，各编类成一集。此两家乃我朝诗祖。"《瀛奎律髓》卷一陈简斋《与大光同登封州小阁》诗下方虚谷批："老杜诗为唐诗之冠，黄、陈（后山）诗为宋诗之冠。黄、陈学老杜者也。嗣黄、陈而恢张悲壮者陈简斋也，流动圆活者吕居仁也，清劲洁雅者曾茶山（几）也……"又晁君成《甘露寺》下方虚谷批："惟山谷法老杜，后山弃其旧而

学焉,遂名黄、陈,号江西派,非自为一家也,老杜实初祖也。"连理学家陆九渊在《与程帅》书中也说:"杜陵之出,爱君悼时,追蹑风雅;而才力宏厚,伟然足以镇浮靡,诗家为之中兴。自此以来,作者相望,至豫章(山谷)而益大肆其力。包含欲无外,搜抉欲无秘,体制通古今,思致极幽渺。贯穿驰骋,工力精到。一时如陈(后山)、徐(师川)、韩(子苍)、吕(居仁)、三洪(龟父、驹父、玉父)、二谢(无逸、幼槃)之流,翕然宗之,由是江西遂以诗社名天下,虽未极古之源委,而其植立不凡,斯亦宇宙之奇诡也。"(《象山先生全集》卷七)由此可知,吕居仁作《江西宗派图》,列山谷而下,共二十六人,欲以此概括一代诗的主流,殆亦非全出于门户之见。二十六人中有十一人非江西人,刘克庄及后人,多以此为疑,我则认为吕氏的"江西"两字,实指山谷;所谓江西诗派,其真意乃谓山谷诗派。刘克庄(后村)《江西诗派小序》:"国朝诗人,如潘阆、魏野,规规晚唐格调,寸步不敢走作。杨、刘则又专为昆体,故优人有寻拈义山之诮。苏(子美)、梅(尧臣)二子,稍变以平淡豪俊,而和之者尚寡。至六一(欧阳修)、坡公,巍然为大家数,学者宗焉。然二公亦各极其天才笔力之所至而已,非必锻炼勤苦而成也。豫章(山谷)稍后出,荟萃百家句律之长,究极历代体制之变,搜猎奇书,穿穴异闻,作为古律,自成一家,虽只字半句不轻出,遂为本朝诗家宗祖,在禅学中,比得达摩,不易之论也。"但吕居仁、刘克庄两氏仅就北宋而言。南宋大家杨万里(诚斋)、陆游(放翁),皆传山谷一脉,范成大(石湖)晚学苏黄,姜夔(白石)则初学山谷,晚年则否(以上取自黄节《诗学》页一五至一六)。由此亦可知其衣被之广。所以黄山谷是了解宋诗特征的中心人物。

山谷学杜甫，山谷派下，遂无不以杜为宗极。诗话至宋而极盛，在宋代诗话中，以谈杜诗者为最多，其原因在此。然则杜诗是在哪些方面给山谷乃至宋诗以影响，由下面所引材料加以考察。

（一）《后山诗话》："学诗当以子美为师，有规矩可学。"

（二）《草堂诗话》："临川王介甫曰，老杜云，'诗人觉来往'，下得'觉'字大好。'暝色赴春愁'，下得'赴'字大好。只见吟诗要一字两字工夫也。"又："东莱吕居仁曰，诗每句中须有一两字响。如子美'身轻一鸟过'，'飞燕受风斜'。'过'字、'斜'字，皆一句响字也。"

（三）《苕溪渔隐丛话前集》卷四七："张文潜云，以声律为诗，其末流也。而唐至今诗人谨守之。独鲁直一扫古今，出胸臆，破弃声律。作五七言，如金石未作，钟磬声和，浑然有律吕外意。近来作诗者颇有此体，然自吾鲁直始也。苕溪渔隐曰，古诗不拘声律，自唐至今诗人皆然，初不待破弃声律。诗破弃声律，老杜自有此体。如《绝句漫兴》、《黄河》、《江畔独步寻花》、《夔州歌》、《春水生》，皆不拘声律，浑然成章，新奇可爱，故鲁直效之……文潜不细考老杜诗，便谓此体自吾鲁直始，非也。鲁直诗本得法杜少陵，其用老杜此体何疑。老杜自我作古，其诗体不一，在人所喜，取而用之……"

（四）又："《禁脔》云，鲁直换字对句法，如'只今满座且尊酒，后夜此堂空月明'……其法于当下平字处，以仄字易之，欲其气挺然不群，前此未有人作此体，独鲁直变之。苕溪渔隐曰，此体本出于老杜。如'宠光蕙叶与多碧，点注桃花舒小红'……似此体甚多，非鲁直变之也。"

（五）《瀛奎律髓》卷四七韩昌黎《广宣上人频见过》：
"三百六旬长扰扰，不冲风雨即尘埃。久为朝士无禅益，空
愧高僧数往来。学道穷年何所得，吟诗竟日不能回。天寒
古寺游人少，红叶窗前有几堆。"方虚谷批："自齐、梁、
陈、隋以来，专于风光雪月、草木禽鱼，组织绘画，无一
句雅淡，至唐犹未尽革。而晚唐诗料，于琴棋僧鹤、茶酒
竹石等物，无篇不犯。昌黎大手笔也。此中四句，却只如
此枯槁平易，不用事，不状景，不泥物，是可以非诗訾之
乎。此体惟后山有之，惟赵昌父有之。学者不可不知也。"
纪晓岚批："昌黎不尽如是，大手笔不尽如是也。此种议论，
似高而谬。循此以往，上者以枯淡文空疏，下者方言俚语，
插科打诨，无不入诗。才高者轶为野调，才弱者流为空腔。
万弊丛生，皆江西派为之作俑，学者不可不辨之。"

按唐律中间两联，多以一联写景，以一联言情，虚谷极思打
破此既成格套，故上面对韩诗，仅就中四句立论，以与当时反江
西派者相抗。实则昌黎此诗，就全首而论，乃以议论为主，而运
以单行之气。论韩诗，亦通于论杜诗。纪批的重点是在不尽如是
上面。方、纪两人的不同乃在一宗宋，一宗唐。

（六）又僧如璧《次韵答吕居仁》，方虚谷批："……
三、四（'我已定交木上座，君犹求旧管城公'）老杜句法，
晚唐人不肯下。五、六（'文章不疗百年老，世事能排双
颊红'）亦出于老杜，决不肯沾花贴叶，如画画，如鳖砌墙

也……"纪批："可谓之山谷句法。不可谓老杜句法。江西亦有佳处，然自是别派。牵引老杜，依草附木耳。"

按只应谓老杜有此句法，而非全用此句法。

（七）又杜甫《因许八奉寄江宁旻上人》诗："不见旻公三十年，封书寄与泪潺湲。旧来好事今能否？老去新诗谁与传。棋局动随幽涧竹，袈裟忆上泛湖船。闻君话我为官在，头白昏昏只醉眠。"纪晓岚批："一气单行，清而不弱，此后山诸人之衣钵，为少陵之嫡派者也。然少陵无所不有，此其一体耳。"

（八）又卷一〇杜甫《春日江村》五首，方虚谷批："或问老杜诗如此等篇，细观似亦平易。自山谷始学老杜，而后山继之。山谷学老杜而不为，此后山之言也，未知不为如何。后山诗步骤老杜，而深奥幽远……必至三看四看而犹未深晓，何如者耶？曰，后山述山谷之言矣，譬之弈焉，弟子高师一着，始及其师。老杜诗所以妙者，全在阖辟顿挫耳。平易之中有艰苦。若但学其平易，而不从艰苦求之，则轻率下笔，不过如元白之宽耳。"

（九）杜甫居夔州时有绝句："堂前扑枣任西邻，无食无儿一妇人。不为困穷宁有此，只缘恐惧转相亲。"陈衍《石遗室诗话》（卷一）谓此诗："开宋人无限法门。世徒赏其带甲满天地，致此自僻远而已。"

前引刘克庄《江西诗派小序》中谓六一、坡公，非锻炼勤苦而成，意谓黄山谷系由锻炼勤苦而成，最为了解山谷作诗的历程。学诗首须找到门径，始能下得锻炼勤苦之功。（一）说杜诗有规矩，即是有门径可循，所以可学。山谷未尝不推重李白。但"余评李白诗，如黄帝张幕于洞庭之野，无首无尾，不主故常，非墨工槃人所可拟议"（《豫章黄先生集》卷二六《跋李白诗草后》）。这说明大天才的诗，无规矩可见，故不易学。但山谷依然是要由有规矩而至于忘规矩，以归于"无意于文"（《大雅堂记》）。而（八）中方虚谷引陈后山谓"山谷学杜而不为"之语，此最可窥山谷的用心。《瀛奎律髓》卷一〇杜甫《春远》诗方虚谷批："大抵老杜集，成都时胜似关辅时。夔州时诗，胜似成都时。而湖南时诗，又胜似夔州时。一节高一节，愈老愈剥落也。"方氏的话，说得有些拘滞。但山谷们的确是学老杜晚年的诗。而"愈老愈剥落"，"剥落"两字，足见杜诗的用心，尤其足见山谷诗的用心，则是无可疑的。山谷《别杨明叔》诗，"皮毛剥落尽，惟有真实在"。此"剥落"一词之所自出。所谓皮毛是指"诗缘情的绮靡"的飘浮在表面的声色而言。必须先能把握到皮毛，乃有剥落可言。前引（五）、（六）、（七）、（九）皆可谓为"不肯沾花贴叶"，剥落尽净之诗。此种诗疏淡平易，容易流于庸俗。（八）中方氏的话，对山谷的用心与工力，说得很深切。剥落尽净之诗，其性格与古文为近，所谓"单行之气"、"气格"、"议论"，乃此类诗的自然结果。山谷谓杜甫晚年之诗"乃在无意于文"。无意于文，乃剥落尽净之文。惟杜甫必需"读书破万卷"，山谷必需学行精勤，然后有剥落的力量，然后剥落后能显出本色的精光。（三）言山谷学杜之"拗体"，此为杜之一体，亦为黄之一体，其非"拗体"之诗，乃占多数。（四）则言从老杜学句法。在这种拗体及句法中，可以看出他们锻炼勤苦之意。而其用心，则正如山谷所说的"宁律不谐而不使句弱，用字不工而不使语俗"（见后）。陈后山所说的"宁拙无巧，宁朴无华，宁僻无俗"（《后山诗话》）也是此意。

但这里因方虚谷常说"黄山谷专学杜"这类的话，可能引起误解。吕居仁的《江西宗派图》，以黄山谷为这一宗派之祖。到了方虚谷，在《瀛奎律髓》中，则立"一祖三宗"之说，《四库全书总目》在《瀛奎律髓》卷四九下谓："方氏大旨批西昆而主江西。倡为一祖三宗之说。一祖者杜甫。三宗者黄庭坚、陈师道（后山）、陈与义（简斋）。"此说对后来谈宋代诗史的人，与《江西宗派图》，得到同样的重视。实则两说的用意并不相同。吕说的用意，在指出黄山谷在宋诗中系开宗立派的地位。方氏则局量较吕为小，对诗则实将后山推置于山谷之上。他抬出杜甫为祖，以取代山谷的"祖"的地位，而将山谷列为三宗之一，以与后山、简斋的地位拉平，以见江西派全出于杜，由此而将诗的发展渊源，专集注在他的性之所好的杜诗上面。实则杜诗既不仅衣被江西，而江西亦并非专把取于杜。山谷在《大雅堂记》中说杜甫晚年的诗是"无意而意已至"，所谓"无意而意已至"，如前（七）、（九）所引之例，素朴真挚而自然。山谷认为，要体认到这种境界，"非广之以国风雅颂，深之以《离骚》、《九歌》，安能咀嚼其意味，闯然入其门耶"。这分明说，要体认到杜诗的最高境界，还要在《诗经》、《楚辞》上用功夫。从山谷全般的有关文字看，他推重建安，推重陶渊明。他对杜甫仅推重其晚年作品，而对陶则作全面的推重，并且也推重庾信。对唐代诗人，特推重陈子昂、李白、韩愈、柳宗元、刘禹锡。如前所述，他曾熟读白乐天诗。在文章上则特推重《礼记》中的《檀弓》、司马迁的《史记》及韩愈文。由有文字可考的材料以推测他之所取资，实际对好作家、好作品，他几乎都肯定了。作《江西宗派图》的吕居仁，承山谷的衣钵最为真切。由他对学诗的主张，也可以窥见山谷诗学的规模。他《与曾吉甫论诗第一帖》中有谓："楚辞、杜（甫）、黄（山谷），固法度所在。然不若遍考精取，悉为吾用，则姿态横出，不窘一律矣。如东坡、太白诗，虽规摹广大，学者难依，然读之使人敢道，澡雪滞思，无穷苦艰难之状。"（《苕溪渔隐丛话前集》卷四九）由此可知，必资取百家，然后能成一家之学，学诗亦不例外。特举出以破除由方虚谷之言所引起的误解。

四、黄山谷的诗论

欲知山谷之诗，应先知山谷的诗论。由山谷的诗论，可以对后人所作有关批评的是否恰当，提供一个准确的权衡。元遗山《论诗绝句三十首》中有一首云："古雅难将子美亲，精纯全失义山真。论诗宁下涪翁（山谷）拜，未作江西社里人。"可知金、元时已开始瞧不起宋诗。遗山之"未作江西社里人"，与他个人的好尚及时代风气皆有关系。但对于山谷的诗论，则是非常推服的。山谷生活很严肃，治学很精勤，下笔很谨慎，他论诗论画，殆无一不精审。兹将诗论有关的材料简录在下面：

（一）《答李几仲书》："足下之句，实有以激衰懦而增高明也。若刻意于德义经术，所至当不止此耳……天难于生才。而才者须学问琢磨，以就晚成之器。"（《豫章黄先生文集》卷一九）

（二）《答王子飞书》："陈履常（后山）正字，天下士也。读书如禹之治水，知天下之络脉，有开有塞，而至于九川涤原，四海会同者也。其作诗渊源得老杜句法。"（同上）

（三）《与王观复书》："所送新诗，皆兴寄高远。但语生硬不谐律吕，或词气不逮初造意时，此病亦只是读书不精博耳。长袖善舞，多钱善贾，不虚语也。好作奇语，自是文章病。但当以理为主。理得而辞顺，文章自然出群拔萃。观杜子美到夔州后诗，韩退之自潮州还朝后文章，皆不烦绳削而自合矣。往年尝请问东坡先生作文章之法。东坡云，但熟读《礼记·檀弓》当得之。既而取《檀弓》二篇，读数百遍，然后知后世文章不及古人之病，如观日月也。文章盖自建安以来，好作奇语，故其气象衰苶，其病至今犹在。唯陈伯玉、韩退之、李习之，近世欧阳永叔、王介甫、苏子瞻、秦少游，乃无此病矣。"（同上）

（四）又："所寄诗多佳句，犹恨雕琢功多耳。但熟观杜子美到夔州后古律诗，便得句法。简易而大巧出焉，平淡而山高水深，似欲不可企及。文章成就，更无斧凿，乃为佳作耳。"（同上）

（五）《答洪驹父书》："自顷尝见诸人论甥之文学，他日当大成，但愿极加意于忠信孝友之地。……不但用文章照耀今古。"（同上）

（六）又："诸文亦皆好，但少古人绳墨耳。可曾熟读司马子长、韩退之文章。凡作一文，皆须有宗有趣，终始关键，有开有阖……东坡文章妙天下，其短处在好骂，慎勿袭其轨也。……更须治经，深其渊源，乃可到古人耳。青琐祭文，语意甚工，但用字时有未安处。自作语最难。老杜作诗，退之作文，无一字无来处。盖后人读书少，谓韩、杜自作此语耳。古之能为文章者，真能陶冶万物，虽取古人之陈言，入于翰墨，如灵丹一粒，点铁成金也。文章最为儒者末事。然索学之，又不可不知其曲折，幸熟思之。至于仰之使高，如泰山之崇崛……又不可守绳墨令俭陋也。"（同上）

按山谷谓杜诗韩文，无字无来历，乃在指出他们采用词汇之广博。采用词汇所以要广博，则系因"自作（造）语最难"，以致"用字时有未安处"。"自作语最难"，乃甘苦经验之谈，并非不应自作语。这里所说的乃是选词的问题，决非是用典的问题。诗的语言，是要求最精约深婉的语言。从浩瀚的典籍中搜罗适当的词汇，以达到在表现上精约而深婉的目的，这是诗人在锻炼勤苦中所应有的事。以白居易诗之平易流畅，尚采集故实以为《六帖》，作表现时词汇之助。王渔洋主"神韵"，亦特注重及此。可说这是很寻常之义。今人多主张采用现实社会生活中的语言，只要能适合于诗特性的要求，其用意还是一样。自宋蔡梦弼《草堂诗话》，采用此段材料时，将"自作语最难"一句略去，此后辗转钞袭，将山谷"选词"之意，误会为每字皆须用典之意，后人且奉此为注杜诗的圭臬，一何可笑。至山谷所谓"点铁成金"，可用朱弁《风月堂诗话》（卷上）中说苏东坡的情形，加以解释。朱弁说东坡诗将"故实小说，街谈巷语"皆能"入手便用，似神仙点瓦砾为黄金"。将有来历的陈语，作为制造新词的材料，这才是山谷的本意。王安石《书湖阴先生壁》"一水护田将绿绕，两山排闼送青来"，"护田"、"排闼"两词，用在这里，只觉表现得精切有力，"护田"既与《汉书·西域传》序"而轮台、渠犁，皆有田卒数百人，置使者校尉领护"，毫不相干。"排闼"亦与《汉书·樊哙传》"哙乃排闼直入"，渺不相涉。

（七）《与徐师川书》："士大夫多报吾生（甥）择交不妄出，极副所望。诗正欲如此作。其未至者，探经术未深，读李白、韩退之诗不熟耳。"（同上）

（八）《与潘子真书》："致远者不可以无资，故适千里者三月聚粮。又当知所向，问其道里之曲折，然后取途而无悔。钩深而索隐，温故而知新，此治经之术也。经术所以使人知所向也。博学而详说之，极支离以趋简易，此观书术也，博学所以知道里之曲折也……曾子曰，尊其所闻，则高明矣。行其所知，则光大矣。闻道也不以养口耳之间而养心，可谓尊其所闻矣。在父之侧，则愿如舜、文王。在兄弟之间，则愿如伯夷、季子，可谓行其所知矣。"（同上）

（九）《跋书柳子厚诗》："余友生王观复作诗，有古人态度。虽气格已超俗，然未能从容中玉佩之音……故手书柳子厚数篇遗之，欲知子厚如此学陶渊明，乃为能近之耳。如白乐天自云，效陶渊明数十篇，终不近也。"（卷二六）

（十）《跋雷太简、梅圣俞诗》："梅圣俞与余妇家有连，尝数见其平生诗。如此篇是得意处。其用字稳实，句法厉而有和气。他人无此功也。"（同上）

（十一）《题意可诗后》："宁律不谐，而不使句弱。用字不工，不使语俗，此庾开府之所长也。然有意于诗也。

至于渊明，则所谓不烦绳削而自合者。然巧于斧斤者多疑其拙，窘于检括者辄病其放。孔子曰，宁武子，其智可及也，其愚不可及也。渊明之拙与放，岂可为不知者道哉。"（同上）

（十二）《书林和静（靖）诗》："欧阳文忠公极赏林和静'疏影横斜水清浅，暗香浮动月黄昏'之句，而不知和静别有《咏梅》一联云'雪后园林才半树，水边篱落忽横枝'，似胜前句。不知文忠公何缘弃此而赏彼。文章大概亦如女色，好恶止系于人。"（同上）

按"疏影"两句，乃对梅之描写。"雪后"两句，则由作者之心境加以指点。前者显梅之精神，后者显作者之精神。此等处最值得玩味。

（十三）《书王知载朐山杂咏后》："诗者人之情性也。非强谏争于廷，怨忿诟于道，怒邻骂坐之为也。其人忠信笃敬，抱道而居，与时乖逢（迕），遇物悲喜，同床而不同梦，并世而不闻，情之所不能堪，因发于呻吟调笑之声，胸次释然，而闻者亦有所劝勉。比律吕而可歌，列干羽而可舞，是诗之美也。其发为讪谤侵陵，引颈以承戈，披襟而受矢，以快一朝之忿者，人皆以为诗之祸，是失诗之旨，非诗之过也。故世相后或千载，地相去或万里，诵其诗而想见其人所居所养，如旦暮与之期，邻里与之游也。"（同上）

按（六）山谷谓东坡"短处在好骂"，劝他的外甥洪驹父勿袭其轨，及此处谓"诗非强谏争于廷"云云，言之甚为委曲，真意难明。他在《答晁元忠书》中有谓："昨所喻怨与不怨，论事似不当耳。苟志于仁矣，其余存乎其人，不可听以一律。《君子阳阳》、《考槃》(《诗经》中此两诗，不怨)与《北门》、《褰裳》(此两诗，为怨)，同为君子之诗。夫争名者于朝，争利者于市，观义理者固于其会。怨与不怨，去道远矣。"这分明说只问其动机是否出于仁，当怨便应怨。而这里所说的，分明指明诗正因怨而作。但当时东坡既以诗得祸而有"乌台诗案"；山谷亦因坚持"用铁龙爪治河，有同儿戏"，贬涪州别驾、黔州安置。后更因《荆南承天院记》，羁管宜州（以上见《宋史》四百四十四本传），故其言之委曲如此。怨之与骂，一是表现上之技巧问题，一是读者了解的态度问题，本质是一样的。东坡的光明俊伟，便表现在他的骂。山谷的深严刻厉，便表现在他的怨。此种精神，不容世人误解。

（十四）《跋欧阳元老诗》："用事稳贴，置字有力。"（同上）

（十五）《跋高子勉诗》："高子勉作诗，以杜子美为标准。用一事如军中之令，置一字如关门之键。"（同上）

（十六）《题王子飞所编文后》："鄙文不足传世。既多传者，因欲取所作诗文，为内篇。其不合周、孔者为外篇，然未暇也。"（同上）

首先应指出，韩愈的古文运动，当时是在文学上立宗开派。他的功夫、历程及其所至，具见于《答李翊书》。在《答李翊书》中"无望其速成，无诱于势利，养其根而俟其实，加其膏而希其光。

根之茂者其实遂，膏之沃者其光晔，仁义之人，其言蔼如也"，及由"惟陈言之务去，戛戛乎其难哉"到"然后浩乎其沛然矣"这类的意思，几乎可以在山谷的诗论中看出若干的面影。山谷读书主"博"，当然不会是"非三代、两汉之书不敢观"；山谷受禅宗的影响，也不能说"非圣人之志不敢存"。但在（八）中他要由经学以定方向，在（六）中要以经学浚渊源，及在（十六）中将自己诗文之"不合周、孔者为外篇"，在大方向上依然与韩氏暗合。但韩氏盛倡养气之旨，山谷对此似未曾言及。恰好吕居仁补出了这一点。吕氏《与曾吉甫论诗》第二："治择工夫已胜，而波澜尚未阔。欲波澜之阔者，须于规模令大，涵养吾气而后可……退之云，气，水也；言，浮物也。水大，则物之浮者大小毕浮。气之与言犹是也。气盛，则言之长短与声之高下皆宜……近世江西之学者，虽左规右矩，不遗余力，而往往不知出此，故百尺竿头，不能更进一步，亦失山谷之旨也。"（《苕溪渔隐丛话前集》卷四九）我特提出这一点，以见不论诗文，能立宗开派的，在根源之地，往往会潜通默契。洪炎序山谷诗谓："发源以治心修性为宗本，放而至于远声色，薄轩冕，极其致，忧国爱民，忠义之气，隐然见于笔墨之外。"（黄节《诗学》页一七引）这在唐代诗人中，在宋以后诗人中是少见的，他的宗派里，如后山、简斋之流，多节概之士，亦非偶然。

古文殿军的桐城派，不再张"文以载道"之帜，而其论文特重句法字法，与山谷的重视句法字法，也有冥孚默契的地方。刘大櫆《论文偶记》："然余谓论文而至于字句，则文之能事尽矣。盖音节者，神气之迹也，字句者，音节之矩也……一句之中，或多一字，或少一字。一字之中，或用平声，或用仄声。同一平字仄字，或用阴平阳平，上声去声入声，则音节迥异。"姚姬传谓："诗古文要从声音证入。不知声音，总为门外汉耳。"（《与陈硕士书》）此与山谷（二）、（四）的要求句法，（三）的要求谐律吕，（九）的要求"从容中玉佩之音"，（十三）的要求"比律吕而可歌"，是可以相通的。并且又都是在虚字上最为用力，虽然文中之句法字法，与诗不能完全相同，而桐城派句法字法的取向，多近于柔性的，山谷则近于刚性的。但用心未尝不是一样。因为宋诗及古文，皆剥落色泽以迫入题材之内涵，势必由音节以弥补诗文必不可少之艺术性。韩愈、黄山谷、桐城派三者之间，在文学的理论上决没有互相师法的意识在里面。而山谷的诗论竟约略地概括了古文运动的由源（韩愈）到流（桐城派）的规模，这说明了他的诗论是本末兼备的。但山谷除了上述的根本义外，在诗的艺术性上更有他特别的要求。他的特别要求，可用（四）中"简易而大巧出焉，平淡而山高水深"两句话加以概括。这处的简易，可作朴素去理会。简易平淡，这是以欧阳修为主帅的宋诗摆脱唐诗面貌的基线。也是山谷与宋诗其他大家相通相共的基线。但顺着此一基线下去，诗便会走上流易庸俗之路。山谷的用心，要在简易平淡的基线上加强诗的艺术性。他不能"故作奇语"［见（三）］，不能走雕琢的路［见（四）］，因为这违反了简易平淡的要求。不能"生硬"［见（三）］，因为这违反了诗的律吕性。简易而大巧出的句法字法，不是六朝人及唐人以词藻为主的句法字法，而是要求（十）中所说的"用字稳实，句法刻厉而有和气"，要求（十四）中所说的"用事稳贴，置字有力"，要求如（十五）所说的"用一事如军中之令，置一字如关门之键"。这样的句法字法，是由披花拂叶，而直握根荄的句法字法，才能在简易中有大巧。

像这样严格严重的词汇，靠自己创造出来，谈何容易，所以他主
张博学的原因之一，应如（六）中，把选词计算在里面。平淡之
中要藏有山高水深，这不是一般所说的由泛滥秾丽而归于平淡的
意思，这是由意境之高深，而出之以精约的语句，才可以达到的。
于是山谷不能不重视人格，不能不重视学问，不能不重视句法与
用字。而他所要达到的却是"无意于文"（《大雅堂记》），却是"不
烦绳削"（三）。否则不简易、不平淡，这是非常不容易的事情。
所以他自己便只字半句不轻出，而劝学诗的人期以晚成。在他的
心目中，杜甫早年的诗，还有些涂脂抹粉，不完全是真美。他所
要求于诗的境界与形象，有点像庄子之所谓"道"的境界与形象，
庄子精神影响于山水画中的是清，是淡，是静，或者山谷的禅，
实际只停顿在与庄子相通的层次（参阅拙著《中国艺术精神》第
九章第三节"一、画与禅与庄"），因而助成了他诗方面向这种境
界迫进。

五、前人对宋诗的批评

现在把宋人及宋以后人对宋诗的批评，不论是赞成或反对的
摘录若干在下面。当然应把前面已录的材料也包括在里面。看能
不能由此而找出为大家所共同承认的宋诗特征：

（一）宋刘攽《中山诗话》："诗以意为主，文词次之。
或意深义高，虽文字平易，自是奇作也。效古人平易句而
不得其意义，翻成鄙野可笑。"
（二）宋魏泰《临汉隐居诗话》："黄庭坚作诗得名，好

用前朝人语，专求古人未使之事，又一二奇字，缀辑而成诗，自以为工，其实所见之僻也。故句虽新奇，而气乏浑厚。"

（三）宋陈岩肖《庚溪诗话》："本朝诗人，与唐世相亢，其所得各不相同，而俱自有妙处，不必相蹈袭也。至山谷之诗，清新奇峭，颇造前人所未道处，自为一家，此其妙也……然近世学其诗者，或未得妙处，每有所作，必使声韵拗捩，词语艰涩。曰，江西格也。此何为哉？吕居仁作《江西诗社宗派图》（按不应有'诗社'二字），以山谷为祖。"

（四）宋许颛《彦周诗话》："张籍、王建，宫词皆杰出。所不能追逐李杜者，气不胜耳。"

（五）宋叶梦得《石林诗话》："欧阳文忠公诗，始矫昆体，以气为主，故其诗多平易疏畅。"

（六）胡仔《苕溪渔隐》曰："吕居仁近时以诗得名，自言传衣江西，作《宗派图》……序数百言，大略云，唐自李杜之出，焜耀一世，后之言诗者皆莫能及……惟豫章（山谷）始大出而力振之，抑扬反复，盖兼众体……余（胡仔）窃惟豫章自出机杼，别成一家。清新奇巧，是其所长也。若言抑扬反复，尽兼众体，则非也。"（《前集》卷四八）

又："吕氏《童蒙训》云，学古人文字，须得（知）其短处，如杜子美诗颇有近质野处，东坡诗有汗漫处，鲁直诗有太尖新太巧处……苕溪渔隐曰，《童蒙训》乃居仁所撰，讥鲁直诗有太尖新太巧处，无乃与《江西宗派图》所云'抑扬反复，尽兼众体'之语背驰乎。"（同上）

按吕氏只指出山谷之诗，有此短处，并非以此尽山谷之诗。亦犹杜诗有"质野"的短处，岂以质野尽杜诗？胡仔不能通观其全体，故认吕氏之言为背驰。

（七）宋惠洪《冷斋夜话》："造语之妙，至于荆公、山谷、东坡，尽古今之变。"

（八）方虚谷撰《瀛奎律髓》中方批及纪（晓岚）批：

（1）卷四黄山谷《送舅氏野夫莘之宣州》第二首："试说宣城郡，停杯且细听。晚楼明宛水，春骑簇昭亭。秕秅丰圩户，桁杨卧讼庭。谢公歌舞地，时对白鹅经。"方批："此诗中四句佳。言风土之美。而'明、簇、丰、卧'，诗眼也。后山谓句中有眼，黄别驾是也。"

（2）卷四三山谷《戏题巫山县用杜子美韵》及《十二月十九日夜中发鄂渚晓泊汉阳亲旧载酒追送聊为短句》两诗，方批："试通前诗论之，'直知难共语，不是故相违'。即老杜诗'直知骑马滑，故作泛舟回'也。凡为诗，非五字七字皆实之为难。全不必实，而虚字有力之为难。'红入桃花嫩，青归柳叶新'，以'入'字、'归'字为眼。'冻泉依细石，晴雪落长松'，以'依'字、'落'字为眼。'榉柳枝枝弱，枇杷树树香'，以'弱'字、'香'字为眼。凡唐人皆如此，贾岛尤精，所谓敲门推门，争精微于一字之间是也。然诗法但止于是乎。惟晚唐诗家不悟，盖有八句皆景，每句中下一工字以为至矣。而诗全无味，所以诗家不专用实句实字，而或以虚为句，句之中，以虚字为工，天下之至难也。后山曰，'欲行天下独，信有俗间疑'，'欲行'、'信有'四字，是工处。'剩欲论奇字，终能讳秘方'，'剩欲'、'终能'四字，是工处。简斋曰，'使知临难日，犹有不欺臣'，'使知'、'犹有'四字是工处。他皆仿此。"

（3）卷一〇杜甫《曲江陪郑八丈南史饮》："雀啄江头黄柳花，鸡鹨鹈鹕满晴沙。自知白发非春事，且尽芳樽恋物华。近侍只今难浪迹，此身哪得更无家。文人才力犹强健，岂傍青门学种瓜。"方批："此诗中四句不言景，皆只言乎情。后山得其法，故多瘦健者此也。"纪批："晚唐诗但知点缀景物，故宋人矫之以本色为之。然此非有真气力，则才薄者浅弱，才大者粗野；初学易成油滑，老手亦致颓唐，不可不慎也。"

（4）卷一王安石《登大茅山顶》："一峰高出众山巅，疑隔尘沙道里千。俯视云烟来不极，仰攀萝茑去无前。人间已换嘉平帝（按嘉平帝指秦始皇，因他信神仙之说而更腊日为嘉平，又曾登此山。具见方批），地下谁通勾曲天（方批：'谓此勾曲山之穴，名曰华阳洞天，谁能入乎。'）。陈迹是非今草莽，纷纷流俗尚师仙。"纪批："前半'登'字、'顶'字俱写得出，后半切茅山生情，方非浮响。二冯讥此诗为史论，太刻。必不容议论，则唐人犯此者多矣。"又："宋人以议论为诗，渐流粗犷，故冯氏有史论之讥。然唐亦不废议论，但不着色相耳。此诗纯以指点出之，尚不至于史论。"

（5）卷一六陈后山《元日》："老境难为节，寒梢未得春。一官兼利害，百虑孰疏亲。积雪无归路，扶行有醉人。

望乡仍受岁，回首向松筠。"方批："读后山诗，若以色见，以声音求，是行邪道，不见如来。全是骨，全是味。不可与拈花簇叶者相较量也。"纪批："虽未免推尊太过，然后山诗境实高，惟江西习气太重，反落偏锋矣。"

（九）宋刘辰翁（须溪）《陈简斋诗集》序："诗至晚唐已厌。至近年江湖又厌，谓其和易如流，殆于不可庄语，而学问无用也。苏公（东坡）妥贴排奡，时出经史，然体格如一。及黄太史（山谷）矫然特出新意，真欲尽用万卷，与李杜争能于一辞一字之顷。其极至寡情少恩，如法家者流。"

按宋《唐子西文录》："诗在与人商论，深求其疵而去之，等闲一字放过不得，殆近法家，难以言恕矣。故谓之诗律。"可与刘之言互证。

（十）明宋濂《答章秀才论诗书》："宋初袭晚唐五季之弊……迨欧阳永叔痛矫西昆，以退之为宗……元祐之间，苏黄挺出，虽曰共师李杜，而竞以己意相高，而诸作又废矣。自此以后，诗人迭起，或波澜富而句律疏（按指受苏影响的），或锻炼精而情性远（按指受黄影响的），大抵不出于二家。"

按《苕溪渔隐》曰："元祐文章，世称苏黄。然二公当时争名，至相讥诮。东坡尝云，黄鲁直诗文，如蝤蛑江瑶柱，格韵高绝。然不可多食；多食则发风动气。山谷亦云，盖有文章妙一世，而诗句不逮古人者，盖指东坡而言也……盖一时争名之词耳，俗人便以为诚然。"（《苕溪渔隐丛话前集》卷四九）宋氏之言，当与此参照。

（十一）胡应麟《诗薮·外编》："宋人专用意而废词（按指词藻之词），若枯桥槁梧，虽根干屈盘，而绝无畅茂之象。"

又："余谓黄、陈学杜瘦劲，亦其材近耳。"

"大抵宋诸君子，以险瘦生硬为杜，此一代认题差处。"

（十二）明王世懋《艺圃撷余》："宋使事最多，故诗道衰。"

（十三）王夫之《姜斋诗话》："落日照大旗，马鸣风萧萧。岂以萧萧马鸣，悠悠旆旌为出处耶。用意别，则悲愉之景，原不相贷，出语时偶然凑合耳，必求出处，宋人之陋也。"

（十四）吴之振《宋诗钞》序："宋人之诗，变化于唐，而出其所自得。皮毛落尽，精神独存，不知者或以为腐。"

按《宋诗钞》实出于吕晚村之手。此处议论，亦出于晚村，非吴之振所能及。

（十五）清吴乔《答万季野诗问》："……晚唐虽不及盛中唐，而命意布局，寄托固在。宋人多是实话，失《三百篇》之六义……"

"问云，今人忽尚宋诗如何？答曰，宋人之最著者苏黄，全失唐人一唱三叹之慨，况陆放翁乎……子瞻、鲁直、放翁，一泻千里，不堪咀嚼，文也，非诗也……宋诗如三家村叟，布袍草履，是一个人。……明诗土偶蒙金……七律自沈、宋以至温、李，皆在起承转合之中。唯少陵一气直下，如古风然，乃是别调。白傅（白居易）得其直遂，而失其气。昭谏（罗隐）益甚。宋自永叔而后，竟以为诗道当然，谬引少陵以为教，而不知少陵婉折者甚多。"

（十六）清顾嗣立《寒厅诗话》："紫阳方虚谷《桐江集》论宋诗源流甚详……善乎定远（冯班）先生之论曰，西昆之流弊，使人厌读丽辞。江西以粗劲反之，流弊至不成文章矣。四灵以清苦为诗，一洗黄、陈之恶气象、狞面目。然间架太狭，学问太浅。更不如黄、陈有力也……"

（十七）清王士禛《答师友传诗录》："唐人诗主情，故多蕴藉。宋诗主气，故多径露。此其所以不及，非关厚薄。"

又《居易录》："宋谢薖幼槃，江西诗派二十五人之一。吕居仁称其诗似宣城，未为笃。然亦清逸可喜。而涪翁（山谷）沉雄豪健之气，则去之远矣。"

（十八）清阮元《四六丛话》后序："赵宋初造，鼎臣（徐铉）大抵犹沿唐旧，欧（阳修）、苏（舜钦）、王（禹偁）、宋（宋祁、宋庠）始脱玉谿。以气行则机杼大变；驱成语则光景一新。然而衣辞锦绣，布帛伤其无华。工谢雕几，虞业呈其朴凿。"（《揅经室四集》卷二）

（十九）清叶燮《原诗·外篇》："汉、魏之诗，如画家之落墨于太虚之中，初见形象；而远近浓淡层次，俱未分明。六朝之诗，始知烘染设色，微分浓淡，而远近形象层次，尚在形似意想间，犹未显然分明也。盛唐之诗，浓淡远近方一一分明，能事大备。宋诗则能事益精，诸法变化，非浓淡远近层次所得而论，刻画转换，无所不极。"

"开宋诗一代之面目者始于梅尧臣、苏舜钦二人。自汉、魏至晚唐，诗虽递变，皆留不尽之意。即晚唐犹存余地。读罢掩卷，犹令人属思久之。自梅、苏尽变昆体，独创清新。必辞尽于言，言尽于意。发挥铺写，曲折层累以赴之，竭尽乃止……然含蓄渟泓之意，亦稍衰矣。"

"从来论诗者，大约伸唐而绌宋，谓唐人以诗为诗，主情性，于《三百篇》为近。宋人以文为诗，主议论，于《三百篇》为远。何言之谬也。唐诗有议论者，杜甫是也。杜五言古诗，议论尤多。……且《三百篇》中，二雅为议论者正自不少。"

（二十）清曾国藩《大潜山房诗题语》："山谷学杜公，七律专以单行之气，运于偶句之中。东坡学太白，则以长古之气，运于律句之中。樊川（杜牧）七律，亦有一种单行票姚之气。余尝谓小杜（杜牧）、苏、黄，皆豪士而有侠客之风者。省三所为七律，亦往往以单行之气，差于牧之为近……若能……参以山谷之倔强，而去其生涩，虽不足以悦时目，然固诗中不可不历之境也。"（《曾文正公文集》卷二）

上面所录，有的是出于宋人的主张，有的是对宋诗的好与坏的批评。有的批评指向宋代一般诗人，更有的则系指向黄山谷及所谓江西派。但大体上其中是有脉络可以相通的。除（二）太枝节肤浅，（十）属误解，不把它列入范围外，下面试从宋诗的内容、宋诗的表现方法，及宋诗的形象三个方面加以讨论。

（一）"诗以意为主"；（十一）"宋人专用意而废词"；（十五）"宋人多是实话"；（十七）"唐人诗主情……宋诗主气"，此"气"字应作为与情相对之"意"字领会；（八）"宋人以议论为诗"；（十九）唐人"主情性"，宋诗"主议论"及（十二）"宋使事最多"。连到前面严羽说的"近代诸公以议论为诗，务多使事"，这都是说宋诗内容的。因主意，便多议论。因要求议论的精约故多使事。这是讨论宋诗的基点。

王子渊《四子讲德论》（《文选》卷五一）中引"《传》曰：诗人感而后思，思而后积，积而后满，满而后作"，这把典型的诗之创作历程，说得很清楚。感是感动感发，这即是情的活动，所以我们便常将两字连结在一起，而称情为"感情"。在现代西方文学理论中，有的称为"创作的冲动"。真的诗，必系由感而来的，亦即必系是由情之动而来的诗。但当人有所感时的精神状态，多半是激动而带有某种迷惘性的精神状态，此时可以发出由感而来的呐喊或哭笑，并作不出诗来。由感落到思，才是创作的开始。思是感情的反省，是感情的条理，是感情向语言及物象的沾惹、构造。这也可以说是把感情加上了想象与思考之力。积是思的酝酿；满是酝酿的成熟。没有无感的诗，也没有不思的诗。唐宋诗在这里不能有所分别。前面所谓"意"，不是一般所说的意志之意，而是以想象为主的"思"中，加入了较多的理性成分，前人便称为意。这可以说是把感情加上了理性，甚至是把感情加以理性化。但这种理性化乃是对感情的冷却澄汰，冷却由热情而来的冲动率，澄汰去实际上是不相干的成分，以透视出所感的内容乃至所感的本质，而将其表现出来。此即所谓宋诗主意。意是经过理性的澄汰而成为更凝敛坚实的感情。前面引的方虚谷所说的杜甫诗愈老"愈剥落"，及吴之振所说宋诗的"皮毛落尽，精神独存"，是极有意义的话。有内容上的"剥落"、"皮毛落尽"，这即是我在这里所说冷却澄汰。有表现上的"剥落"、"皮毛落尽"，是适应内容上的"剥落"、"皮毛落尽"而构造的。在（八）之中，方氏说后山"全是骨，全是味"，及吴之振所说的"精神独存"，以及（十五）中吴乔说"宋人多是实话"，（八）之中纪晓岚说"宋人矫之以本色为之"的"本色"，都指的是由理性的冷却澄汰后凝敛坚实的感情而言，前人只能感到宋诗在这种根源之地与唐诗有分别，而不能说出其所以然，便称之为意。因为这种感情中的理性成分较多，发生了对感情的照明作用，不知不觉地加上了解释或评价，自然带有议论的性质。唐人的诗，主要是凭想象和幻想之力，把感情当下的活动表现出来，以呈现出感情的原有之姿。这即是一般所说的唐诗主情。或者可以说，唐代诗人的感情，似乎是近于青年人的天真烂漫的感情。而宋代诗人的感情，似乎是近于成年人因历练而较为成熟的感情。对同一事物，幼年、青年、老年的感情，反映在情态与程度上常有不同，便可以承认"主情"、"主意"的分别，只是两种情态不同的感情分别。这是了解宋诗的关键。

现在要谈到上面的材料中，许多说到宋诗主气，宋诗尚"气格"，宋诗中有"单行之气"的问题。这是与表现方法关连在一起的问题。气是作者"生理的生命力"。作者把自己的情、意贯注于文字之上，使文字中有作者生命力的跃动，这在中国便称之为气。凡是可值得称为文学的作品，其中必然有由作者个性、学养不同而来的刚柔之气，唐诗岂能例外。此一问题，应分两点来说明：

第一点，把气作为宋诗特色的人，有的是指五七律而言。唐代古体歌行，开阖跌宕，其中气的鼓荡，或且在宋代古体之上，这是为读者所能感受到的。惟五七律则中间两联，在形式上是对称的，在内容上也多是对称的。如一联写景，一联抒情，性质不同，而分量相称。一联的上下句也是如此；若同为写景，则上句为一景，下句另为一景；若同为抒情，则上句之情与下句之情，也多各有所指，而分量又相称。在这种对称之美里面，中间四句，每句都有某种程度的自足性，例如李端"秦地故人成远梦，楚天凉雨在孤舟"（《宿淮浦忆司空文明》），虽然其中有相互的烘托映带，但都是自立地并排在一起。宋人律句中的中四句，虽然保持对称的形式，但在内容上则常有（决非都是如此）由一个意思贯穿下来的，由上句而有下句，由上联而有下联，各句并没有自足的意味。例如山谷"但令有妇如康子，安用生儿似仲谋"（《次韵答柳通叟求田问舍之诗》），下句是由上句流下来的。就全首诗来讲，唐诗宋诗必定是上下贯通的。但唐诗的贯通，因蕴藉含蓄而速度比较慢，宋诗因"直遂"、"一泻千里"（十五）而速度比较快。我们可以说，唐律是稳定的对称，而宋律则有的是流动的对称，唐诗是在蕴藉中贯通，宋诗是在直遂中贯通。气在稳定蕴藉中常隐而不易为读者所觉，在流动直遂中便较易为读者感受到。

其次，便应想到《文心雕龙·诠赋》篇中刘彦和的"繁华损枝，膏腴害骨"的两句话。气虽然有刚柔两种不同的表现，但由刚性以形成作品中之骨的气，较由柔性以形成作品中之风的气，因其具有"力感"而更易为人所把握。唐人的诗，虽不致膏腴害骨，但他们顺着感情原有之姿以表现出来时，感情的语言，自然有由感情而来的夸饰性，作者的气便不知不觉地随这种夸饰性的语言而散发成感情的气氛情调，也就是上面材料所说的一唱三叹的气氛情调。此时之气，读者不感觉其为气。前面已经约略说到，宋诗经过"剥落"、"皮毛落尽"的凝敛坚实的感情，也须要经过"剥落"、"皮毛落尽"的精严确切的词句加以表现。方虚谷说陈后山的诗"不拈花簇叶"，唐人所使用的词藻，多带有拈花簇叶的特质，所以宋人们宁愿废弃不用（主意而废词），由"剥落"、"皮毛落尽"、"不拈花簇叶"的精严确切的语言，以表达他们的"全是骨，全是味"的"实话"，这种感情与词句的性格，多是刚的性格、骨的性格，作者之气，可由这种性格中直透出来，给读者以力感，士祯说山谷的是"沉雄豪迈"，不是偶然的。所以宋诗中的气，较唐诗中的气，读者容易感受出来。

由上面所述，即可知宋诗人是要在惯用的、已成格套的词句之外，自己创造出一套表现的语言出来，他们便不能不在句法字法上特别下工夫。（九）刘辰翁说山谷"真欲尽用万卷，与李杜争能于一辞一字之顷"，道出了此中消息。严羽说宋人"以文字为诗，以才学为诗"，由此亦可了解他的似是而非的见解。宋人是要在诗中另辟一种艺术境界，他们当然注意到字句中的艺术性问题。"句眼"、"字法"之要求，至宋而特为突出，这是容易了解的。宋诗到现在已有千年上下的历史，经过长期的传诵，宋人许多诗句，今人亦不感到有什么新鲜，但在宋代紧承唐诗之后，大家对唐诗，多耳熟能详，所以当时的人便感到这是一套新鲜的语言，于是对"清新奇峭"、"词语艰涩"（三），"一二奇字"、"句虽新奇"（二），"清新奇巧"、"太尖新太巧"（六），"驱成语，则光景一新"（十八），这类或好或坏的批评，都由此而可以理解。

但更重要的是，主意，主气，这已深入到散文（古文）的范围，已含有"非诗"的因素。欧阳修，尤其是苏轼，因为他们的才高、学富、文学修养深，他们可以在摆脱唐人的窠臼中，不至走入俗滑鄙俚的"非诗"的路上去，但这在一般人便不容易。即使我在前面以"成熟的感情"解释宋诗的主意，但天真的感情的自身，即是艺术性的；而成熟的感情，便含有反艺术性的因素在里面。我的推测，黄山谷一生的努力，是要在"非诗"的方向中，作出更真的诗，要在含有反艺术的因素中，创造出更深的艺术，这除了在人格与学问上立基，使这种成熟的感情，不是杂入了机械变诈、油腔滑调的感情，而是含有更高的德慧的感情外，还要在表现的技巧上，阻止向"非诗"的滑入，转变反艺术性为去肤存液的艺术，这便须在律体上、在句法上、在用字上，下一番千锤百炼的工夫。而他的千锤百炼，与六朝人乃至唐人不同的，是在发挥素朴平淡之美，并且还要归于自然，所以他以好用奇语是一病，以雕琢是一病。批评他的人，在这种地方对他缺少了解。

对诗的批评，必定要归结到由作品的统一性而来的形象；这在南宋以前，称为"文体"，今日则多称为风格。前面所引材料中，对宋诗形象的描述："枯梣槁梧"、"瘦劲"、"险瘦生硬"（十一），"三家村叟，布袍草履"（十五），"粗劲"、"恶气象、狞面目"（十六），"瘦健"（八之三），"粗犷"（八之四），"衣辞锦绣，布帛伤其无华；工谢雕几，虞业呈其朴凿"（十八），"倔强"、"生涩"（二〇）。这类的描写，或者出于好恶角度的不同，或者出于一物之两面，或者出于由源到流的弊端，此处不必一一分辨。但中间可以看出一条相通的共同形象。而这种共同的形象，又可以归结到山谷的"简易而大巧出，平淡而山高水深"的成功与失败的各种不同程度之上。何以形成这种形象，前面所说的宋诗内容及其表现方法，即是适切的解释。至于（十五）说宋诗直遂，（六）说山谷诗抑扬反复，盖兼众体，两者是互相矛盾的。此一矛盾之由来，我以为（十五）是就宋诗的素朴平淡，而运以单行之气而言，或就其弊端而言。（六）则就山谷诗之所至而言。要把握山谷、后山、简斋他们的诗，还是应从（六）所说的悟入。

最重要的是上面的陈述，在与唐诗对比之下，乃能成立。而这种对比，只是相对的，而决不是绝对的。宋诗的各种特征，不仅在唐诗中已经含有这些因素，从《诗经》起已经含有这些因素，不过到宋代而始发展成为诗的主流，特别凸显了出来。

六、形成宋诗特征的背景

从素朴平淡的基线去开扩诗的境界，这是由梅尧臣、苏舜钦、欧阳修、王安石、中经东坡、山谷以至最后的四灵、江湖，是没有分别的。这是宋诗特征的基线，现在试进一步探索它的背景。

第一，宋在时间上是直承五代，但在文化上，五代没有什么可承，而是直承唐代的。唐代以诗赋取士，国家的规模宏大，兴亡起伏的波澜壮阔，从各方面提供了诗的材料，激发了各种性格不同、置境各异的诗人；几乎可以说，唐代是一个"诗歌时代"。这对宋人来说，是一个太丰富的遗产，也是"盛德之下，难乎为继"的大压力。九僧们只能学得晚唐，已不是新兴皇朝的新气象；以杨亿的天才和学力（他是我国历史中有数的天才儿童，而又终身好学不倦的），尚只能学到李义山，则宋人要在诗上能自立，必须从唐代以抒情为主的、比较膏腴富丽的诗风中摆脱出来，另在素朴平淡中开途径，亦文学发展上应有之义。但这须要高才博学、怀有大志的人物,如欧阳修、王安石、苏东坡才担当得起。更须要励品笃学、坚苦刻厉的人物如黄山谷、陈后山们才把功夫用得下去。若仅从唐、宋诗的两种不同艺术形相上着眼,尽管各有好尚不同,不应由此分高分下。但若就诗的总领域、总成就来说,则有点像黄山谷说他与东坡的情形相似:"我诗如曹、郐,浅陋不成邦。公如大国楚,吞五湖三江。"不过这个小国,并不像曹、郐样浅陋,而是精严整密的现代化的以色列,所以在诗学史上,他占有确定的地位。

其二,唐代的门第观念还是很盛,杜甫一再称颂他的祖父杜审言及他的远祖杜预,这是在门第破落后对门第的乡愁。所以唐代士人,多少带点由门第观念而来的华贵气、浪漫气,这多少会影响到对事物感受的态度而将其反映在诗作之上。杜甫到晚年,因人生的长期挫折而始把他的这种乡愁洗汰殆尽。他的诗愈老愈剥落,也可能与此有关。门第观念,由中唐后,经五代的丧乱流离,已扫除殆尽;所以宋代士人,多出身平民,也以平民的身份自甘。平民的气质,自然是素朴平淡的气质。欧阳修一面推服杨亿诗文华赡之美,但依然要力加荡涤,以走向素朴平淡的路,遂为一代所崇尚,因为这才适合于平民的气质。

其三,宋承五代浩劫,在文化中发生了广大的理性反省,希望把漂浮沦没的人生价值重新树立起来,以再建人自身的地位。这不仅出现了有如《宋元学案》上所陈述的一批理学家,理学家以外的人物,也都带有这种倾向。文人与理学家中间,虽然出现过蜀党洛党之争,但宋代文人,较唐代文人,是更为理性的,在生活上是较为严肃的。理性的特性,是要追问一个所以然的,必会发而为议论。以理性处理感情,在感情中透出理性,于是唐诗主情,宋诗主意,多议论,在这里应当找到根。

其四，儿女之情，是感情的本色，是感情的源泉。唐诗中之情，以表现在宫词及征夫闺妇中的最为深切。而这两种题材，到宋代几乎消失了。"世上无如人欲险，几人到此误平生"，"眼前有妓，心中无妓"，不仅理学家对儿女之情加以抑制，文人诗人，与唐代比较，也有相当的抑置。白居易固然对樊素、小蛮两妾侍，见之歌咏而不以为嫌。即以道自任的韩愈，长庆二年他奉使往镇州宣慰王庭凑时，年已五十五岁（他以五十七岁死），在山西寿阳《题吴郎中诗后》的绝句中，还说"不见园花与巷柳，马头唯有月团团"，以表露他对两个妾侍的怀念。山谷不仅自己是一位节欲者，与东坡诗"只欠小蛮樊素在，我知造物爱公深"。刘屏山《问李汉老疾》诗"欲袖云门竹篦子，室中驱出散花人"，以此为爱朋友之道（见《后村先生大全集》卷一七四）。这在唐人，可能不会如此的。宋诗中缺少这种感情的源泉，难怪刘辰翁说它有点像法家的冷面孔了。

其五，儿女之情，为人所必有；宋代诗人，岂能因抑制而独无。事实上，有的因抑制而反愈为深刻的。宋代诗人，于此找到了另一条出路，即是"词"。"词"在唐代由民间进入教坊，由教坊转到文人手上，经五代至北宋而大盛。词是更适于抒委婉之情的一种形式。于是宋代诗人，不仅把儿女之情，写到"词"里面，有如欧阳修的《蝶恋花》，黄山谷的《茶词》；乃至把其他以发扬感情为主的题材，也写成了"词"，有如苏子瞻、辛弃疾。"词"侵占了"诗"的这一方面的疆土，更增加了诗的刻薄寡恩的法家面目。

其六，唐代不仅以诗赋取士，又是四六律赋盛行的时代，诏奏上多用这种文体，这种文体的气氛与词藻，是与诗相通的；可以说，唐代之文，助成了唐代的诗。宋代以经义取士，又是古文盛行的时代，古文即是散文。宋人除了"青词"这种特别场面依然用四六外，像欧阳修、苏轼这种大古文家，把传统的"赋"，也注入了大量的散文成分，甚至是加以散文化。我们只要想到欧阳修的《秋声赋》，苏的前后《赤壁赋》，便可以了解。古文既能给"赋"以这样大的影响，如何会不给"诗"以影响。《昭昧詹言》说欧阳修以古文之法为诗，应当说为他的诗中渗进了古文法。这不仅是欧阳修一人如此。同时，韩愈为古文开派立宗，本有平易与奇崛两途。李习之所走的是平易的路，皇甫持正所走的是奇崛的路。欧阳修所打击的是传承皇甫持正的奇崛的路，所提倡的是传承李习之的平易的路。苏轼在古文上特别提倡"辞达而已矣"的主张，这是上承欧阳修，旁通当时作者的共走的路，这是对当时的平民气质、理性要求结合在一起，所形成的新时代精神的表现。这种平易畅达的古文，也必然平行出一种素朴平淡的诗。

将上面所举出的六种因素，综合在一起以解释宋诗特征的形成，大概与问题相去不远。这说明诗人、诗，总是生活在他的时代里面的。

一九七八年八月初稿

王国维《人间词话》境界说试评
——中国诗词中的写景问题

一、王氏"境界说"的确义

因王国维（静安）氏，在学术上多方面的成就，及所作旧诗词的优美，以致他二十七岁时（此系闻之于友人）所著的《人间词话》,[①] 受到今人过分的重视。其中许多说法，成为许多人作文艺批评时的典则。这在推进中国文艺批评的进程中，反而成为一种绊脚石，恐非王氏始料所及。所以我想对他的中心论点的境界说，究系何种意义；他把它应用到诗词的批评上，究得到何种效果；他的用法与古人的用法，有无异同，因而在对诗词创作体验的解释上，孰得孰失，作一种尝试性的评释，希望能收到一点澄清的作用。

《人间词话》："词以境界为最上。有境界，则自成高格，自有名句。"（页一）"然沧浪所谓兴趣，阮亭所谓神韵，犹不过道其面目。不若鄙人拈出境界二字，为探其本也。"（页

[①] 此文用开明书局民二十九年印行的徐调孚校注本。

五）"言气质，言神韵，不如言境界。有境界，本也。气质、神韵，末也。有境界而二者随之矣。"（页四八）

是王氏以他所提出的境界说，把文学批评的效果，向前推进了一大步。然则他所谓境界，到底指的是什么？

王氏的所谓"境界"，是与"境"不分，而"境"又是与"景"通用的。此通过他全书的用辞而可见。他虽然说"境非独谓景物也；喜怒哀乐，亦人心中的一境界"（页三）；但他的重点，是放在景物之境的上面，所以《词话》中的第二条即是"有造境，有写境"。第三条即是"有有我之境，有无我之境"（页一）。因而他之所谓"境界"或"境"，实即传统上之所谓"景"，所谓"写景"。全书中不仅"境"、"景"常互用；且所用"境"字、"境界"字，多可与"景"字互易。当他引黄山谷"天下清景，不择贤愚而与之。然吾特疑为我辈设"的话后，自己加以发挥时，即将山谷的"景"字易为他自己所爱用的"境界"两字凡七次之多（页七九至八〇）。王夫之《姜斋诗话》"有大景，有小景"；而王氏即称为"境界有大小"（页四）。惟自唐代起，多数用法，"境"可以同于"景"，但"境界"并不同于"景"。在道德、文学、艺术中用"境界"一词时，首先指的是由人格修养而来的精神所达到的层次。例如说某人的境界高，某人的境界低。精神的层次，影响对事物、自然，所能把握到的层次。由此而表现为文学艺术时，即成为文学艺术的境界。所以文学艺术中的境界，乃主客合一的产物。仅就风景之景而言，亦即仅就自然而言，乃纯客观的存在，不能构成有层次性的境界。若未加上由人格修养而来的精神作用，而仅就喜怒哀乐的自身来说，则系纯主观的浑沌，也不能构成有层次的境界。王氏既把境界与景混同起来，于是除他书中的少数歧义外，他所说的"词以境界为最上"，实等于说"词以写景为最上"。写景在中国诗词中，本占有重要地位，我在此文中，也顺便提出来加以讨论。但王氏何以觉得他所提出的境界说，较之兴趣、气质、神韵，为能"探其本"？严沧浪的所谓"兴趣"，指的是情景两相凑泊时的精神状态，写景乃由此而出，恐不能与王氏之所谓境界，分孰本孰末。"气质"一词，在传统的诗文评论中，极为少见，王氏大概指的是"气格"或"骨气"。"气格"与"神韵"，都与传统的所谓境界，密切关连在一起。而写景，只是表现中的一种技巧，两者之间，如何可以论本末？由此也可知王氏所言诗词的本末，与传统所言的诗词的本末，实大异其趣。传统未必是，王氏的推陈出新未必非。但在诗词创作的长期体验中，写景虽然占有重要的地位，却很难说写景为诗词创作之本。因王氏执此以为本，所以王氏对写景问题，也似乎没有彻底把握到。

王氏对自己所用的名词，因缺乏明确的概念，所以用时并不严格。他说"古今之成大事业、大学问者，必经过三种之境界——'昨夜西风凋碧树，独上高楼，望尽天涯路'，此第一境也。'衣带渐宽终不悔，为伊消得人憔悴'，此第二境也。'众里寻他千百度，回头蓦见（徐校：当作蓦然回首）那人正（徐校：正当作却）在灯火阑珊处'，此第三境也"（页一七）。"昨夜西风凋碧树"等句，固然是写景。但王氏是要以此等句，来象征人生向前追求而有所自得的精神状态。所谓第一境，是指望道未见，起步向前追求的精神状态。第二境是指在追求中发愤忘食，乐以忘忧的精神状态。第三境是一旦忽然贯通的自得精神状态。所以王氏此处所用的"三种之境界"，与唐以来的传统用法相合，指的是精神境界，但这既不可谓之"景物"，也不可谓之"喜怒哀乐"。这在他的全书中也只好算是歧义。

二、王氏应用"境界说"的效果

现在再来看王氏将"境界"一词，如何应用在诗词批评之上，并得到何种效果。

（一）有造境，有写境。此理想与写实二派之所由分。然二者颇难分别，因大诗人所造之境，必合乎自然，所写之境，亦必邻于理想故也。（页一）

将造境、写境，提高到"理想与写实二派之所由分"的层次，未免因体验与观念的尚欠分晓，而言之近于夸张。钟嵘《诗品》序："思君如流水，既是即目；高台多悲风，亦惟所见。"凡写"即目"、"所见"的景，即是王氏此处所说的"写景"。《诗人玉屑》卷一〇"诗境"条引《碧溪诗话》"韩愈《寄孟刑部联句》云，'美君知道腴，逸步谢天械'。或问，道果有味乎？曰，如介甫（王安石）'午鸡声不到禅林，柏子烟中坐拥衾'。……'各据高梧同不寐，偶然闻雨落阶除'。淡泊中味，非造此境，不能形容也"。其意盖谓介甫先有淡泊的情怀，无可把捉，必须造出"柏子烟中坐拥衾"，及"偶然闻雨落阶除"之境，使淡泊的情怀，由此而得到可把捉的形相，将其表达出来，此即王氏此处所说的"造境"。写由观照所得之境，自然是写境，此时是触景生情。写由想象而出之境，自然是造境，此时是因情铸景。想象时，常将平日观照所得之境加以镕裁，故想象中有现实。观照时，常将被观照的对象赋予以观照者的精神情感，在不知不觉之中，使其由"第一自然"升而为"第二自然"，故观照中亦有某程度的想象。在诗人的创造过程中，常是观照与想象互为主客，互为因缘，所以一篇之中，常有写境之句，同时亦有造境之句。有在写境中的造境，有在造境中的写境。欧阳修《答丁元珍》"残雪压枝犹有橘，冻雷惊笋欲抽芽"，上句是写境，下句是造境。李白《渡荆门送别》"山随平野尽，江入大荒流"，《送友人》"浮云游子意，落日故人情"，皆在观照中加入了想象，在写境中有了造境，此例触处皆是，如何可用近代的写实与理想二派来加以分别？虽然王氏自己也下了转语，而在"自然中之物"一条（页三），乃为引申此条的转语而写的。但既未能道出造境写境之所自来，却遽牵附于理想现实两派之上，所以我说这是由体验与观念的欠分晓而来的夸张。

（二）有有我之境，有无我之境。"泪眼问花花不语，乱红飞过秋千去。""可堪孤馆闭春寒，杜鹃声里斜阳暮。"有我之境也。"采菊东篱下，悠然见南山。""寒波澹澹起，白鸟悠悠下。"无我之境也。有我之境，以我观物，故物皆着我之色彩。无我之境，以物观物，故不知何者为我，何者为物。古人为词，写有我之境者为多，然未始不能写无我之境。（页一）

无我之境，人惟于静中得之。有我之境，于由动之静时得之，故一优美，一宏壮也。（页二）

自王氏提出"有我之境"、"无我之境"二语后，几成为今日文学批评上的口头禅。但我颇怀疑王氏对此，尚见之未莹，故言之颇嫌夹杂。

吴乔《答万季野诗问》："又曰，下手处如何？答曰，姑言其浅处。如少陵《黑鹰》、曹唐《病马》，其中有人。袁凯《白燕》诗，脍炙人口，其中无人，谁不可作？画也，非诗也（按此语非是）。空同云，此诗（《白燕》诗）最著最下，盖嫌其唯有风致，全无气骨耳。安知诗中无人，则气骨风致，同是皮毛耶？"按吴乔之说亦甚粗，不堪深味。我所以提到，是为了说明有人主张诗里所写之境，必须其中有人，亦即必须其中有我。然则到底在诗的写境中，有没有"无我"之境呢？我先简单地答复一句，值得称为诗的，决没有无我之境。袁凯《白燕》诗的"风致"，依然是来自袁凯的"我"。

诗人面对景物（境），概略言之，有两种态度。一种是挟带自己的感情以面对景物，将自己的感情移出于景物之上；此时，不知不觉地将景物"拟人化"，此即王氏之所谓"有我之境，以我观物，故物皆着我之色彩"。诗人以虚静之心面对景物，将景物之神，移入于自己精神之内，此时不知不觉地将自己化为景物，即《庄子·齐物论》中的"此之谓物化"的"物化"；此殆即王氏之所谓"无我之境，惟于静中得之"。晋宋间山水诗出现的思想背景为后期玄学。即是以庄学虚静之心，投向山水，发现山水之神，因而将自己为尘俗所拘牵的生活，消解于山水之神之中，以求得精神的解放。《文心雕龙·神思》篇"是以陶钧文思，贵在虚静"。《物色》篇"是以四序纷回，而入兴贵闲"。苏轼《送参寥师》诗："欲令诗语妙，无厌空（虚）与静。静故了群动，空故纳万境。"山水诗、田园诗这一系列的诗人，由谢灵运、陶渊明以至王维、韦应物，以虚静之心观物，多于挟带感情以观物。所以王氏说"无我之境，人惟于静中得之"，他提出一个静字，虽未能说透，但还有点体认在里面。但"人惟于静中得之"，如何可说成"以物观物"？没有我，则"以物"的"以"，由何而来？未观物以前，物我两不相涉，则"以物"的"物"，又从何而来？挟带感情以观物，固然有挟带感情之我在物里面；以虚静之心观物，依然有虚静的我在物里面。没有"悠然"的陶渊明，如何有"悠然见南山"的"悠然"之"见"；没有"澹澹"、"悠悠"的元好问，如何会对澹澹起的寒波、悠悠下的白鸟感到兴趣，而收入为诗句。记得有位前辈先生，以陆游的"重帘不卷留香久，古砚微凹积墨多"两句为无我之境的例证。殊不知，若没有一个从容淡定的陆游，怎么会领略出留香久的不卷重帘，及积墨多的微凹古砚呢？在"重帘不卷留香久，古砚微凹积墨多"的两句诗里面，正有一位从容淡定的诗人在。"我"有推向幕前或隐在幕后之别，如何能有"有我"、"无我"之别？且王氏所说"无我之境"的内容是"不知何者为我，何者为物"。此乃物我合一的艺术最高到达点，也是以任何态度面对景物，而能将其拟人或拟物，作成功表现时的共同到达点，如何偏属于"以物观物"的一方面？且既说"不知何者为我，何者为物"，这应是"亦我亦物"，又如何可以说是"无我之境"？"以物观物"，既语意含糊；"以我观物"，亦失之笼统；世界岂有不以我观物之事？优美宏壮，为各种写境诗所共有。孟浩然的"气蒸云梦泽，波撼岳阳城"，不算宏壮吗？杜甫的"永夜角声悲自语，中天月色好谁看"，不算优美吗？王氏引的"明月照积雪"、"大江流日夜"、"中天悬明月"、"黄河落日圆"，都是他自己所说的无我之境，但王氏说这些诗句"可谓千古壮观"（页三四），

"壮观"即是宏壮。由此可知王氏也不能自圆其说。所以王氏影响最大的两段话，在语意和内容上，实在太多夹杂了。

> （三）红杏枝头春意闹，着一"闹"字而境界全出。云破月来花弄影，着一"弄"字而境界全出矣。（页三）

按上面是以用字之精炼贴切，为写景之重要方法。此即宋人的所谓"句眼"。句眼，是一句所含的精神、意味，由句中一个精炼贴切的字将其点醒，因而全句也显得特别精彩，此一个字，便如人的"灵魂之窗"的眼睛一样。因黄山谷最重练句练字，遂有"句眼"之说，《瀛奎律髓》特加重视。如卷一杜甫《登岳阳楼》，方虚谷批谓"凡圈处是句中眼"。此诗所圈的是"吴楚东南坼"的"坼"字，及"乾坤日夜浮"的"浮"字。盖以用这两字，而在楼上所感到洞庭湖气象的阔大，可以完全表现出来，使这两句因一字之精炼，而全句亦因之精神焕发。全书中经方氏圈为句眼的尚不少。但纪晓岚在方批后更加一批谓："炼字之法，古人不废。若以所圈句眼，标为宗旨，则逐末流而失其本原，睹一斑而失其全体矣。"纪氏对句眼在诗中的价值加以限定，这是对的。但方虚谷也仅对此加以重视，而未尝以此立宗。王氏以境界立宗，此处以一字而谓"境界全出"，则几乎近于以句眼立宗。他此处所用"境界"两字，当然系指杏花的"景物"。他的意思，恐怕是说"着一'闹'字而开得繁盛的杏花之神全出"；另一句也应当是如此。王氏此处用"境界"两字，似稍欠分疏。且王氏所引两例，后一例实嫌纤巧，不若"红杏枝头春意闹"，以红杏而见春意之闹，正如

《姜斋诗话》所谓"以小景传大景之神"。则对此句的欣赏，似不应仅拈出一"闹"字。

（四）境界有大小，不以是而分优劣。"细雨鱼儿出，微风燕子斜"何遽不若"落日照大旗，马鸣风萧萧"。"宝帘闲挂小银钩"何遽不若"雾失楼台，月迷津渡"也。（页四）

按写景之大小，各因诗人当时的所遇。从这点说，是不应以此而分优劣的。但大小景的把握，关系于作者的胸襟气度，所以古今能写小景者多，能写大景者少。可以这样地说，大诗人能写大景，也能写小景。小名家，则只能写小景；若写大景，便常如《姜斋诗话》中所讥的"张皇使大"。由此可知，写境之大小，亦未尝不可分优劣。

（五）词忌用替代字。美成《解语花》之"桂华流瓦"境界极妙，惜以"桂华"二字代"月"耳。梦窗以下，则用代字更多。其所以然者，非意不足，则语不妙也。盖意足则不暇代，语妙则不必代……（页二〇）

白石写景之作，如"二十四桥仍在，波心荡，冷月无声"，"数峰清苦，商略黄昏雨"，"高树晚蝉，说西风消息"。虽格韵高绝，然如雾里看花，终隔一层。梅溪、梦窗诸家写景之病，皆在一隔字。北宋风流，渡江遂绝；抑真有运会存乎其间耶？（页二六）

问"隔"与"不隔"之别。曰：陶、谢之诗不隔，延年则稍隔矣。东坡之诗不隔，山谷则稍隔矣。"池塘生春草"、"空梁落燕泥"等二句，妙处唯在不隔。词亦如是。即以一人一词论，如欧阳公《少年游》咏春草上半阕云："阑干十二独（徐校：'独'原作'犹'）凭春，晴碧远连云。千里万里，二月三月（徐校：此两句原倒置），行色苦愁人。"语语都在目前，便是不隔。至云"谢家池上，江淹浦畔"则隔矣……（页二七）

"生年不满百，常怀千岁忧。昼短苦夜长，何不秉烛游？"写情如此，方为不隔。"采菊东篱下，悠然见南山。山气日夕佳，飞鸟相与还。"写景如此，方为不隔。（页二九）

隔与不隔之说，是《人间词话》中的重要论点之一，也是较有意义的论点之一。我曾在《诗词的创造过程及其表现效果》一文（此文收入学生书局出版的拙著《中国文学论集》）中，作了较详细的讨论。这里我仅指出，王氏此一说法，出于钟嵘《诗品》序："观古今胜语，多非补假，皆由直寻。"不过王氏说得更清楚，但也说得更狭隘。周邦彦不用"月华流瓦"，而用"桂华流瓦"，大概不能说是意不足，语不妙，而是为了增加一点气氛。若"桂华"两字也犯隔，则何以又能"境界极妙"。姜白石以"波心荡，冷月无声"的凄清之景，表现他当时凄清之情。"数峰清苦，商略黄昏雨"，这是"数峰"的拟人化；"高树晚蝉，说西风消息"，这也是"晚蝉"的拟人化；这都是文学艺术之所以成为文学艺术的条件之一。何以是"雾里看花，终隔一层"？且王氏既以所引白石三词，皆"格韵高绝"；岂有真正犯隔的，而能得到这种表现效果？如不隔与格韵高绝，是对立而不相通，则我宁舍不隔而取格韵高绝。欧阳修由眼前所见的春草，而联想到"谢家池上，江淹浦畔"，以增加他当时的一番感慨气氛，这也是诗词表现中常用的手法，何以"则隔矣"？所以王氏对此问题，因参之未透，便把活句变成死语了。

（六）……幼安之佳处，在有性情，有境界……（页三一）

昔人论诗词，有景语情语之别。不知一切景语皆情语也。（页四七）

词家多以景寓情……（同上）

王氏提到"景语"、"情语"的问题，而以"景语"皆"情语"，此自系至当归一之论。但通过全书看，他常将"性情"与"境界"对举；而他的论境界，皆偏在景的自身，没有把景与情的关系扣紧；许多依稀夹杂的说法，皆由此而来；王氏自谓"探其本"，恐自信太过了。

三、传统中的写景与境界等问题

我现在把古人在这一方面的体验，稍为条理一下，以便与王氏的境界说，略加比较。

有诗即有比兴，比兴即是写景，即是王氏之所谓境界。比兴乃出于作者感情自然的要求，自然的凑泊，汉魏以前，很少是由"窥情风景之上，钻貌草木之中"（《文心雕龙·物色》篇）的"窥"与"钻"而来的；因而也并不是意识地把它当作一种表现的技巧来加以运用。此时的景与情，自然融合为一。自山水诗出现后，写景在诗中的分量始加重。周伯弼选《唐人家法》，有"四实四虚，虚实相半"之论。所谓"四实"，谓律诗中四句，皆因写景而实。所谓"四虚"，系指化景物为情思，例如"岭猿同旦暮"，岭猿、旦暮，皆景物；用一"同"字化而虚之，即以此一字而化为作者的情思（以上请阅范晞文《对床夜话》）。这是来自写景在诗中所占的重要分量而立说的。方虚谷对周氏之说，虽力加攻击，然仅攻击其表现的格式化，并非反对写景在诗中所占的分量。但由周氏之说，亦可了解，凡成功的写景，无不是景中有情，或以景烘托情。情为景之本，这是写景的关键。

现在说到用词的问题。把用词的情形加以厘清，是澄清混乱的重要步骤之一。景物之景，在唐以前，多只称为物、物候或物色。上引《文心雕龙·物色》篇"窥情风景之上"的风景，恐怕只是指气候（风）日光而言，没有后来概括性的意义。以风景或景，作概括自然界之美来使用，我现时可以考见的，当为《陈书·孙玚传》的"每良辰美景"，至唐而始流行。

境、境界，原来都只作"疆界"解释；此一解释，到现在还是作为常词来使用。将"境"通于风景之"景"，将境界赋与以精神的意义，大概始于佛家，而以在禅宗中为盛行，后来才用到诗文评论之上。日本兴圣寺本的《六祖坛经·缘起说法门》："于一切时中，念念自见万法无滞，一真一切真，万境自如。如如之心，即是真实。"《为时众说定慧门》："于诸境上心不染曰无念。于自念上常离诸境，不于境上生心。""迷人于境上有念，念上便起邪见。""真如自性，起念六相；虽有见闻觉知，不染万境，而真性常自在。"《教授坐禅门》："何名坐禅？此法门中，无障无碍，外于一切善恶境界……本性自净自定，只为见境思境即乱。若见诸境不乱者，是真定也。"《说摩诃般若波罗蜜门》："悟无念法者，见诸佛境界。"上面所说的"诸境"、"万境"，单说一个"境"字，等于说的是人世的经验界或现象界，其含摄的内容，当然比景的内容为大；但景的内容已包括在境字之内。所以释皎然《诗式》："或以苦思，则丧自然之质，此亦不然。夫不入虎穴，焉得虎子。取境之时，须至难至险，始见奇古。"他这里所说的"取境"，实际就是"取景"。我不敢说把境与景通用，是始于皎然；但这是出现在禅宗盛行的唐代，是没有可疑的。《坛经》中所用"境界"一词，是指精神状态的不同层次而言，与单用一个"境"字，有显然的区别。

《六祖坛经》中所用的"境"字，没有精神的意义；但用"境界"两字时，则很明显地有精神的意义。"善恶境界"、"诸佛境界"，是一个人的精神到达点。在诗词中境、景通用，对诗词的影响不大。把带有精神性的境界应用到诗词中，其意义却是重大的。因诗人、艺术家，他们面对客观景物而要发现其意味时，常决定于他生命中的精神的到达点。写景写得好不好，不仅是技巧问题，更重要的是精神的到达点要高，精神的涵盖面要大；这便说明中国传统的文学、艺术理论，何以必须归结到人格修养之上。若就作者自身而言境界，则境界有如叶燮《原诗》之所谓"胸襟"。叶氏谓："诗之基，其人之胸襟是也。有胸襟，然后能载其性情智慧聪明才辩以出，随遇发生，随生即盛。"胸襟的大小高低，当然系于人的修养。从诗词的表现上而言境界，即是说从诗词的写景中，看出作者精神的到达点或作者精神（或者说是感情、情调）的活动状态，也即是通过作品中的重要表现而发现到作品中的人。这是文学艺术批评中最难之事，但因为这是批评的最后要求，所以这也是对文学艺术批评者所必然提出的要求。有一句的境界，叶燮对杜甫"晨钟云外湿"，加以详细分析后，谓杜甫是"隔云见钟，声中闻湿，妙悟天开，从至理实事中领悟，乃得此境界"（《原诗》）。有一联一诗的境界，"横浦张子韶《心传录》曰，读子美'野色更无山断隔，山光直与水相通'。已而叹曰，子美此诗，非特为山光野色。凡悟一道理透彻处，往往境界皆如是也"（蔡梦弼《草堂诗话》）。有总括一生作品之境界，叶燮谓苏东坡"韩文公后又开一境"（《原诗》），"《剑南集》原本老杜，殊有独造境地"（同上），"六朝诗家……陶淡远，灵运警秀，朓高华，各辟境界，开生面"（同上）。上文中的"境"字，乃"境界"两字的简称。因此，我们也可以了解，一提到诗词中的境界，便说的是主客合一、情景交融的层面，而不容把景物与感情对立起来。王氏假定是标举此种意义的境界，而将其落实下来，以作批评诗词的标准，他是探到了诗词创作的本源，可高踞于各批评家之上。可惜，在他的全书中，只偶然地，若有若无地沾到了这一方面的点滴。而他主要用的是"境界——境——景"的理路。他在书中所表现的高视阔步的态度，便可说完全失掉了根据。

四、情与景的融合及其融合的历程、状态

通于景的境，本来是纯客观的，没有精神的意味。后人用"境"字而带有精神意味的，如前所述，应视这为"境界"一词的简称，这种简称，大概起自宋人。简称的例子，俞兆晟《渔洋诗话》序："于是以太音希声，药淫哇锢习。《唐三昧》之选，所谓乃造平淡时也；然而境亦从兹老矣。"此处的"境"字，当然指的

是王渔洋在诗方面所达到的最后（老）境界。黄山谷谓"诗文不可凿空强作，待境而生，便自工耳"（《渔隐丛话前集》卷四七）。后来元杨载（仲弘）《诗法家数》，引此语而申之曰："诗不可凿空强作，待境而生自工。或感古怀今，或伤今思古；或因事说景，或因物寓意。"由此可知，山谷此处之所谓境，乃境界之境，不是与景通用的境。

正因为境或景，是纯客观的存在，所以在诗词中提到景或境时，必然要钩紧着情或意，这样始能由人的主体以融合物的客体，构成诗词中的重要因素。与人的主体的情或意不相干的境或景，亦即是与诗词不相干的境或景。下面举若干例证。范晞文《对床夜话》：

> 老杜诗"天高云去尽，江迥月来迟。衰谢多扶病，招邀屡有期"，上联景，下联情。"身无却少壮，迹有但羁栖。江水流城郭，春风入鼓鼙"，上联情，下联景。"水流心不竞，云在意俱迟"，景中之情也。"卷帘惟白水，隐几亦青山"，情中之景也。"感时花溅泪，恨别鸟惊心"，情景相触而莫分也。"白首多年疾，秋天昨夜凉"，"高风下木叶，永夜揽貂裘"，一句情，一句景也。固知景无情不发，情无景不生……

葛立方《韵语阳秋》：

> 意中有景，景中有意。

吴乔《答万季野诗问》：

> 问，诗惟情景，其用处何如？答曰，《十九首》言情者
> 十之八，叙景者十之二。建安之诗，叙景已多，日甚一日，
> 至晚唐而有清空如话之说。而少陵如"暂往北乡去"等，却
> 又全不叙景。在今卑之无甚高论。但能融景入情，如少陵
> 之"近泪无干土，低空有断云"。寄情于景，如严维之"柳
> 塘春水漫，花坞夕阳迟"，哀乐之意宛然，斯尽善矣。明人
> 于此，大不用心，所以无味。

按吴乔之意，不太重视写景；但一言写景，即不能离情与景
而二之。

王夫之《姜斋诗话》，则最重写景，我怀疑王静庵曾受其影
响；但王夫之亦必扣紧情以言景。他说：

> 不能作景语，又何能作情语耶？古人绝唱句多景语，如
> "高台多悲风"，"蝴蝶飞南园"，"池塘生春草"，"亭皋木叶
> 下"，"芙蓉露下湿"，皆是也。而情寓其中矣。以写景之心
> 理言情，则身心独喻之微（情），轻安拈出。

按情是朦胧漂荡，不易把捉的，缘景始得其形相，故能轻安（轻
松）拈出。又：

> 夫景以情合（景因人之情而与人相关连，否则景与人，
> 各不相干），情以景生（情以景而引发，由景而呈现）。初

不相离，唯意所适。截分两橛，则情不足兴，而景非其景。

然则人与物，情与景，系经何历程而融合在一起，以将其表现出来呢？我以为胡震亨《唐音癸签》卷二所引王昌龄下面的一段话，说得意味深长。

　　王昌龄云，为诗在神于心。处心于境（将心融入于境中），视境于心（境同时呈现于心上），莹然掌上（心中之境，明彻于心目之间），然后用思（思指创造时的心灵活动）。了然境象（在创造时，很清楚地把握到心目中的境象，而将其写出），故得形似（故能写景而恰如其景）。

这里不牵涉到上面的话，是否真正出于王昌龄的问题；但从其用词与内容看，应当是出于唐人之口。他所说的诗人写景的历程，与画家创造山水画的历程，是相同的。画家创造一幅山水，是先由对山水的穷观极照，将自己的精神融入于山水之中；同时即将山水融入于自己精神之内，使山水得到精神的升华，成为画家胸中的丘壑；画家所画的乃升华后的胸中丘壑，故能由山水之貌，以传山水之神；同时即以山水之神，舒写出画家之神。把上引王昌龄的话加以分析，应当可以对写景的真实意义，由其"典型的"历程而得到确切的了解。

　　（王昌龄）又云，诗思有三种。搜求于象，心入于境，神会于物，因心而得，曰取思。久用精思，未契意象，力疲智竭，安放神思，心偶照境，率然而生，曰生思。寻味前言，吟讽古制，感而生思，曰感思。

按此处所谓"思"，如前所述，乃指诗的创造时的心灵活动，有如《文心雕龙·神思》篇的"思"。这里是说引发心灵创造活动的，有三种不同的历程。"取思"是指取之于自己心中所有的景象的创造活动；这段话中的"象"、"景"、"物"，是可以互换使用的，也即是可以使用三者中任何一个名词，而内容无所改变的。这段话的内容，与前引的一段话的内容，完全一致。心先入于境，境亦同时入于心，因而得心境合一（"神会于物"），此时所写者乃心中的境，亦如画家所画者乃胸中的丘壑。这是我所说的写景的"典型的"历程。"生思"，是指并未经过心境相融、主客合一的历程，而只是心偶然观照到境，诗人当下把握到由境引生之情，由情所沾惹上之境，将其写了出来。这有点近于"即兴"、"漫兴"的创作。"感思"的性质，与"生思"并无分别；不过前者由当前的境所引生，后者系由古人作品所感发。大诗人很庄严地创作巨制时，才经历着典型的历程；此外则多出于"生思"、"感思"。

然则诗人在上述历程中所把握到的景（境），是何状态呢？我以为唐司空图《与极浦书》中下面的话，是形容此一状态的。

> 戴容州（叔伦）云：诗家之景，如蓝田日暖，良玉生烟，可望而不可置于目睫之前也。象外之象，景外之景，岂容易可谈哉。

按诗人或由观照，或由想象，所得之景，乃由诗人之情或意，从景的形上所发现的景中所含的神情、意味。景的神情、意味，由诗人之情、之意而得，但并非即是诗人之情、之意的自身，所以景与诗人之情、之意的关系，乃在若即若离的状态。景的神情、意味，必附丽于物之形而见，但并非即是物之形的自身；所以景的神情、意味，与景之形的关系，亦在若即若离的状态。戴氏体验到此种状态，即以"可望而不可置于目睫之前"形容之。司空图则以"象外之象，景外之景"加以解释，此即前面我所引用的"第二自然"。

通过《人间词话》，以考察王氏对写景问题的体验所至，似乎没有到达上述的深度。

陆机《文赋》疏释

汉代文学，以辞赋为主，下逮魏、晋，虽题材体制，皆有孳演变更，而接响承流，渊源有自。赋体的制作，不可谓不多，赋体的影响，不可谓不大。然除扬雄《法言·吾子》篇中有："诗人之赋丽以则，辞人之赋丽以淫"这类意味深长，而言语过于简单的反省以外，则只能数《西京杂记》中所记下面的一段话：

> 司马相如为《子虚》、《上林》赋，意思萧散（按"萧散"，乃形容对自己的起居生活不关心的情形），不复与外事相关。控引天地，错综古今。忽然如睡，焕然如兴，几百日而后成。其友人盛览，字长通，牂柯名士；尝问以作赋，相如曰："合綦组以成文，列锦绣而为质；一经一纬，一宫一商，此赋之迹也。赋家之心，包括宇宙，总览人物；斯乃得之于内，不可得而传。"

上面所包涵既深且广的作赋的体验，直至陆机《文赋》，始得到发挥。《文赋》之所谓"文"，把当时承认的文学种类，都概括在里面；但我感到其中最主要的是作赋的体验。可以说，有四百多年制作历史的赋，到陆机的《文赋》出而始有一篇完整的反省性的文章。以现代语言说，这是一篇以赋为主，而可通于其他文学制作的意味精深、组织严整的文学批评的作品，可以说是曹丕《典论·论文》后进一步的大发展。刘彦和在《文心雕龙·序志》中，讥其"巧而碎乱"，未足为知言。

《晋书》卷五四《陆机列传》：

陆机字士衡（生于吴景帝永安四年，西纪二六一年，被杀于晋惠帝太安二年，西纪三〇三年，年四十三），吴郡人也。祖逊，吴丞相。父抗，吴大司马……少有异才，文章冠世。伏膺儒术，非礼不动。抗卒，领父兵为牙门将，年二十（为晋太康元年，西纪二八〇年）而吴灭，闭门勤学，积有十年……遂作《辩亡论》二篇。……至太康末，与弟云俱入洛。……时成都王颖……表为平原内史。太安初，颖与河间王颙，起兵讨长沙王乂，假机后将军、河北大都督，督北中郎将王粹、冠军牵秀等诸军二十余万人，机……固辞都督，颖不许。……因宦人孟玖等谮机于颖，言其有异志……遂遇害于军中。

《文赋》相传是陆机二十岁时所作，杜甫《醉歌行》中有"陆机二十作《文赋》"之句，此说断不可信。他的父亲陆抗，卒于吴凤凰三年（二七四年），时机年十三，即领父兵为牙门将，以迄年二十岁而吴亡，这段时间，不是陆机可以集中精力，从事写作的时间。而《文赋》序分明说"每自属文，尤见其情"，是他写《文赋》时已积累有写作的经验。他与其弟陆云在吴时，两人没有通书讨论文章之事的必要。两人入洛以后，他除一度辟为平原内史外，一直是宦居洛阳，而陆云则"出补浚仪令"，只有此时，或机为平原内史时，两人暌违两地，才会通书论文。现《陆士龙文集》卷八《与平原书》的第八书，中有"诸赋皆有高言绝典……省《述思赋》，流深情至言，实为清妙……《文赋》甚有辞，绮语颇多；文适多体，便欲不清不审，兄呼尔不"的话，这分明是陆机送了几篇新作给陆云评定；中间有《述思赋》、有《文赋》，是两赋制作的时间很相近；而《述思赋》是抒兄弟"离居而别域"之情的。在《陆士龙文集》卷三录有"兄平原赠"的诗及云的和诗，这是陆机为平原内史时陆云所写的，《文赋》在《与平原书》中提到，亦可知《文赋》当制作于陆机为平原内史前后。成都王颖为大将军录尚书事，是永宁元年（三〇一年），机委身于颖，为大将军参军，当在此年，时机年四十，成都王颖假陆机后将军，是太安二年（三〇三年）八月的事。督诸军讨长沙王乂，陆机兵败因谗被杀，是此年冬十月间事，时机年四十三岁。他由大将军参军"表为平原内史"，乃永宁元年到太安二年间的事；由此可以推定《文赋》是他四十一岁前后所作。

《文赋》最大的特色有二：一是他尽可能地描述了创作的心理历程；二是通篇除最后一段谈到文学的功用外，主要是从文学的艺术性方面来加以讨论乃至评鉴；这便把文学之所以成其为文学的特性凸显出来了。但他概括的范围相当大，而又是出之以赋体，使用的语言过于精约，所以对内容的把握，并不容易。我手头仅有《昭明文选》中的《李善注》、《五臣（唐吕延济、刘良、张铣、吕向、李周翰）注》，及现代人士程会昌《文论要诠》、瞿蜕园《汉魏六朝赋选注》、郭绍虞《中国历代文论选》等书中所选《文赋》的诠注（最近亦看到钱锺书《管锥篇》一三八所论《文赋》。八〇年七月一日补志）；其中以《李善注》最佳，《五臣注》最劣；但概括地看，多训诂无根，条理无绪，使读者除摘取片断的字句外，不能作首尾贯通的理解，把一篇用心精密的文论糟蹋了。我因授课及此，想以注疏体作进一步的探索；凡旧注可用的皆用旧注；未用旧注的，是认为旧注有问题，阅者可加以对勘。

余每观才士之所作，窃有以得其用心。（一）夫放言遣辞，良多变矣，（二）妍蚩好恶，可得而言。（三）每自属文，尤见其情。（四）恒患意不称物，文不逮意。（五）盖非知之难，能之难也。故作《文赋》，以述先士之盛藻。（六）因论作文之利害所由，（七）他日殆可谓曲尽其妙。（八）至于操斧伐柯，虽取则不远；（九）若夫随手之变，良难以辞逮。（十）盖所能言者，具于此云尔。

注：（一）李善："作，谓作文也。用心，言士用心于文。"按此两句言常由才士之作品，而可以得到他写此作品时心理活动的历程，亦即所谓"追体验"。

（二）《广雅·释诂四》："放，置也。""放言"即是设置言语。"遣辞"即是使用文辞。"放言遣辞"，即是作文。吕延济："良，实也。"

（三）李善："《广雅》曰，妍，好也。……《释名》曰，蚩，痴也。《声类》曰，蚩，骇也。然妍蚩亦好恶也。"

（四）李善："属，缀也。"按"属文"即连缀字句以成文，亦即作文。"其情"与上文的"用心"同义。但上文系就古之才士作文时之用心而言，此处则就自己作文时之用心而言。

中国文学论集续篇

（五）《说文》七上："称，铨也。"按俗谓之秤。以秤量物之轻重，必使秤之权与所量之物，轻重相等。故"意不称物"，谓作者之意，不能与物之轻重相等。物指题材之内容。李善：《尔雅》曰，逮，及也。"按"文不逮意"之"文"，指言辞，此句谓作者使用的言辞，又不足以达（逮）自己的意。

（六）李善引孔安国《尚书传》曰："藻，水草之有文者，故以喻文焉。"

（七）按利害犹成功与失败，意谓并论及作文的成功或失败之所由来。

（八）此句颇多异解。李善："言既作此《文赋》，他日而观之，近（释殆）谓委曲尽文之妙理……他日，异日也。"程会昌引黄先生（侃）云："'谓'字是羡文。此言今以能为难，他日庶几能之耳。"郭绍虞从此说。俞正燮《文选注书后》曰："其说（指本句）难通。盖本文系'谓他日殆可曲尽其妙'，'谓'字传写者倒之耳。本文言赋之所陈，知之非难，而己之才力难副，存此妙旨，冀异日曲而验之。如沈休文言，如曰不然，请俟来哲。"按黄先生之说难从。俞氏引沈休文说，其意近是，而亦因误解此文"盖非知之难"两句，至流于迂曲。刘彦和《文心雕龙》自序："茫茫往代，既沉（深入之意）予闻。眇眇来世，倘尘（犹蒙，谦词）彼观也。"古人著书，常求知音于后世，则此句实谓"他时（后世）庶几（殆）可称《文赋》为（谓）能曲尽文理之妙"。

（九）用《诗·豳风》"伐柯伐柯，其则不远"之意。言操斧以伐取木材做新的斧柄（柯），即以手中之斧柄为法则，故谓其则不远。以喻本古人之文（操斧）以探求作文之道（伐柯），即可以古人之文为法则。

（十）"若夫"在此处为转接之词，犹"至于"。"随手之变"，犹言作者随写作时而有变化。称"随手"者，言变化之剧。"逮"，《四部丛刊·五臣注》本作"逐"。此两句犹《文心雕龙·神思》篇"至于思表纤旨，文外曲致，言所不追，笔固知止"，及《序志》之所谓"但言不尽意，圣人所难"。任何价值体系，追求到最后时，必感到有为语言所不及的境界。

疏：此为《文赋》的自序。对自序的了解，是了解《文赋》内容的关键。"窃有以得其用心"，是文学评鉴所应达到的境界，也是陆机写《文赋》的前提条件。"夫其放言遣辞"四句，是说明文体虽不断地变化，但好坏仍有共同的指向，可作批评的准据。所谓共同的指向，指的是共同的用心，及共同所要求达到的目的与其所用的方法。由他自己创作的经验，尤可以看出以前才士用心的情形，这是以自己创作的体验，迎接古人创作的体验，印证古人创作的体验。

然则古才士之"用心"，和自己"尤见其情"，主要指的是什么呢？首先指的是"苦于意不称物"，意与所写的物发生距离。此处的物乃题材所应有的内容。要使意能称物，乃"用心"的第一指向与所要达到的目的。其次是苦于"文不逮意"，表现的文辞，与作者由物所形成的意，发生距离。所以辞能达意，是用心的第二指向与所要达到的目的。作品的妍蚩好恶，首先是由意能否称物及文能否逮意，与夫称物与逮意的各种程度所决定。凡是从事写作的人，都知道这两点基本要求，所以说"非知之难"。但事实上需要具备许多条件，否则无法达到，所以说"能之难也"。因此他作《文赋》以述先士的成功作品（盛藻），是要从他们的成功作品中，看他们是如何能达到上述的两点基本要求，及其达到后的效果。这便构成《文赋》前半段的主要内容，甚至可以说是他写《文赋》的主要动机。

"因论作文之利害所由"，这一句，当然把上面的两基本要求，包括在里面，但范围更为推广，内容更为具体。作《文赋》本是为了"述先士之盛藻"，即是对过去作品的评鉴。顺着（因）评鉴所得，论述作文之所以成功（利）和所以失败（害）的原因（所由），想由此以阐明作文的一般法则（"取则不远"的"则"）。这便构成《文赋》后半段的主要内容，也可以说是由主要动机所引申出的副次动机。《文赋》全篇，皆应顺着自序中所提示的线索去了解。

　　　　伫中区以玄览，（一）颐情志于典坟。（二）遵四时以叹逝，瞻万物而思纷。（三）悲落叶于劲秋，喜柔条于芳春。（四）心懔懔以怀霜，志眇眇而临云。（五）咏世德之骏烈，诵先人（民）之清芬。（六）游文章之林府，嘉丽藻之彬彬。（七）慨投篇而援笔，聊宣之乎斯文。（八）

注：（一）《说文》八上："伫，久立也。"李善："中区，区中也。"按谓区域之中。《说文》四下："玄，幽远也。"《老子》"涤除玄览"，按此处乃深远地观察之意。

　　（二）张铣："颐，养也。"典坟，此处指一般古典而言。

　　（三）李善："遵，循也。循（顺）四时而叹其逝往之事，揽视万物盛衰而思虑纷纭也。"按"遵四时"句当为"顺着四时之变迁而叹光阴之消逝"。

（四）刘良："秋气杀万物，故云劲秋。"按感觉秋之气为刚劲，故谓"劲秋"。感觉春之气为芳香，故谓"芳春"。

（五）李善："懍懍，危惧貌。眇眇，高远貌。怀霜临云，言高洁也。"按裴学海《古书虚字集释》卷一："以，犹于也。"《汉书》五十六《董仲舒传》："霜者，天之所以杀也。"《说文》十一下："霜，丧也。"故"霜"为肃杀丧亡之象征。"怀霜"喻人之获罪而心怀丧亡之忧。《史记》七十九《范雎列传》"致于青云之上"，青云以喻高位。"临云"喻人之得意而获高位之喜。两句言人生的两种不同遭遇，李注非是。

（六）李善："言歌咏世有俊德者之盛业。先民谓先世之人，有清美芬芳之德而诵勉。"按世德，先世之德，如述祖德诗之类。"先人"应作"先民"。《诗·商颂·那》"自古在昔，先民有作"，朱《传》以"古人"释之，如咏史诗之类。

（七）李周翰："林府谓多如林木，富如府库也。"李善："《论语》曰，'文质彬彬，然后君子'。孔安国《注》曰，'彬彬，文质相半之貌'。"按"丽藻"犹自序中之所谓"盛藻"，指成功之作品。"彬彬"，指文章之内容与形式，取得均衡而言。

（八）《左传·宣十四年》："楚子闻之，投袂而起。"杜《注》："投，振也。"《说文》十二上："振，举救也。"《一切经音义》四，及李善注陆云《大将军讌会被命作诗》，皆引《说文》："振，举也。"故"投袂"即是举袂。此处之"投篇"，即是"举篇"。《汉书·公孙弘传》"著之于篇"，《注》："简也。"故"投篇"即是拿起（举）篇简，有如今日之所谓"拿起稿纸"，与"援（取）笔"相对成文。程会昌释为"因投置往篇"，大误。《论语·子罕》："天之将丧斯文也，后死者不得与于斯文也。天之未丧斯文也，匡

　　　　　　　　　　　　　　中国文学论集续篇

人其如予何。"此后"斯文"成为典故中之成语，乃典籍或文章之泛称。班固《答宾戏》"密尔自娱于斯文"，《后汉书·蔡玄传》赞"斯文未陵"者皆是。故此处之"斯文"，乃泛指"先士"所作之文而言。李善及"五臣"对此无解。程会昌谓"因投置往篇，援笔而自抒所见也。本节造赋之由"；是程氏以"斯文"作"此文"解，指《文赋》而言；瞿蜕园、郭绍虞实从此说。不仅本节所述之内容，与《文赋》以下之内容不类，且与下文的"其始也"不相衔接，成为理解《文赋》之最大障蔽。

疏：此小段言文士写作的根本修养及其写作动机。第一句中"玄览"的对象指的是作者所处的时代，这是由"伫中区"三字可以断定的。"伫中区"有两种意义：一是站在时代活动的中心来玄览此一时代，则周遍而无所遗。一是"中区"也可作不偏不倚的客观态度来玄览自身所处的时代，则容易得到时代的真相。作者个人创作源泉的深浅，可以说是决定于他的心灵、脉搏，能与他所处的时代相通感的深浅的。所以"伫中区以玄览"，是作者自身所发出的要求，也是作者自身所需要的修养。断乎没有与时代隔绝而可以成为成功的作者的。至于第二句的"颐情志于典坟"，在古典中得到人格的熏陶，储备写作的材料与能力，这是容易了解的。所以这两句说的是每一作者所须具备的根本条件。钱锺书谓"区中即言屋内"。玄览，"以言阅览书籍"。两句谓"室中把书卷"。于是"伫中区以玄览"，是站在屋内看书。当时的书，不是帛卷，即是简篇，很难拿在手上站着看。

写作必须有写作的动机，而最真实有力的动机，则是来自缘某种事物所引起的感发、感动。"遵四时以叹逝"八句，乃引起感发、感动的事物。前四句是由时序变迁、万物荣落所引起的，这在《诗三百篇》中，已有很多明显的例证，即所谓"比兴"。陆机也有《感时赋》。"懔懔以怀霜"两句，则是由遭遇而来的感发、感动。"咏世德之骏（大）烈（功）"，《三百篇》中也占有重要地位。"诵先人之清芬"，《离骚》中述"三后之纯粹"及"尧舜之耿介"等，当然也可引起感发而形成创作的动机。

有了感发、感动的创作动机为主因，还需要有一种助成写作的副因。"游文章之林府"两句，说明因读古人及他人的佳作，而引发自己写作兴趣或决心，这是助成写作的副因。所以接着便是"慨投篇而援笔"两句。他用一"慨"字，描写出由有所感发、感动而决定写作时的心理活动情态。"慨"是"慷慨悲歌"的慷慨，写或歌，都有同样的心理活动。假定心理活动的强度，减低一点，便是慨叹的慨。

其始也，（一）皆收视反听，（二）耽思旁讯，（三）精骛八极，心游万仞；（四）其致也，情瞳昽而弥鲜，物昭晰而互进。（五）倾群言之沥液，漱六艺之芳润。（六）浮天渊以安流，濯下泉而潜浸。（七）于是沉辞怫悦，若游鱼衔钩而出重渊之深；（八）浮藻联翩，若翰鸟缨缴而坠曾云之峻。（九）收百世之阙文，采千载之遗韵。（十）谢朝华于已披，启夕秀于未振。（十一）观古今于须臾，抚四海于一瞬。（十二）

注：（一）"始"言酝酿时用思之始，概括"思考"与"想象"两方面。

（二）这句是说要把用向其他方面活动的视听收拾起来，以得到精神的集中，即《西京杂记》谓司马相如作《上林赋》时"意思萧散，不复与外事相接"。

（三）《说文通训定声》十二上"耽"下："又重言形况字。"《西京赋》："大厦耽耽。"注："深邃之貌。"《魏都赋》："耽耽帝宇。"按即《史记·陈涉世家》之"沉沉者"。故此处之"耽思"即"沉思"，盖深思之意。《广雅·释诂二》："旁，广也。"吕延济："讯，求也。""旁讯"，乃广为搜求之意。

（四）精即今日之所谓"精神"。《一切经音义》七："骛，疾驰也。"李善："八极万仞，言高远也。"《淮南子·坠形训》："天地之间，九州八极。"《注》："八极，八方之极也。"仞有八尺、七尺两说，程瑶田《通艺录》谓："言七尺者，是也。"

（五）李善："致，至也。《埤苍》曰，瞳晓，欲明也。《说文》曰，昭晰，明也。"《易·说卦》："为蕃鲜。"《释文》："明也。"

（六）《说文通训定声》："倾假借为罄；孙楚《征西官属诗》，倾城远道送。注，犹尽也。"李周翰："群言，群书也。沥液，涓滴也。"《说文》十一上："漱，荡口也。"此引申为玩味之意。六艺即六经。李善以礼乐射御书数为解，失之。

（七）李善："言思虑之至，无处不至，故上至天渊于安流之中，下至下泉于潜浸之所。《剧秦美新》曰，盈塞天渊之间。《楚辞》曰，使江水兮安流。《毛诗》曰，冽彼下泉，浸彼苞桑。"按《剧秦美新》之"天渊"，乃"天与渊"之意，与此处之义不合。《广雅·释天》"天渊谓之三渊"，则系星名。此处盖与天河、天汉同义。李善对此两句释为"言思虑之至，无处不至"，与前"精骛八极"两句意复。此两句乃言措意置境，当极其高深；上（高）安流于天渊，下（深）潜浸于下泉。

（八）此四句虽皆指"辞"、"藻"而言，但辞藻乃附丽于意，意由辞藻而明，故辞藻中含有意。意所不及之辞，如物沉于水下，故谓之"沉辞"。意所未收之藻，如水中漂浮之水草（藻），故谓之"浮藻"。怫，表达时的艰难；悦，表达时的顺畅。"怫悦"是由艰难而顺畅。

（九）《诗经·泮水》："翩彼飞鸮。"《传》："飞貌。"故"联翩"乃联飞之貌，以喻"浮藻"之浮。李善以"将坠貌"释之恐非是。李善："王弼《周易注》曰，'翰，高飞也'。《说文》曰，'缴，生丝缕也'。谓缕系矰矢而以弋射。"《文选·述祖德诗》"而不缨垢氛"，《注》："绕也。"按即缠绕之意。《说文通训定声》"曾"字下："假借为'层'。"《楚辞·招魂》"曾台累榭"，《注》："重也。"

（十）李善："《论语》，'吾犹及史之阙文'。"《左传·成公二年》"晋实有阙"，《注》："失也。"《说文》二下："遗，亡也。"《系传》作"忘也。"按亡、忘可通用。遗韵，谓被人遗忘的韵调，即前人作品中所未及的韵调。

（十一）《说文通训定声》"披"字下："《琴赋》，披重壤以诞载兮。注，开也。"又"振"字下："《左传·文公十六年》，振廪同食，《注》，发也。"

（十二）此两句，描写在酝酿中很完整地把握到题材的精神状态，以总结上文。

疏：此小段，描述在酝酿中尽思考、想象、探索之能，使在酝酿时先能意可以称物、文可以逮意的活动情态。亦如画家的"胸有丘壑"。在酝酿时必先收视反听，使心不外驰，以便集中精神于自己所欲写之题材，而加以耽思，加以旁讯。所以"收视反听"，是"耽思旁讯"的前提条件。尽旁讯之量而精神驰骛于八极；尽耽思之量而心灵浮游于万仞。这是为了发现题材所应关涉，所应涵融的材料与意境。经过这种耽思旁讯，如题材为抒情，则原为朦胧不易把捉之情，至此而较初感时，更为鲜明。如题材为赋物，则原为模糊而疏隔之物，至此而呈现昭晰的形相，有秩序地（互）进入于自己的胸中。题材既已把握，更倾尽群言，以取其精英；玩索（漱）六艺，以汲其义味。在此开辟广博之天地中，立意又极其高，有如"浮天渊以安流"；运思又极其深，有如"濯下泉而潜浸"。经过上述的思考、想象、探索之后，意与物的距离，由缩短而融会，其情态"若游鱼衔钩而出重渊之深"，落在钓者的手上。如前所述，辞与意不可分，故此处的"沉辞"，实兼意而言。文（辞）与意的距离，也由缩短而融合，其情态"若翰鸟缨缴而坠曾云之峻"，落在弋者的手上。至此酝酿成熟了，而这种成熟，乃来自上述的穷尽思考、想象、探索之力，便自然在酝酿中有创新的作用。"收百世之阙文"两句，是内容的创新；"谢朝华于已披"两句，是表现的创新。一个题材的内涵，即是一个世界；深入于题材的内涵，即是深入于此一题材的世界。酝酿成熟以后，由题材所形成的世界，以完整统一之姿，呈现于自己心灵之上，便有"观古今于须臾，抚四海于一瞬"的气概，这两句话落实了讲，即是题材至此而完全把握到了。

陆机在上两句话中，用"须臾"、"一瞬"两词，这是出自他深刻的体验。由酝酿成熟而呈现在心灵上的极题材之量的统一之姿，只能观之于须臾，抚之于一瞬。时间稍久，统一的形相，势必分解而为片断的、局部的形相。天才诗人的诗及大画家的山水画，都是紧抓住这"须臾"、"一瞬"来下笔。苏轼《腊日游孤山访惠勤惠思二僧》诗，乃描写一路所见的景物情态。收的两句是"作诗火急追亡逋，清景一失后难摹"。郭熙《林泉高致》中附有其子郭思述其父作画的情形是"每乘兴得意而作，则万事俱忘。及事泪志挠，外物有一，则亦委而不顾。委而不顾者，岂非所谓昏气者乎"。按"昏气"，乃指胸中丘壑，隐而不见的情形。苏轼的诗，郭思所记的他父亲郭熙作画的情境，都说明了此中消息。一般的作家画家，在长篇巨制时，只能酝酿出一个大概的轮廓，以后要前后左右照顾地逐步生发下去，以构成一篇或一幅的体制。

　　然后选义按部，（一）考辞就班，（二）抱景者咸叩，怀响者毕弹。（三）或因枝以振叶，或沿波而讨源。（四）或本隐以之显，或求易而得难。（五）或虎变而兽扰，或龙见而鸟澜。（六）或妥帖而易施，或岨峿而不安。（七）罄澄心以凝思，眇众虑而为言。（八）笼天地于形内，挫万物于笔端。（九）始踯躅于燥吻，终流离于濡翰。（十）理扶质以立干，文垂条而结繁。（十一）信情貌之不差，故每变而在颜。（十二）思涉乐其必笑，方言哀而已叹。（十三）或操觚以率尔，或含毫而邈然。（十四）

注：（一）许慎《说文》序"分别部居"，盖谓将所收文字分为五百四十部，以类相从。则所谓部者，指从整体所分出的单位；就文章而言，即是一篇中所分的"段落"。"义"指作品之内容，《说文通训定声》"按"字下："假借为'安'。"故所谓选义按部者，

乃分配内容，安置于作品中适当的部位（"部居"即部位）。

（二）李善："《小尔雅》，'班，次也'。"言考核辞语的性质，安置于适合的班次。

（三）景，是光景，以喻题材中所含的意义。响，是音响，以喻题材中所含的节奏。

（四）《书·禹贡》："沿于江海。"郑《注》："顺水行也。"题材之内容有主有从。枝以喻主，叶以喻从。有其根基，有其发展。波以喻其发展，源以喻其根基。

（五）题材之内容，有隐有显，有难有易。或先探其隐，再本之以通向于显；或先求其易，再由易以解决其难。

（六）此两句之解释，最为分歧。李善："《周易》曰，大人虎变，其文炳也。言文之来，若龙之见烟云之上，如鸟之在波澜之中。应劭曰，扰，驯也。"此为一说。程会昌引"胡绍煐曰，按澜之言涣也……此言龙见而鸟散也"。此又为一说。朱骏声《说文通训定声》"澜"字下："假借为'连'。《文赋》'或龙见而鸟澜'，按'鸟'者'鱼'字之误。鱼连犹上言兽扰也。"连乃连属之义。此为第三说。三说以朱说为近是。按龙虎皆喻文章中的主题主旨。虎变，犹言虎现，喻主题在一篇之首，作集中的表出。以后的文字，皆顺此主题发展，故谓"兽扰"。《庄子·天运》："夫龙合而成体，散而成章。"是龙无全见，故"龙见"以喻主题在一篇中作分解的表出。如此，则不突出于其他文字之上，而与之游衍从容，如鱼相连属而不惊，或如水鸟安于澜而不惊。

（七）《说文逸字》："妥，安也。"李善："《公羊传》曰，'帖，服也'。《广雅》，'帖，静也'。"《说文通训定声》"帖"字下："按妥帖者，平尉合著之谓。"即所谓"平顺妥当"。李善："岨峿，不安貌。"按岨峿犹崎岖，山径狭隘不平之意。此两句就考辞就班中所出现之情况而言。

（八）吕向："罄，尽也。""澄心"犹言"清静其心"。按眇即妙。此处应作《易传》"妙合而凝"的"妙合"来理会；妙合者，融合而无融合之迹。此两句言当选义按部，考辞就班时，应清心凝思，融会各种思虑以为统一体，在此统一体的基础上来选择安排。

（九）李善："《淮南子》，'太一者，牢笼天地也'。"《说文》二上："牢，闲（防闲）养牛马圈也。"《说文》五上："笼，举土器也。"引申为将物纳入其中为牢笼或仅称为笼。"天地"，指题材所关涉之全局；"形"犹体，"形内"犹言一篇文体之内；文必成篇而后可称为体。此句总言选义按部的工夫。《说文》十二上："挫，摧也。"万物指可作表现用之辞藻言。每一辞藻，皆各有其自性，挫摧其自性，使其屈于作者笔端之下，以供与内容相合的表现要求。此句总言"考辞就班"的工夫。

（十）李周翰："踟蹰，不进貌；亦犹文辞难出于口也。"李善："流离，津液流貌。"以喻下笔顺畅的情状。《尔雅·释诂二》："濡，渍也。"濡翰，即渍有墨汁的笔。此两句言，开始下笔时感到困难，但愈写便愈顺畅。

（十一）任何题材，皆有其当然应然之理；作者应把握题材之理以成为文章之质，由质而树立一篇之干。质必作多方面之发挥而始显，亦犹木之干必有众多之枝条而始茂。文即文辞，发挥有赖于文辞运用的技巧，所以由文辞的运用技巧，将质作多方面（垂条）的发挥，而成其繁盛。

（十二）情是内容，貌是形式，亦即《文心雕龙》中之所谓

"体貌"，有如今日之所谓风格。"颜"与"貌"互文。此两句言成功的作品，内容与形式，必（信）是统一而无差距，所以内容变，体貌亦因之而变。

（十三）此两句为上两句作证明。

（十四）李善："觚，木之方者，古人用之以书，犹今之简也。"又"毫谓笔毫也"。《论语·先进》："子路率尔而对曰。"朱《注》："率尔，轻遽之貌。"此处则应作迅捷理会。《庄子·逍遥游》："藐姑射之山。"成玄英《疏》："藐，远也。"此处作迟钝理会。

疏：此小段言酝酿成熟后，正式写作时之情形。写作首须谋篇布局。"选义按部"两句，皆谋篇布局之事，而以"选义按部"句为主；盖辞附于义（内容）；辞之班次，乃由义所决定。在"选义"、"考辞"时，每因一时心力专注于内容的某一方面而遗忘其他方面，故以"抱景者咸叩"两句提醒在谋篇布局时必须笼罩全局。一篇的构成，由内容（义）所决定。内容必经过分析而后能清晰，内容可分析为枝与叶、波与源、隐与显、易与难。"因枝而振叶"，"沿波而讨源"，"本隐以之显"，"求易而得难"，乃将分析的内容，以叙述的先后，加以条理。条理的先后无定法，决定于作者的匠心，文章最基本的艺术性系由此出。故此四句乃"选义按部"，亦即谋篇布局的四种举例性的方式。在谋篇布局中最重要的是主题的表达，亦即通俗之所谓"点题"。陆机在这里特提出"虎变"与"龙见"的两方式。由此进一步的解说，则为《文心雕龙·附会》篇的"务总纲领"。在"考辞就班"中有难有易，故有"或妥帖而易安"两句。至此为止，皆为"选义按部"两句的补充说明，亦即谋篇布局的要点。谋篇布局，乃将内容作分解性的处理。但此分解性的处理，必以内容的统一性为基底，然后由分解性而来的章句段落，皆由一共同的生命所贯通而成为有机体的文体；所以陆机又特提出"罄澄心以凝思"两句，作为谋篇布局中作者心灵活动上的要求。"笼天地于形内"两句，则为上两句心灵活动的效果。写作时的思路与笔触，在开始时是开辟，因而感到生疏；写了下去，则因系顺承发展而较圆熟，故有"始踯躅于燥吻"两句。理形成文章之质，质所以树立文章的骨干。文辞由质而出，可作多方面的发挥；这两句是说明一篇作品写成后的情形。"信情貌之不差"四句，说明一篇成功的作品，内容与形式必是统一的，此乃文体（style）得以成立的基本条件；《文心雕龙》的文体论，可谓为此四句的发展。最后两句，是说明在写作的历程中，因人的才性不同，而下笔有迟速之异；这一点在《文心雕龙·神思》篇中也有进一步的阐述。

　　　　伊兹事之可乐，（一）固圣贤之所钦。课虚无以责有，叩寂寞而求音。（二）函绵邈于尺素，吐滂沛乎寸心。（三）言恢之而弥广，思按之而愈深。（四）播芳蕤之馥馥，发青条之森森。（五）粲风飞而猋竖，郁云起乎翰林。（六）

注：（一）李周翰："伊，维也。兹事，谓文章也。"维，发语词。

　　（二）《说文》三上："课，试也。"《说文系传》："臣锴按《汉书》云，考课是也。"李周翰："责，求也。"《玉篇》："叩，击也。"按"虚无"以形言，"寂寞"以音言。此两句言文章系由无到有的创造。

　　（三）李善："毛苌《诗传》曰，'函，含也'。"刘良曰："绵邈，远也。滂沛，大也。"又"素，帛也，古人用以书也"，按此两句言文章之功用。

（四）《说文》十下："恢，大也。"李善："按，抑按也。"按此两句承上两句而谓就文章中之言，扩而大之，将愈见其广；就文章中之思，按而入之，将愈觉其深。此两句言文章内容的宏深。

（五）李善："《说文》，'蕤，草木华垂貌'。《纂要》曰：'草木华曰蕤'。《字林》曰，'森，多木长貌'。以喻文采若芳蕤之香馥，青条之森盛也。"按此两句言文章形式的美丽。

（六）《广雅·释诂三》："粲，文也。"按即文采之意。《说文通训定声》"猋"字下："假借为飙。《尔雅》，扶摇谓之猋。"按即疾风之意。《广雅·释诂四》："竖，立也。"此处作"起"理会。《诗·晨风》："郁彼北林。"《传》："积也。"翰林，翰墨之林，犹今言"文坛"。"粲风"、"郁云"，以喻写成之文章。"粲风飞"以喻文章之传播，"猋竖"以喻传播之强而速。文坛为之生色，有如郁云之起于翰林。此两句言文章写成后影响之大。

疏：此小段言文章写成后的功效与影响。一篇文章的写成，乃是从无到有的创造，"课虚无以责有"两句，正说明文章的创造性。人的精神（心灵）可以涵茹万有，且深而可以愈深，广而可以愈广。文章乃作者精神的展现，精神的内涵，即文章的内涵。精神的境界，即文章的境界。且仅停畜于精神者，将起灭无常，纯杂不一。一经写出，即系经过提炼升华，以表现于文字之上，使其成为客观的存在，因而可随时再缘耳目以回归于精神之中。所以有"函绵邈于尺素"的四句。尤其是在表现的同时，即赋予以艺术性，所以有"播芳蕤之馥馥"两句。文章一出，传播迅速，文坛增价，所以有最后两句。

　　按由"伫中区以玄览"起，至此处止，共分四小段，合为全文中的第一大段。由写作之动机以迄写作之成果，皆所以述"观才士之所作，窃有以得其用心"的"追体验"，及"每自属文，尤见其情"的创作体验。由追体验与创作体验的互相印合，以描述有了创作动机以后，在酝酿中，在写作时，如何能使意可以称物，文可以逮意的文学心灵活动的历程。而在他写这一大段时，也正是雕肝镂肾地，要使自己写此文时的意，能与真实的体验（物）相称；要使运用的辞（文），能与体验合一的意相逮，其间一无间隔。所以这是陆机用心最苦最密所写出的一大段。

　　体有万殊，物无一量。（一）纷纭挥霍，形难为状。（二）辞程才以效伎，意司契而为匠。（三）在有无而俛仰，当浅深而不让。（四）虽离方而遁员，期穷形而尽相。（五）故夫夸目者尚奢，惬心者贵当。（六）言穷者无隘，论达者唯旷。（七）诗缘情而绮靡，赋体物而浏亮。（八）碑披文以相质，诔缠绵而凄怆。（九）铭博约而温润，箴顿挫而清壮。（十）颂优游以彬蔚，论精微而朗畅。（十一）奏平彻以闲雅，说炜晔而谲诳。（十二）虽区分之在兹，亦禁邪而制放。（十三）要辞达而理举，故无取乎冗长。（十四）

注：（一）李善："文章之体，有万变之殊；中（疑衍）众物之形，无一定之量。"按物指题材而言；凡题材之所及，即此处之所谓物；非如李注之泛指。

（二）李善："纷纭，乱貌。挥霍，疾貌。"按此承上而言文体之变化，多而且疾。

（三）辞指表现用之文辞，伎同技巧之技。《礼记·儒行》："不程勇者。"《注》："量也。"意谓文辞是量度作者之才而效其技巧。《周官·天官冢宰·小宰》："听取予以书契。"郑《注》："书契谓出予受入之凡要。凡簿书之最目，狱讼之要辞，皆曰契。"可知大纲、纲要，皆可谓之契。意谓作者的意，主持一篇的纲要而成为构造成篇的工匠。

（四）李善："《毛诗》曰，'何有何无，俛俛求之'。俛俛，由（犹）勉强也。"按谓方写作时，当若有若无之际，则需勉强以求其有；当可浅可深之际，须勇进以求其深。

（五）李善："方圆，谓规矩也。"按此处指古人文章之法式。谓虽不为古人之法式所拘（离方遁员），但必须能穷尽题材所有之形相。

（六）《玉篇》："夸，逞也。""夸目"，逞于目，即悦于目之意。《说文》十下："奢，张也。从大。"《西京赋》："纷瑰丽以奓（籀文奢）靡。"《射雉赋》："奓雄艳之婧姿。"注："丰也。"故此处之奢，指文辞铺陈之美而言。铺陈则张大，则丰富。言欲悦于目，则辞尚铺陈。李善："惬，犹快也。"按言欲快于心，则意贵当于理。

（七）《说文》七下："穷，极也。"《礼记·乐记》："穷高极远而测深厚。"《疏》："尽也。"故此处之"言穷"，乃指作表现用之言辞，能极尽其巧之意。如此，则任何题材，皆可自由发抒而不感其狭隘。隘乃无从下笔之意。"论达"，立论通达于理，则文之意境自然昭旷。此两句过去注者皆误。

（八）李善："诗以言志，故曰缘情。赋以陈事，故曰体物。绮靡，精妙之言；浏亮，清明之称。"按《广雅·释诂四》："缘，循也。"《荀子·正名》篇："缘耳而知声。"《注》："因也。"故"缘情"是"顺着情"或"因情"。《文心雕龙·明诗》篇："晋世群才，稍入轻绮。"轻逸之美，有如纨绮。《洞箫赋》："被淋洒其靡兮。"注："靡，声细好也。"故绮以色言，靡以声言。李注失之泛。"体物"，表现物，而与物合为一体。

（九）徐师曾《文体明辨》序："按古者葬有丰碑，以木为之……汉以来始刻死者功业于其上，稍改用石。"《琴赋》："披重壤以诞载兮。"注："披，开也。"《说文》四上："相，省视也。"言开阅其文而省视其质，以求其能文质彬彬。李善："诔以陈哀，故缠绵凄怆。"

（十）李善："博约，谓事博文约也。铭以题勒示后，故博约温润。箴以讥刺得失，故顿挫清壮。"按铭勒于器物之上，字数受限制，故须义博而文约；语多含蓄，故体貌温润。顿挫与直率相反。文以顿挫而有力，故体貌清壮。

（十一）《诗·大雅·卷阿》："优游尔休矣。"朱熹《集传》："闲暇之意。"此处，乃从容自然，歌功颂德而不着痕迹。彬是文质相称。《仓颉篇》："蔚，草木盛貌也。""彬蔚"乃文质均衡而气象茂盛。李善："畅，通也。"按此言论之内容既尽事理之精微，表达则明白（朗）而通畅。

（十二）李善："奏以陈情叙事，故平（平实）彻（透彻）闲（从容）雅（雅正）。说以感动为先，故炜晔谲诳。"周翰："炜晔，明晓也。"《东京赋》："含二九而成谲。"注："变也。"《舞赋》："瑰姿谲起。"注："异也。"按谲诳，此处指以奇异不实之言掀动他人。后世论与说之分别甚微；陆机此言，系以《战国策》纵横之士的游说为背景。如《战国策·东周》第一篇"秦兴师临周而求九鼎"条，颜率既先诳齐王谓九鼎将"归之大国"，使齐王出兵救周。后则诳以挽九鼎需"九九八十一万人"，使齐王知难而止，即其一例。

（十三）《广雅·释言》："放，妄也。"

（十四）李善："《论语》，'子曰，辞达而已矣'。文颖《汉书注》曰，冗，散也。"按闲散无所用之意。

疏：按此段乃总论文章之共同要求，及各体裁题材之各别要求，以作后文"因论作文之利害所由"的张本。于全文为第二段。"利害之所由"非一端，后文加以分述，故先立此段作上下文之绾带提挈。其中又应分两小段。由"体有万殊"至"论达者唯旷"，乃述全般之共同要求。由"诗缘情而绮靡"至"说炜晔而谲诳"，乃述适应各种体裁（从字数的多少及排列的形式而言，谓之体裁）题材之各别要求。"虽区分之在兹"四句，言在各别的要求中，仍有其共同的要求。"体有万殊"四句，主要说明文体有无穷的变化，故文章可作无穷的创造。体是作者所创造，是主观的；物是写作的材料，是客观的。体之所以有万殊，不仅如下文所说的来自体裁题材的不同；更主要的是来自作者的性情（个性）的不同；而性情则受有时代、家庭、教育、思想、遭遇等不同的影响；所以在同一体裁，同一题材之下，依然是"体有万殊"。此点陆机体认到了，但一直要到《文心雕龙》的《体性》篇，才把它说得比较更清楚。客观之物，本来是有一定的量的。但客观之物，若不与作者的性情相接，进入于作者性情之内，即不会成为写作的题材。

成为写作题材之物，乃是与作者性情相接，进入于作者性情之内的物。因作者的性情，在人的普遍性中涵有千差万别的特殊性，于是进入于作者性情中的物，也由"一量"而"无一量"了。文体之体，似乎是在曹丕《典论·论文》中首先出现；至陆机而有更深刻的表达。在无限变化中，仍有共同的条件与要求，此文学批评之所以能成立。"辞程才而效伎"以下十句，是陆氏所提出的写作时的共同的基本条件、要求。体裁题材一经成立，它是客观的存在，即有由这种客观存在，向作者发出适合于其自性目的的要求。诗、赋是体裁之分；碑、诔、铭、箴、颂、论、奏、说是体裁加上题材之分。既有体裁题材之分，便有由自性而要求不同之分；例如诗的自性是"缘情"，赋的自性是"体物"。缘情的要求是绮靡，作者便须适应这种要求而以绮靡为诗之体；体物的要求是浏亮，作者便须适应这种要求而以浏亮为赋之体。并且若真能达到缘情的目的，诗体自然是绮靡。真能达到体物的目的，赋体也自然是浏亮。余皆可类推。这里便浮出文类与文体的密切关系，也浮出文章分类在中国文学中的重要性；所以《典论·论文》将文章分为"四科"，由四科而举出四种文体；陆机在此处将文章分为十科，由十科而举出十种文体。但绮靡不足以尽诗之体，也不一定能算是诗的基体（体的基型）。陆机在这里，是代表了由建安的风骨转向绮靡的新方向。此处所提出的其他各体，皆可视为某类文体的基体。"体有万殊"，体也不断在创作中被发现，不断在批评中被提出。提出了与文类适应的文体是否妥当，是一个问题。但文类的影响于文体，因之文类在中国文学批评史中有重要的地位，则是确凿的事实。《文心雕龙》从《明诗》到《书记》共二十篇，都是因此事实而写出的。

其为物也多姿，其为体也屡迁。（一）其会意也尚巧，
其遣言也贵妍。（二）暨音声之迭代，若五色之相宣。（三）
虽逝止之无常，固崎𫘫而难便。（四）苟达变而识次，犹开
流以纳泉。（五）如失机而后会，恒操末以续颠。（六）谬玄
黄之袟叙，故淟涊而不鲜。（七）

注：（一）见前段"体有万殊"两句的注释。

（二）"会意"是指意能称物、物与意合（会），这需要意匠经
营之巧，故云"尚巧"。表现的效果，决定于语言的艺术性，故驱
遣语言时贵妍；"妍"指的是由声色而来的艺术性。

（三）李善："言音声迭代而成文章（按'文章'应作'文章
中之节律'来理解），若五色相宣而为绣也。《尔雅》曰，暨，及
也。又曰，迭，更也。……杜预《左氏传注》曰，宣，明也。"按
此两句就文章的韵律而言。此时四声之说未出；但音声有高低、
长短之不同，自有歌谣以来，即有自然的感觉。故《诗三百篇》
各章韵脚，平者皆平，仄者皆仄，很少有例外。而一句或一篇之
中，由声调之不同以构成文章中的韵律，亦有自然的流露；但尚
无此自觉，以作原则性之提出。由音声之迭代，即由不同声调的
更迭使用，使每一声调皆能发挥文章韵律中的作用，有如五色因
互相比较配合而色泽更宣明以成其锦绣一样。"迭代"两字，可以
说是开始由自觉所提出的声调配合的原则，开尔后四声说的先河，
这在文学艺术性的发展上，当然有重大意义。但只提"迭代"的
原则，尚未能提出迭代的规律，所以有下面的八句。

（四）李善："逝止，犹去留也。崎𫘫，不安貌；《楚辞》曰

'嵚岑崎锜';崎音绮，锜音蚁。"按《说文》八上："便，安也。"此两句谓虽义同而声调不同的字，可以随意（无常）去留，但要能迭代得其当，殊非易事。

（五）"达变"，通达声调的变化；"识次"，了解其迭代的次序。如此，则句中文字，及句与句间的关系，皆调畅流利，有如开河流以容纳泉水，皆安于河流之内。

（六）因陆氏尚未提出迭代的规律，故认为迭代的得当，系得到一种所谓"机"。他之所谓"机"，大概是指写作时调畅的唇吻笔触而言。抓着调畅的唇吻笔触写下去，便自然形成适当的"音声之迭代"；这可以说是"不知其然而然"的"机"。假定失掉这种机而再要求适当的迭代，则在当时四声之说未出，更无规律可循的情形之下，便会愈弄愈拙。由颠（顶）到末，中间须经过发展的顺序；抹煞中间发展的顺序，而径直拿着末以连接颠，当然连结得不适当，以喻音声迭代的失宜。但得补充说明一点，四声说出现以后，尤其是简化为平仄两声出现以后，音声迭代的规律渐渐出现，但也只能供平日学习时的一助，以养成写作时的机。正式写作时，依然是顺当下的机写下去。断无先横一规律于胸中，以求字字印合之理。

（七）李善："言音韵失宜，类绣之玄黄谬叙（序），故溾涩垢浊而不鲜明也。《礼记》曰，朱绿之，玄黄之，以为黼黻文章。《楚辞》曰，切溾涩之流俗。王逸曰，溾涩，垢浊也。"

疏：此小段言遣辞就班上的利害所由。文章的色泽韵律，是由言辞而来，构成文章艺术性的重要条件。陆氏在此段对两者特提出原则性的要求。中国古代虽诗与音乐不分，但诗乐分途后，对诗自身的音乐性的要求，亦自然因而加强，陆氏在此处特为提出。因为这是新提出的，所以关于色泽方面的要求只有一句；而对韵律方面的则分配了十句。由此而下开齐梁四声之秘。

或仰逼于先条，或俯侵于后章。（一）或辞害而理比，或言顺而义妨。（二）离之则双美，合之则两伤。（三）考殿最于锱铢，定去留于毫芒。（四）苟铨衡之所裁，固应绳其必当。（五）

注：（一）李善："《广雅》曰'条，科条也'，凡为文之体，先后皆须意别；不能者乃有此累。"按"先条"与"后章"相对，犹言"前章"或"前一段"。一篇之意，是统一的；但须分解为若干层次、若干方面，作有条理的表达。"仰逼"、"俯侵"，是由层次或方面不清而来的重复，重复则陷于混乱。

（二）《说文》八上："比，密也。"密有亲密、周密二义。此应作周密解。《说文》十二下："妨，害也。"此两句谓言辞与内容的不相应。

（三）此言以剪裁解决上面的问题。

（四）李善："韦昭曰，'第一为最，极下曰殿'。郑玄《礼记注》曰'八两为锱'，《汉书》曰'黄钟之一龠，容千二百黍，重十二铢'。然，百黍重一铢也。"按殿最，犹言高下轻重。吕延济："毫，细毛也。"《字林》："芒，禾杪也。"按锱铢毫芒，皆微细之称，此两句言剪裁去留之际，应用心精密，深察于锱铢毫芒之间。

（五）李善："《声类》，《仓颉篇》曰'铨，称也'。铨所以称物也。七全切。《汉书》曰'衡，平也'，平轻重也。"按铨衡乃经比较审察后加以抉择之意。《管子·七臣七主》："以绳七臣。"《注》："谓弹正也。"由此而引申有"绳削"之语。《古书虚字集释》卷五，"故"字下"字或作固"；"固"字下"字或作故"。是"固"、"故"古多通用，此处作"所以"解。此两句谓言文章之意与辞，若经过精细的权衡抉择（裁），所以应当能改正（绳）以归于必当。

疏：此小段言文章有无剪裁之利害。

　　　　或文繁理富，而意不指适。（一）极无两致，尽不可益。
（二）立片言而居要，乃一篇之警策。（三）虽众辞之有条，
必待兹而效绩。（四）亮功多而累寡，故取足而不易。（五）

注：（一）徐灏《说文段注笺》"适"下："又丁历切，意向所主也。"《诗·伯兮》："谁适为容。"《传》："主也。"此盖言一篇的辞理虽繁，而主意（适）并不明显。

　　（二）李善："言其理既极而无两致，其言又尽而不可盛。"按此两句言"意不指适"的原因，并非因理与辞有所遗漏。

　　（三）《论语·颜渊》："子曰，片言可以折狱者，其由也与。"皇《疏》："一云，子路直情无隐者。若听子路之辞，则一辞亦足也。"是"片言"可释为"一言"，但并非拘于"一言"。李善："以文喻马也。言马因警策而弥骏，以喻文资片言而益明也。夫驾之法，以策警乘。今以一言之好，最于众辞，若策驱驰，故云警策。"按《说文》五上："策，马箠也。"以策警戒马，使其加速，故谓警策。

　　（四）条者，条理。李善："必待警策之言，以致其功也。"

（五）亮同谅，作信字解。

疏：此小段言文章中有无提掇主旨主题之片言的利害。"或文繁理富"两句，言文理虽繁富，而散漫不集中，使读者抓不到要点，因之对内容不能形成明确的观念。"极无两致"两句，是对上两句的补充说明。为了解决此一问题，陆氏特提出"立片言而居要"的两句话，意义重大。此处之所谓片言，从两句全般意义看，不应仅作一般之所谓"警句"来理解，在全篇各段落中皆可以出现警句；而且文章的精彩与否，由各段落中有无此警句决定。但这里是就全篇来说的，其作用是给全篇以照明的功效作用。所以此处的片言，到刘彦和而发展为《文心雕龙·附会》篇中下面"务总纲领"的一段话：

> 凡大体文章（体裁大的文章），类多枝派（必会有多方面的发挥）。整派者依源，理枝者循干。是以附辞会义，务总纲领。驱万涂于同归（将题材各方面的意义，使其涵摄于由提炼而浓缩的一两句话之内，此一两句话，即全篇的纲领），贞百虑于一致（文章中各种思虑，皆出于此一两句之发挥；各种发挥，最后必以此一两句为归宿；所以此一两句是贞定百虑，使百虑得到统一）。使众理虽烦，而无倒置之乖；群言虽多，而无棼丝之乱。

了解上面一段话，便了解到陆氏在这里所说的两句话。此乃自有语言文字以来，所不知不觉地共同要求的共同法则；彦和的话，陆氏事实上已体认到了，但或因赋体的限制，或因观念尚追不上事实，所以说得很简单。

"居要"两字很重要。此纲领性的片言，必使其居于一篇中紧要之地，乃可发挥警策全篇的作用。但陆氏在这里说得有点近于含混。片言的纲领，用现代的语言说，即是点出主题（theme）。由陆氏的话，似乎是在全篇中选择紧要之地来安置此纲领性的片言，这样一来，似乎是由全篇来决定片言所应安置的地位。事实上，当然也有这种写作的方法，但这不是很好的方法。一篇成功的作品，都是由纲领决定全篇构造的形式及相关连的技巧。所以是片言决定全篇，片言之所在，即是全篇之"要"的所在。片言应居于何地的决定在先，全篇是顺随片言所居之地而展开的。这种创作时的顺序，不应加以颠倒。

然则纲领性的片言，亦即是点出主题的片言，究应居于何地，《文心雕龙·附会》篇，举出了"或制首以通尾，或尺接以寸附"的两种形式。"制首以通尾"，是把片言安置在一文之首，由此以通贯全篇，有如李斯《谏逐客书》"臣闻吏议逐客，窃以为过矣"，即是显著的例子。这种形式，多只能适用于短文，开始的片言，必须千锤百炼，不仅在意义上能笼罩全文，且在气势上也要能震撼全局。"尺接以寸附"，是把主题作逐段的发挥，一段皆有一段的片言；这适用于长篇巨制，有如《庄子》内七篇中，除《养生主》一篇（此篇是"制首以通尾"）外，多用此一形式。此外，《文心雕龙》各篇，多由三大段构成，点题虽多在首段，而阐明纲领的片言，则多在中段，这是最普通的形式。还有"制尾以通首"的，把阐明纲领的片言，安置在文章收尾的地方；在此以前，多出以"悬疑"之笔，至尾始将纲领——主题点明，使前面的悬疑，至此而得到解释。有如贾谊《过秦论》上的"仁义不施，而攻守之势异也"的两句。在西方现代文学中，有更多的发展研究。总之，阐明纲领，点出主题的片言，有如照明的火炬，全篇赖此而照明。有如人身的大脑，全篇由此而成为有机的统一体。"虽众辞之有条，必待兹而效绩"的意义，应由此而可得到了解。

　　或藻思绮合，清丽千眠。（一）炳若缛绣，（二）凄若繁弦，（三）必所拟之不殊，乃暗合乎曩篇。（四）虽杼轴于余怀，怵他人之我先。（五）苟伤廉而愆义，亦虽爱而必捐。（六）

注：（一）"藻思"指富于艺术性（藻）之文思活动（思）。"绮合"之"合"，指集中于题材而言。因文思如藻，故其合如绮。《五臣注》本"千"作"芊"。李善："千眠，光色盛貌。"此句乃补足上句，仍系形容文思之活动。

　　（二）《说文》十上："炳，明也。"《说文》十三上："缛，繁采色也。"又："绣，五采备也。"此句就文章之色而言。

　　（三）《说文》十下"凄，痛也"，于此无义。陆氏殆泛用以形容音节之盛。此句就文章之声而言。

　　（四）《说文》十二上："拟，度也。"《汉书·扬雄传》："常拟之以为文。"《注》："谓比象也。"辞藻的声色虽盛，必比象于题材而与愿材不殊。"曩篇"指"先士之盛藻"，即前人成功的作品。"暗合"乃对"形似"而言，谓在文学之基本原则上，乃与曩篇相契合。

　　（五）李善："杼轴，以织喻也。"谓以织喻作者对作品的经营。

（六）"伤廉"谓杂有为题材所不需要之辞；"愆义"谓杂有与题材不切合之辞。

疏：此小段言富有艺术性的语言，必须以能发挥题材内容之要求而始有其意义。作品的艺术性，主要系通过语言的艺术性而见；但语言的艺术性，乃为满足题材内容的要求。这里已含有刘彦和所提倡的"辞尚体要"的意味。也可说由汉代辞赋系统发展下来的辞溢于意的骈俪之文的流弊，陆氏已经感觉到了。

　　或苕发颖竖，离众绝致。（一）形不可逐，（二）响难为系。（三）块孤立而特峙，非常音之所纬。（四）心牢落而无偶，意徘徊而不能揥。（五）石韫玉而山辉，水怀珠而川媚。（六）彼榛楛之勿翦，亦蒙荣于集翠。（七）缀下里于白雪，吾亦济夫所伟。（八）

注：（一）《说文》一下"苕，草也"，于此无义。此处盖指苇苕之苕。《说苑·善说》篇："客谓孟尝君曰，鹡鹩巢于苇苕。"《荀子·劝学》篇："南方有鸟焉，名曰蒙鸠，以羽为巢，而编之以发，系之苇苕。"杨《注》："苕，苇之秀也。"《礼记·礼运》："五行之秀气也。"《疏》谓："秀异。"则所谓苇苕者，指苇中之特出秀异者而言。李善："《小雅》，禾穗谓之颖。"按此两句言作品中若有特异之句（一句或数句），如苕之发，如颖之竖，离出于众词之上（"离众"），非一般思致所能及（"绝致"）。

　　（二）此处李善以形与影、声与响之关系作解释，似未妥。按形与响，当皆指特异之句中所描写之形，所流露之响（韵律）。李善谓："方之于影，而其形不可逐。"按影既随形，无取乎逐。情景交融之形，谓之为情，而其貌实景；谓之为景，而其味实情，常在两者若即若离，若虚若实之间，虚灵幻化，故其形为不可逐，不可逐犹言不可把捉。

（三）《说文》八上："系，絜束也。"段《注》："絜，麻一端也。絜束者，围而束之。"情韵交流之响，飘逸无痕，邈绵无际，声已无而味尚存，故其响为不可系；不可系与不可逐之意正同。

（四）按一篇作品中，各句各段，互相呼应，如织之经与纬相成。但此特出之句，因其意境之高，块然孤立而特峙，非其他文句（常音）所得而与之相配。纬本所以配经的。

（五）此两句就读者之感受而言。吕向："牢落，心失次貌。"李善："《说文》曰，掭，取也。"按现《说文》无掭字。洪颐煊《读书丛录》："依注当作擟。《说文》，擟，摘取也。"言读者对此等"形不可逐，响难为系"之句，心震荡而不知何物可与之相比，意徘徊而不知从其中能得到什么。

（六）李善："孙卿子曰（按《荀子·劝学》篇），玉在山而草木润，渊生珠而崖不枯。"按此两句系以上述的特出之句比玉与珠，以全篇文字比山与川。言因有此特出之句，而全篇因之生色。

（七）榛楛，乃树木丛杂之意；"勿翦"犹言"未剪"，未剪故丛杂，以喻篇中特出之句以外的文句。翠鸟集于榛楛之上，榛楛亦受其荣。以喻篇中有此特出之句，其他平庸之句，亦因之生色。

（八）李善："言以此庸音（平庸的文字）而偶彼嘉句，譬以下里鄙曲，缀于白雪之高唱；吾虽知美恶不伦，然且以益夫所伟也。宋玉《对楚王问》曰，客有歌于郢中者，其始曰下里。宋玉《笛赋》曰，师旷为白雪之曲。……下里，俗之谣歌。《说文》曰，伟，犹奇也。"按上文"然且以益夫所伟"，意义不明确。此两句盖谓平庸之句与特出之句，连缀在一起，则特出之句，亦可助成（济）平庸之句的奇伟。

疏：此段言特出之句在全篇中所能发生的效用。但自《文心雕龙·镕裁》篇有"而《文赋》以为榛楛勿剪，庸音足曲，其识非不鉴，乃情苦芟繁也"之语，成为后人对此段文意了解的大障碍。《文赋》前面分明说过"要辞达而理举，故无取乎冗长""考殿最于锱铢，定去留于毫芒；苟铨衡之所裁，固应绳其必当""苟伤廉而愆义，亦虽爱而必捐"。岂有在本段中却又"情苦芟繁"之理。这是首应加以廓清的。李善在本段注释中的理路，没有太大错误。但他以"庸音"与"嘉句"相对，认为此段乃指"嘉句"而言，粗略地看，也不可谓不对。但同为嘉句，有层次上的不同。有文字上的嘉句，有意境情味上的嘉句。此段中所说的，指的是最高层次的嘉句，最高层次的嘉句，必然是意境情味上的，而不仅在文字。所以我勉强用"特出"两字。李善依然在"文之绮丽"的文字层次上言嘉句，便对本段"离众绝致"以下六句的注释，都成了问题；对"彼榛楛之勿翦"四句的理解自然无法加以肯定。现试疏释如下：

所谓最高层次的嘉句，我这里只好借用古人所惯用的"神来之笔"加以说明，所谓神来之笔，是某种意境情味，不是顺着运用的理路所得来的，因此，也常不是在酝酿中所预计，甚至也不是由思考想象之力所能达到；而系在写作过程中，作者的心光突然闪开，照射出主题内蕴的极深极高的虚灵绵邈的境界，从而涌现出无暇雕琢藻饰的几句话来，若有若无，若隐若现，漂浮着作者的生命，题材的精液；因为题材中的凝定性的质料，已随作者的精神而镕解为气氛情调了。在这种层次的嘉句，决不是篇篇所能得到，一篇中能得到的也只能一两句或两三句；这可以说是作者心灵偶然性的突破，当然是"非常音之所纬"。但"常音"都由此而点醒，而带活，而"蒙荣于集翠"，而"济夫所伟"。读者读到此处时，只能由自己的感动感触而进入到作者的意境中，随其若有若无、若隐若现的生命气氛以冥合无间；除了勉强用《文心雕龙·辨骚》篇所说的"郁伊而易感"，"怆怏而难怀"的话加以描绘外，还能得到什么？此之谓"心牢落而无偶，意徘徊而不能掉"。但读者因此而感情得到纯化，得到升华。这已经是文学对人生的最大功用，还要得到什么呢？上述的特出之句，必然是感情的，或者是感情化的，所以常常会在感情郁勃的骚赋乃至散文中呈现，我们应由此以读《离骚》以下的词赋及司马迁的散文。而呈现在抒情诗中的较易把握。例如唐王昌龄《从军行》五首之一："琵琶起舞换新声，总是关山离别情。撩乱边愁听不尽，高高秋月照长城。"王闿运在他的《唐诗选》中，推此首为唐人绝句中第一，虽不必成为定论，但王氏所以作此推许，当然是因为最后一句。试思最后一句，岂能从上三句推演而得？与前三句所述之事与情，到底有无关系，也难于断定。但我们读到最后一句时，断乎不会仅从客观的景物去领会，而自然感到作者的撩乱边愁，与照着长城的高高秋月，若即若离地融合在一起，漂动于边愁秋月之间，而不能，更不必追问到底说的是边愁还是秋月。"高高秋月照长城"所敞开的境界，是在一片苍白下的荒凉沉寂的无限境界；在此境中漂动的边愁，也因之是在一片苍白中荒凉沉寂的无限边愁。此之谓"石韫玉而山辉，水怀珠而川媚"，此之谓"形不可逐，响难为系"，此之谓"心牢落而无偶，意徘徊而不能掊"。而"高高秋月照长城"七字，浑沦自然，未经雕琢，所以说这不是文字层次的嘉句；至于前三句的叙述，只能说是"庸音"，是寻常人可以写出的。但得最后一句的提点唱叹，使前三句的庸音，也感到精力弥满，不枯不质，此之谓"亦蒙荣于集翠"，"吾亦济夫所伟"。

　　或托言于短韵，对穷迹而孤兴。（一）俯寂寞而无友，仰寥廓而莫承。（二）譬偏弦之独张，含清唱而靡应。（三）

注：（一）李善："短韵，小文也。言文小而事寡，故曰穷迹；迹穷而无偶，故曰孤兴。"

　　（二）李善："言事寡而无友，仰应之（按仍当作'求之'），则寥廓而无所承。"《楚辞·远游》："上寥廓而无天。"《注》："空无形也。"

　　（三）李善："言累句以成文，犹众弦之成曲。今短韵孤起，譬偏弦之独张。弦之独张，含清唱而无应，韵之孤起，蕴丽则而莫承也。毛苌《诗传》曰，靡，无也。"

疏：此段言文体单寒之病。此处之所谓"偏弦"与"独弦"不同；独弦不能成曲，偏弦则系指偏于（独张）五音中的清细之音而言，故依然可以成曲，依然可以"含清唱"。至于"含清唱而靡应"，这是时代的风气及鉴赏者的主观态度问题，似不应列为文章中的一病。隐逸的山林诗人、田园诗人，多是"对穷迹而孤兴"，因而在当时是"无友"、"莫承"的。但对他们而言，完全是不相干的。他们的诗，若表现为七言绝句、五言绝句，正是"托言于短韵"，在文学上正有其崇高地位。陆氏此处所反映的是当时求仙采药的隐逸诗在萌芽时代，尚未得到陆氏的理解，或者可以说和他的个性不合。

　　　　或寄辞于瘁音，言徒靡而弗华。（一）混妍蚩而成体，累良质而为瑕。（二）象下管之偏疾，故虽应而不和。（三）

注：（一）李善："瘁音，谓恶辞也。靡，美也，言空美而不光华也。"按以"恶辞"释"瘁音"，似不妥。《说文》七下："瘁，寒病也。"徐锴引《字书》："寒噤也。"故瘁音，当为不顺畅之辞。又此处之"靡"字不应释为"美"或"好"。《礼记·檀弓》："若是其靡也。"《注》："侈也。"故"侈靡"常连为一词，与奢侈义同。所谓"言徒靡而弗华"者，谓"言徒多而不光华"。

　　（二）"妍"指有艺术性之语言，"蚩"指缺乏艺术性之语言。将两种语言混在一起以成为文体，蚩者便会累及妍者（良质），使成为文体中的瑕疵。

　　（三）《管子·七法》："义也，名也，时也，似也，类也，比也，状也，谓之象。"此处之"象"作似解。《礼记·明堂位》："升歌清庙，下管象。"《疏》："升，升堂也……升乐工于庙堂而歌《清庙》诗也。下管象者，下堂也，管匏竹在堂下，故云下管也。……堂下吹管，以播象武之诗。"按歌者在上，吹管者在堂下与之相应。下管偏于急，则虽与堂上之歌者相应，但并未能得到谐和。以喻辞之蚩者，不能与妍者取得谐和。

疏：此言一篇所用之辞，在声色意味上未能得到谐和之害。文章以统一谐和而成体；成功的作品，必系成体的作品。成体的条件很多，用辞上声色意味的分量相称，是成体的最后表现。辞的妍蚩，不在辞的自身。仅就辞的自身而言，并无妍蚩的标准；辞的妍蚩，首先决定于它表现题材的效率，次决定于它所处的位置，与上下乃至全篇文辞，是否谐和匀称相得益彰所表现的功能。这里是就后者来说的。例如雅俗相混，俪散相杂，有如今日在一篇文章中文言中夹白话，白话中又夹文言，即是此处所说的"混妍蚩而成体"。这种文章，气味不相调，声色不相称，念起来当然涩口，所以称之为"瘵音"；"瘵音"者，疟疾时发寒颤之音。不谐和的两种因素，互相牵制、抵消，不能发挥它所含的作用，所以便"言徒靡而弗华"了。陆氏将这种情形，比喻为堂下吹管，本以应堂上的唱歌，但吹管的节拍过于急促，与堂上唱歌的节拍不相合，所以便"虽应而不和"。

我受的本是文言的训练，这些年来，用白话写文章时，中间常不知不觉地写出了文言；写成后再把文言改成白话，以求得全篇的谐和。但到现在，依然只能写这种不文不白的文章。

不过大文学家也能把声色不同的文辞用在一起，以成其异彩的。例如司马相如的赋，中间便含有大量散文的因素。汉赋向律赋的演进，可以说向排挤异质辞语的演进；但演进到律赋而在辞语上完成自身的统一后，文格反而远不及汉赋。有的大诗人，间有镕铸俗语以成其高雅的。不过，这都需要作者气机的鼓荡，把不同质的语言，在鼓荡中一齐升华而镕为一体以成其大巧若拙。

　　或遗理以存异，徒寻虚以逐微。（一）言寡情而鲜爱，辞浮漂而不归。（二）犹弦幺而徽急，故虽和而不悲。（三）

注：（一）按陆机服膺儒术，故此处之所谓"遗理"，乃遗弃伦理之理；"存异"，指存异于儒术之新兴玄学而言。虚、微，正玄学的特色；寻虚逐微，指将虚与微表现于文学作品之上。

（二）因玄学超越世务，故表现于文学作品之上，便寡情鲜爱，浮漂于虚微之上而无所归。

（三）《说文》四下："玄，小也。"《说文通训定声》"徽"字下："《扬雄传》，高弦急徽。《注》，琴徽也。按琴轸系弦之绳，谓之徽。《琴赋》'徽以钟山之玉'，言玉轸也……《文赋》'犹弦幺而徽急'，皆言纠弦也。"故此乃谓弦既小而纠之又急，即张之太紧之意。《汉书·高祖纪》：高祖"谓沛父兄曰，游子悲故乡"。《注》："悲，顾念也。"故"不悲"，犹谓"无感情"。玄言诗，自成一套语言，故"和"；但遗弃人伦世务，故"不悲"。

疏：此小段言当时初兴起的玄言诗之缺失。按玄言诗，虽盛于江左（东晋），但《文心雕龙·明诗》篇："正始（魏废帝年号，西纪二四〇至二四九年）明道（倡明道家思想），诗杂仙心；何晏之徒，率多清浅。"则正始乃玄学之先河。陆氏作《文赋》，约在三〇一年前后，上距正始五十余年。在这五十余年中，玄学之风更向前发展；以意推之，正始时代的玄学诗也应当随之有进一步的发展。所以陆机在《文赋》中便写下了这一小段的批评。《文心雕龙·明诗》篇又说："江左篇制，溺乎玄风；嗤笑徇务（徇于世俗之务）之志，崇盛亡（忘）机之谈。袁（宏）孙（绰）以下，虽各有雕采；而辞趣一揆，莫与（能）争雄。"沈约《宋书·谢灵运传》论："有晋中兴，（东晋）玄风独振；为学穷于柱下（老子），博物止乎七篇（庄子）；驰骋文辞，义殚乎此。"两者所述，是上与陆氏此处的批评相通的，而陆氏实烛其机先。

　　　　或奔放以谐合，务嘈囋而妖冶。（一）徒悦目而偶俗，故高声而曲下。（二）寤防露与桑间，又虽悲而不雅。（三）

注：（一）奔放指爱情之尽情发抒，无所含蓄而言。谐合指写出的文章与爱情相和合。李善："《埤苍》曰，'嘈啐，声貌'。啐与囋及嘬同。"按《抱朴子·畅玄》"清弦嘈囋以齐唱"，束皙《读书赋》"抑扬嘈囋，或疾或徐"，皆形容韵律的柔和；此处亦当为形容声音之柔和，以与色之妖冶相对。柔和妖冶，皆所以谐合于奔放之爱情。

　　（二）柔和妖冶，故可以悦目；对爱情作无含蓄的抒写，故可以偶俗。"高声"《五臣注》本作"声高"。此种带有色情之文学，容易博取时誉，故声高；但品格低，故"曲下"。

　　（三）按"寤"，乃"寤寐"一词之省；《诗·关雎》："寤寐求之。"《毛传》："寤，觉。寐，寝也。"犹言日夜求之。李善："防露，未详。"按《诗·行露》："岂不宿夜，畏行多露。"《诗·桑中》："期我乎桑中。"桑中即桑间。此处之防露与桑间，皆指恋情而言。此句言寤寐（犹今言陶醉）于防露与桑间的恋情，虽有感情（悲），但失其雅正。《乐记》："桑间濮上之音，亡国之音也。"郑玄援师涓、师旷的故事以为解释。但此故事中并无桑间或桑林，亦失《乐记》原文之本意，更与本文不相干。

疏：此言当时无含蓄的恋歌之失。殆指《晋白纻舞歌诗》、张华

《情诗》等作品而言。当时仅发其端，后遂流衍而为梁陈之色情诗，陆机可谓亦能烛其机先。

> 或清虚以婉约，每除烦而去滥。（一）缺太羹之遗味，同朱弦之清泛。（二）虽一唱而三叹，固既雅而不艳。（三）

注：（一）"清虚"就内容言，去粗存液，故清；化实为虚，故虚；清虚皆由题材之提炼而得。婉约就文体言，经提炼后之内容，自然表现为婉顺精约之文体。烦与滥皆在提炼中被淘汰，除内容之烦，去辞句之滥，正所以成其清虚婉约。

（二）《礼记·乐记》："清庙之瑟，朱弦而疏越，一唱而三叹，有遗音者矣。大飨之礼，尚玄酒而俎腥鱼，大羹不和，有遗味者矣。"《疏》："大羹谓肉湇（羹汁）。不和，谓不以盐菜和之，此皆质素之食，而大飨设之，人所不欲也。虽然，有遗余之味矣。以其有德质素，其味可重，人爱之不忘，故云有遗味者矣。"又："朱弦，练朱丝为弦练，则声浊也。越谓瑟底孔也。疏通之（按《注》为'疏画之'）使声迟。弦声既浊，瑟音又迟，是质素之声，非要妙之响。以其质素，初发首一倡之时，而惟有三人叹之（按叹之，为助其腔调），是人不爱乐。虽然有余遗之音，言以其贵在德，所以有遗余之音，念之不忘也。"按清泛犹清淡。此处以清虚婉约之文，比之太羹朱弦；但比之太羹，而缺太羹之余味；比之朱弦，而其音过于清淡。

（三）按此处三叹，言和之者众，不必与上引《乐记疏》同义。《方言》二："艳，美也。"此两句言此种文章，虽和之者众；但其格虽高雅而缺少声色之美丽。

疏：此指出简炼之文所易犯的缺欠。《文心雕龙·体性》篇之八体中，有精约一体，与此约略相同。而刘彦和以"雅丽"为理想之文体，与陆氏之要求，亦无二致。

按由"其为物也多姿"小段起，至此小段为止，共十小段，皆系序中所谓"因论作文之利害所由"。但其中亦有分际。"其物也多姿"小段起，至"或菁发而颖竖"小段止，凡五小段，系胪列一般性之五点原则以论其利害所由。由"或托言于短韵"小段起，至"或清虚以婉约"小段止，也是五小段，系就五种不同文体以论其利害所由。

若夫丰约之裁，俯仰之形，（一）因宜适变，曲有微情。（二）或言拙而喻巧，或理朴而辞轻。（三）或袭故而弥新，或沿浊而更清。（四）或览之而必察，或研之而后精。（五）譬犹舞者赴节以投袂，歌者应弦而遣声。（六）是盖轮扁所不得言，故亦非华说之所能精。（七）

注：（一）裁是由字数排列的形式所构成的体裁；体裁有丰（巨制），有约（短篇）。形是由文章的声色所构成的形体仪态，即《文心雕龙》中之所谓"体貌"。俯仰犹高下；文体之体，本援人的形体以相喻。但此处的俯仰须活看，以喻各种不同的体貌。

（二）此两句承上两句而言文章体貌之不同，各因其所宜以趋向（《尔雅·释诂》："适，往也。"此处即趋向之意）于变，而其变并非遵循固定的法则，乃曲折而有微妙的情形。曲对直而言，微情对常情而言。若遵循固定法则以适变，则其变的途径是直线的。这也可以说是在常情之中的变。在固定法则之外以适变，则其变的途径是曲折的。这种变是出于常情以外的微妙之情。

（三）"或言拙而喻巧"六句，乃为"曲有微情"之变举例。《史记·陈涉世家》记陈涉为王后"其故人尝与佣耕者闻之"，去见他，"入宫，见殿屋帷帐，客（故人）曰：伙颐，涉之为王沉沉者"。"伙颐"乃当世楚地俚语，可谓"言拙"；但由此而将陈涉为王的气派及乡下人惊叹的情态完全描写了出来，此即所谓"言拙而喻巧"。张衡《西京赋》："轻锐僄狡。"注："谓便利。"《墨子》可谓理朴（质朴）而辞亦朴。《论》、《孟》、《庄》、《韩》，皆可谓理朴而辞轻。朴则重，后人常谓"举重若轻"，意与此相近。

（四）李白、陈子昂的诗，韩愈的古文，可谓"袭故而弥新"；当然还有字句上的袭故而弥新的。浊谓粗俗，乐府来自民歌，民歌近于粗俗；而名家的乐府诗，可谓沿（因袭）浊而更清。

（五）"览之而必察"，盖近于《文心雕龙·体性》篇中的"显附"一体。"研之而后精"，盖近于《体性》篇中"远奥"或"精约"一体。

（六）"赴节以投袂"，"应弦而遣声"，即所谓"因宜适变"。

（七）《庄子·天道》篇："桓公读书于堂上，轮扁斲轮于堂下……轮扁曰，臣也，以臣之事观之，斲轮徐，则甘而不固，疾则苦而不入。不徐不疾，得之于手，而应于心。口不能言，有数存焉于其间；臣不能以喻臣之子，臣之子亦不能受之于臣。"《庄子·齐物论》："言隐于荣华。"成玄英《疏》："荣华者谓浮辨之辞，华美之言也。""华言"当自此出。但意不必与此完全相同。

疏：按此小段乃足补前十小段，与前十小段合在一起，在全文中为第三大段。其所以须补此小段以作此大段之结束，盖论作文利害之所由，则必提出若干原则或法则，以作衡断利害之标准，无标准即不能作批评。但第一，标准固定化，即成为创作的限制；故历来学文者，常由有法始，以无法终，即由有法而归于无法。第二，天才愈高，创作性愈强，一开始即不仅不受一般之所谓法的限制，且能颠倒一般所谓法则标准，化朽腐为神奇。此种人在文学史中世不间出，而文学的创新，常有赖于此。第三，人生价值系统的各领域，如宗教、道德、艺术、文学等，追索到最后时，必感到有某种"可意会而不可言传"的境界。若不将此不可言传的境界指出，即不算是领略到此一领域较完整的存在。此种不可言传的境界，尽管因人因时代而异；而且在某人某时认为难以言诠的，在另一人或另一时代而可将其表诠出来，但这只是将此种境界开拓向更高更深，决不能取消此种境界的存在；因为价值系统，是"无限意味"的系统。所以刘彦和在《神思》篇也以"至于思表纤旨，文外曲致，言所不追，笔固知止……伊挚不能言鼎，轮扁不能语斤，其微矣乎"作结。综上三端，应当可以了解此段的意味。

普辞条与文律，良余膺之所服。（一）练世情之常尤，识前修之所淑。（二）虽浚发于巧心，或受欬于拙目。（三）彼琼敷与玉藻，若中原之有菽。（四）同橐籥之罔穷，与天地乎并育。（五）虽纷蔼于此世，嗟不盈于予掬。（六）患挈瓶之屡空，病昌言之难属。（七）故踸踔于短垣，放庸音以足曲。（八）恒遗恨以终篇，岂怀盈而自足。（九）惧蒙尘于叩缶，顾取笑乎鸣玉。（十）

注：（一）《玉篇》："普，包也，遍也。""辞条"，谓辞之条理，与《文心雕龙》中"辞理"一词正同。"文律"，谓文之法则。《中庸》："得一善，则拳拳服膺，而勿失之矣。"朱《注》："膺，胸也。奉持而著之心胸之间，言能守也。"此两句自述他之所以写《文赋》，是因为对一切（普）的辞条与文律，有特深的爱好。

（二）练，熟练；尤，过失。"常尤"，常犯的过失。前修，即前贤。此两句自述其具备作此赋之条件。

（三）浚发犹言创发。欤，《五臣》本作"嘻"，李善："欤，笑也。"此两句言鉴赏之不易。

（四）张铣："琼敷玉藻，谓文章妙句。"《尚书·舜典》："敷奏以言。"琼敷，犹谓敷奏以言之美，有如琼瑶。《礼记》有《玉藻》篇，王者冕旒，以玉为饰，故称玉藻。两者殆皆指藏在古文章中的艺术因素，即上文的辞条、文律。李善："《毛诗》曰，中原有菽，庶人采之。毛苌曰，中原，原中也。菽，藿也。"此两句言从成功作品中可资摄取之琼敷玉藻，随处皆有。

（五）李善："老子曰，'天地之间，其犹橐龠乎；虚而不屈，动而愈出'。王弼曰，'橐，排橐；龠，乐器'。按橐，冶铸者用以吹火使炎炽，音托。龠音药。"按上句喻文章创造之无穷，下句言创造成功的作品，可与天地同其不朽，值得加以评鉴。

（六）周翰："纷蔼，谓繁多也。"李善："《毛诗》曰，'终朝采绿，不盈一掬'。毛苌曰，'绿玉荺，两手曰掬'。"上句言世成功之作品甚多，下句言自己却能从作品中体玩摄取者并不多。

（七）《左传·昭公七年》："虽有挈瓶之知，守不假器。"杜《注》："挈（用）瓶汲者，喻小智也。"按以瓶汲水，所汲者少，故屡空。此陆氏谦言以自己的才智短少为患。李善："《尚书》帝禹亦有昌言。"按此以喻过去成功的文章。又"王逸《楚辞注》曰，属，续也"。

（八）垣，《五臣》本作"韵"，吕延济："踸踔，迟滞也。短韵，短篇也。"按庸音，庸常之音。足曲，犹言成篇。此承上两句自谦谓：所以迟滞于此短文（即指自作之《文赋》)，只好听任（放）庸常之音以成篇。

（九）此言文虽终篇，而犹有遗恨，并未以此为满足。

（十）李善："缶，瓦器而不鸣，更蒙之以尘，故被取笑乎玉之鸣声也。"

疏：此段言评鉴之难，对此段以上所作之评鉴，感到歉然有所不足；此乃从事于评鉴者应有的甘苦之谈。在全文中为第四段。"彼琼敷与玉藻"四句，最为重要。当评鉴文章时，自己悬一权衡以绳墨他人作品的得失，此虽为评鉴时所不能免，但究偏于主观，易枉人从己，且其事甚易。评鉴者虽胸有成法，而不可为成法所拘；必须深入于作品之中，就作品中领悟作者的用心，以吸取其菁英之所在，然后能随作者之创造以不断发现评鉴的新权衡；这样，文学的创作是活的，文学的评鉴也是活的。文学领域由创作而开扩，也由评鉴而开扩。并且创作中的开扩，常为作者所不自觉；由创作的开扩，转为评鉴的开扩，即是由不自觉的开扩，转为自觉的开扩，于是评鉴不仅不致成为创作的桎梏，而且可成为其推动者。"彼琼敷与玉藻"四句的究极意义，是说文学的价值，乃藏在作品的自身，须由评鉴者自己加以发现摄取。由这一基本意义，即可推出我上面所说的意义。但此乃非常困难之事。例如我对中国绘画的传统理论，有相当研究，但从具体作品中提出理论，便常感茫然。明了到这一点，便可明了陆氏此段文字所含的经历过程中的甘苦，而不是故作谦虚之词。

若夫应感之会，通塞之纪。（一）来不可遏，去不可止。（二）藏若景灭，行犹响起。（三）方天机之骏利，夫何纷而不理。（四）思风发于胸臆，言泉流于唇齿。（五）纷威蕤以驳（读若及）遝（徒合切），唯毫素之所拟。（六）文徽徽以溢目，音泠泠而盈耳。（七）及其六情底滞，志往神留。（八）兀若枯木，豁若涸流。（九）揽营魂以探赜，顿精爽而自求。（十）理翳翳而愈伏，思乙乙其若抽。（十一）是故或竭情而多悔，或率意而寡尤。（十二）虽兹物之在我，非余力之所戮。（十三）故时抚空怀而自惋，吾未识夫开塞之所由。（十四）

注：（一）应感，是就主客的关系而言。作者的心灵活动是主；由题材而来的内容是客。有时是主感而客应；有时是客感而主应。"会"是主客应感的集结点，亦即是主客合一的"场"；这是创作的出发点。通塞，是就心灵活动中的想象、思考而言。想象与思考的结果是意与言；意可以称物，言可以逮意是通，否则是塞。《说文》十三上："纪，别丝也。"段《注》："别丝者，一丝必有其首，别之是为纪。"按丝之首，即丝之端绪，故《方言》谓："纪，绪也。"因此，"通塞之纪"，即通塞之端。李善以纲纪释之非是。

（二）"来"指感而斯应，及通而无塞说。反之则为"去"。不可遏（阻止），不可止，意谓此皆出于自然。

（三）塞则物与意皆隐藏而不见，如影之灭。行即是通，通则意应物而与物相称，言表意而与意相及（逮），有如响的应声。

（四）《说文》六上："机，主发谓之机。"《国语·周语》："耳目，心之枢机也。"《注》："枢机，发动也。"写作时，想象、思考之始，乃由内向外发动之始，谓之机。不知其然而然的发动，谓之天机。《尔雅·释诂》："骏，速也。"骏利，是快捷顺畅的发动。想象思考，本是理性的活动。由内向外发动出的想象、思考，能快捷顺畅，则意称物而言逮意，意条理于物，而言又条理于意，更有何纷乱而不能得其条理。

（五）喻思为风，喻言为泉；胸臆即是心。此两句所以补足上两句。

（六）李善："威蕤，盛貌。驳遝，多貌。毫，笔也。缣曰素。"按《说文》十上："驳，马行相及也。"《广韵》："驳遝，行相及也。"相及犹"相接"。此句言许多（纷）华美之词，相接而至。素犹今日之所谓纸，拟犹向。此句言纸笔想写什么就能写什么。

（七）《说文通训定声》"徽"字下："又重言形况字。《文赋》，'文徽徽以溢目'，犹焕烂也。"又"泠"字下："又重言形况字。《楚辞·初放》，'下泠泠而来风'，《注》，'清凉貌'。"李善引《论语》"洋洋乎盈耳哉"为释，亦通。此两句言创作之效果。

（八）李善："仲长子《昌言》曰，'喜怒哀乐好恶，谓之六情'。《国语》曰，'夫人气纵则底，底则滞'。韦昭曰，'底，著也；滞，废也'。"按底滞，乃郁塞不通之意。心想创作，谓之志往。不能发挥想象思考之力，谓之神留。此与"天机骏利"相反。

（九）孙兴公《游天台赋》："兀同体于自然。"注："无知之貌。"《广雅·释诂三》："豁,空也。"李善:"《尔雅》,涸,竭也。"此处言空无所有。

（十）《广雅·释诂》："揽,持也。"李善:"《左氏传》乐祁曰,'心之精爽,是谓魂魄'。《易传》,'探赜索隐'。《疏》,'深也'。"《国策·秦策》："吾甲兵顿。"《注》："罢（疲）也。"按精爽犹精神。"自求"与"天机"相对,天机未至而勉力以求之意。此两句言作者运用力之勤苦。

（十一）李善:"《方言》,'翳,奄（掩）也。乙,抽也'。按乙乃难出之貌。《说文》曰,'阴气尚强,其出乙乙然'。乙音轧。"《史记·律书》："乙者言物生轧轧也。"此两句言天机未至时之徒劳无功。

（十二）此两句总述上面的两种情形。

（十三）兹物指文章创造之事。《战国策·中山策》："戮力同忧。"韦《注》："勉力也。"两句言文章虽由我所创作;但天机出于自然,却非我以勉强之力所得而致。

（十四）此两句总结上文。

疏:此在全文为第五段,所以补足第一大段创造历程中所常遭遇的文机有利有钝的问题。盖第一大段先述酝酿中想象思考之功;继述写作时布局、遣辞之术。在此种叙述中,不能解释同在酝酿与写作时何以不能收到同样效果的问题。此问题关系于天资学力的容易解释;但同一作者,亦有时发生此种问题,便不容易解释。陆机未能解释此一问题,所以说:"吾未识夫开塞之所由。"但他感到必将此问题提出,而后对创造历程的叙述,乃为完备。此亦为大画家所常遭遇到的问题。就我个人的经验说,一个题材，今日不知如何下笔，或下笔后不知如何发展，乃至为辞句所窘时，次日早上起来，却茅塞顿开，反难为易。我是如此，他人也会如此。所以陆机将此种情形补出，是很寻常的。郭绍虞昧于全文的结构，又不扣紧字句的训诂，而谓"这一节论感兴"，于是一九七九年，上海古籍出版社印行的王元化《〈文心雕龙〉创作论》，最后《释〈养气〉篇率志委和说》附录一有《陆机的感兴说》，捕风捉影，使《文赋》全文的意理、组织，都受到扰乱。王氏对《文心雕龙》的了解亦是如此。所谓"感兴"，是感于物而兴起的意思，即所谓"即物起兴"，或"即境生情"。所以"感兴诗"与"即兴诗"无大分别。这与陆机此段所说，真可谓相去天壤。

刘彦和在《文心雕龙》中批评了陆机的《文赋》，但实际是受了《文赋》的影响而向前发展的。所以陆机在此处所提出而未能解决的问题，刘彦和在《文心雕龙·神思》篇中已与以解决。《神思》篇："是以陶钧文思，贵在虚静。疏瀹五藏（脏），澡雪精神。积学以储宝，酌理以富才，研阅以穷照，驯致以怿辞。""疏瀹五藏，澡雪精神"，恰恰是与"六情底滞"相反，甚至可以说是医治六情底滞的。写作时的所以"志往神留"，是因为六情底滞。六情底滞，有生理上的原因；董其昌曾说太饱、太饿、太疲劳，皆不适宜于作画。疏瀹五藏，正所以医治生理上的原因。六情底滞，有心理上的原因；杂念纷拿，自然阻遏了精神由专注而深入的想象、思考的功效，澡雪精神，正所以医治心理上的原因。六情底滞，还有的是学力上的问题。《神思》篇："难易虽殊，并资博练。若学浅而空迟，才疏而徒速，以斯成器，未之前闻。"所以"积学以储宝"四句，是从学力上解决"六情底滞，志往神留"的问题的。但即使是如此，从根本上解决了陆氏所提出的问题，但并不能因此而完全抹煞陆氏所提出的问题。因为文思的利钝，依然有种不能为人所预计的由内向外发动的"天机"是否呈现。当天机未能呈现时，便常有"或理在方寸，而求之域表；或义在咫尺，而思隔山河"（《神思》篇），这也即是《文赋》所说的"或竭情而多悔"。然则生理、心理、学力的基本问题都解决了，而天机或有时不能呈现，这又如何解答？我以为写作时有种是"意识层的酝酿"，这是《文赋》一开始所竭力描写的；有种是"非意识层的酝酿"，甚至可以说是"潜意识的酝酿"。潜意识的酝酿，是把蕴藏在生命底层中相关的能力，从睡眠中开始觉醒，以进入意识层的酝酿，这样便天机呈现出来。否则会出现志往神留的现象。作者只有暂时放下，以待潜意识的跃出。当睡觉时想不出写不出的东西，次日一清早便能想出写出，这一方面是生理心理在疲劳后的恢复；另一方面也可能是在睡眠中有潜意识的酝酿。我这里只能作尝试性的解答。

> 伊兹文之为用，固众理之所因。（一）恢万里而无阂，通亿载而为津。（二）俯贻则于来叶，仰观象乎古人。（三）济文武于将坠，宣风声于不泯。（四）涂无远而不弥，理无微而弗纶。（五）配沾润于云雨，象变化乎鬼神。（六）被金石而德广，流管弦而日新。（七）

注：（一）众理因文而显，故谓"固众理之所因"。

（二）李善："言文能廓（恢）万里而无阂，假令亿载而今为津。"按上句以空间言，下句以时间言；《说文》十一上："津，水渡也。"由此岸到彼岸为水渡。言人之精神可以通于亿载，而文为之津渡。

（三）李善："叶，世也。"则、象，皆法式之意。

（四）李善："《论语》，'子贡曰，文武之道，未坠于地'。《尚书·毕命》曰，'章（表彰）善瘅（忌惮）恶，树之风声'。《毛诗》曰，'靡国不泯'，毛苌曰，'泯，灭也'，《尔雅》，'泯，尽也'。"

（五）李善："《周易》曰，'易与天地准，故能弥纶天地之道'。王肃曰，'弥纶，缠裹也'。"按即包括之意。

（六）云雨沾润万物，文章沾润人生，故谓"配（匹，比）沾润于云雨"。鬼神变化不测，文章亦创新无穷，故谓"象（法）变化乎（于）鬼神"。

（七）李善："金，钟鼎也。石，碑碣也。言文之善者，可被（加）之金石，施（流）之乐章（管弦）。"按"德广"，谓文章之功用长久。"日新"，谓文章之价值常存。

疏：此在全文为第六段，言文章之功用、价值，以总结全篇。中国文学传统，不孤立地看文章的功用、价值，而常系弥纶整个人生活动之所及以为言。较之曹丕《典论·论文》"盖文章经国之大业"一段，此处言切而意义深广。

初稿刊出于《中外文学》，一九八〇年六月一日第九卷第一期

一九八〇年八月十一日重校，十一月三校

因钱锺书先生《管锥篇》中亦论及《文赋》，而见解颇有异同，故托陈毓罴先生将此文转请一阅。钱先生于九月七日来信谓"注则训诂精博，疏则解析明通"，而以两人在"释虎济伟诸节，冥契尊

见。独学无友，闭门造车而竟不孤有邻，出户合辙，又窃以自壮也"云云。钱先生以风骨及宏博为国内外推重，其谦冲若此。惜无缘相识，又地隔山河，不能多多请教也。谨识数语，以资纪念。

一九八〇年十一月十六日晨六时

皎然《诗式》"明作用"试释

　　皎然是中唐时代的诗僧。所著《诗式》惟清末陆心源《十万卷楼丛书》所收，为五卷足本。《唐宋丛书》、《学海类编》及《历代诗话》所收的，则皆只有全书的第一卷，属于总论性质，但他论诗的要点，率可由此卷得之。惜语言简奥，或文字讹夺，未易穷其底蕴；尤以"明作用"一节，更难以索解。我在这里作一尝试性的解释，希望由此能引起进一步的探讨。所引原文，系根据易见的《历代诗话》。

　　《历代诗话》本未录"自序"性的一段，由"明势"开始。"体势"两字，常连为一词，《诗式》中即有"气象氤氲，由深于体势"之语；这指的是由作品之统一性所表现的艺术形相。从静态去加以把握时，则称之为"体"；从动态加以把握时，则称之为"势"。由六朝文论的传统说，"体"的观念可以概括"势"；由古文运动兴起以后的情形谈，文中之气，最为突出，所以"势"的观念反较"体"的观念显著。此处的"明势"，可以解释为皎然对由动态所把握的"诗体"的要求。

　　"明势"之后，便是"明作用"，原文是：

　　　　作者指意虽有声律，不妨作用。如壶公瓢中，自有天地日月，时时抛针掷线，似断而复续。此为诗中之仙。拘忌之徒，非可企及矣。

以"作用"两字言诗，似为前所未有。首先要解决的是，皎然的所谓"作用"，到底指的是些什么。郭绍虞在他的《中国历代文论选》中选有《诗式》，对作用的解释是"指艺术的构思"。文学创作时，艺术性的思考、想象，由王褒《四子讲德论》引《传》曰'诗人感而后思'"以来，常由"思"字加以概括，皎然《诗式》中，也不例外。他在"取境"一节中用了"苦思"两字，在"辩体有一十九字"一节中又有"夫诗人之思初发"一语；这两个"思"字，都是概括"思考"与"想象"两者而言，也即是郭绍虞的所谓"艺术的构思"。皎然已经用了传统的"思"字，应不会又别出意义与"思"字相同的"作用"两字。但在很长的时间里，我也找不出更妥当的解释。皎然是和尚，我曾从佛学中，找"作用"两字的用法，只发现"作用"亦可简称为"用"，乃对"体"而言，即由王弼《周易略例》起，经常出现的"体用"之用，体可称为"本体"，用可称为"作用"。但对此处的解释，仍没有帮助。

后来在《诗人玉屑》卷一〇，偶然发现"体用"项中有下面这些材料，或此可作"明作用"的注脚。兹简录于后：

（一）"不可"："一曰高不可言高。二曰远不可言远。三曰闲不可言闲。四曰静不可言静……九曰苦不可言苦，十曰乐不可言乐。"（陈永康《吟窗录》序）

（二）"言用勿言体"："尝见陈本明《论诗》云，前辈

谓作诗当言用，勿言体，则意深矣。若言冷，则云可咽不可漱。言静，则云不闻人声闻履声之类。本明何从得此。"（《漫叟诗话》）

（三）"言其用而不言其名"："用事琢句，妙在言其用而不言其名。此法惟荆公、东坡、山谷三老知之。荆公曰'含风鸭绿鳞鳞起，弄日鹅黄袅袅垂'，此言（按言字上似漏'不'字）水柳之名也。东坡答子由诗曰'犹胜相逢不相识，形容变尽语音存'，此用事而不言其名……"（《冷斋夜话》）

（四）"不名其物"："临川云，'萧萧出屋千寻玉，霭霭当窗一炷云'，皆不名其物。然子厚'破额山前碧玉流'，已有此格。"（《碧溪》）

（五）"如咏禽，须言其标致。只及羽毛飞鸣，则陋矣"："……如咏鹤云'低头乍恐丹砂落，晒翅常疑白雪销'，此白乐天诗。'丹顶西施颊，霜毛四皓须'，此杜牧之诗。皆格卑无远韵也。至于鲍明远《鹤赋》云'钟浮旷之藻思，抱清迥之明心'，杜子美云'老鹤万里心'，李太白《画鹤赞》云'长唳风宵，寂立霜晓'，刘禹锡云'徐引竹间步，远含云外情'，此乃奇语也……"（《庚溪诗话》）

此外还有"胡五峰谓晦庵此诗，有体而无用"一条，乃涉及哲学上的"体用"问题，所以将其略去。

我们把哲学上的"体用"问题放在一边，只就寻常事物中把"体用"两字略作解释。"体"是指某事或某物的自身，例如"灯"的自身是体。"用"是指由某事或某物所发生的意味、情态、精神、效能等，例如由灯所发出的光明，是灯的用。所以每事每物，皆可谓"有体有用"。上引材料中，所谓"不言其名"、"不名其物"，即是"勿言体"。所谓"言用勿言体"，是说应言某事某物所发生的意味、情态、精神、效能，而不要直接说出某事某物的自身。"含风鸭绿鳞鳞起"是春水的情态；"弄日鹅黄袅袅垂"是春柳的情态。"形容变尽语音存"，是久别相逢悲喜交集的意味。这都是所谓"言用"。"低头乍恐丹砂落"，是直指鹤顶上的丹，"晒翅常疑白雪销"，是直指白鹤翅上的白，这都是所谓"言体"。鲍明远、李太白们所咏的鹤，是他们所把握到的鹤的情态或鹤的精神。若用画法相比拟，"言体"约略同于画法中的"形似"；而"言用"，则约略同于画法中的"传神"。形似是表面的，是由形体的固定性而易流为板滞的。传神的"神"，是由形似深入进去，将形体化为气韵而生动的。谢赫"六法"，归结于"气韵生动"的原因在此。

上面对言用不言体的解释，试转用到《诗式》的"明作用"上去。

壶公的故事，当出于《后汉书·方术传》中的《费长房传》的"市中有老翁卖药，悬一壶于肆头。及市罢，辄跳入壶中"。宋代成立的《云笈七签》中"施存为云台治官，夜宿壶中，壶中自有日月，人号为壶公"的故事，是由《费长房传》演变出来的，上引故事与此处所言者不完全相合，但皎然大概只凭一时的记忆，不必苛求。"瓢"的自身是"体"，以喻诗的题材。瓢中的天地日月，是由瓢体所显出的作用，以喻由题材所显出的意味、情态、精神、功效等。体受空间的一定限制，作用所受的限制较少，所以从境界说，常是"体"小而"用"大。日月系藏于瓢中，以喻"用"系藏于"体"中。"用"虽藏于"体"中，但会时时向外露出端倪，透出消息。此种端倪、消息，乃在隐显之间，有无之际。不过有此"体"，便有此"用"。有此"用"，便有此端倪、消息，可供诗人以探求、玩索。所以便有"时时抛针掷线，似断而复续"两句。由"体"中玩索出"用"来，即系从"体"中开辟出新境界，此新境界广博深厚，变动不居，可作各层次、各方面的表现，所以说"此为诗中之仙"。不能由"体"见"用"之徒，为"体"所拘忌，有如白居易的咏鹤，被鹤的丹顶白翅所拘忌，自然不及由鹤之体以发现其情态、精神的深远有致，所以说"拘忌之徒，非可企及矣"。

再看他对"作用"一词的应用。在"诗有四深"一节中谓"意度盘礴，由深于作用"。"意度"犹意境或境界。意度能广博深远，因为是能从题材之体，发现把握到它的情态、精神、意味。在"李少卿并《古诗十九首》"一节中说苏李赠答的诗是"天与其性，发言自高，未有作用"，大概指苏李赠答，只直述离别之情，未从离别的意味上加以扩大。说"《十九首》辞精义炳，始见作用之功"，大概指同述别离（《十九首》不仅是述别离），特能由别离深入进去，以加强别离的意味。"行行重行行，与君生别离"诗中的"胡马依北风，越鸟巢南枝"，以此两句的眷恋之情，加重别离的意味。皎然是谢康乐的十世孙，所以他对谢康乐特别推崇。他说"康乐为文，直于性情，尚于作用"，大概也是指能在题材上开扩境界而言。

假定上述的解释不错，则自有诗以来，即有诗中所表现的作用；皎然将其提出，乃说明他对此点特为重视，加以提倡。文学批评，常出现在文学作品之后，此亦其一例。但这种说法，似乎不是论诗的"圆义"。因为画贵由形似进入到传神，但并不是把

"形"与"神"对立起来,而是要求"形"中有"神","神"不离"形"。后来有的画家把"形"与"神",作对立的理会,便会流于狂怪。中国哲学上讲"体用不二",转用到文学上,也应当是"体用不二"。钟嵘《诗品》所举"皆由直寻"的诗句,如"思君如流水"、"高台多悲风"、"清晨登陇首"等句,亦可谓为"言体不言用",但在所言之体中,即蕴有深远的用。言题材之"体",或言题材之"用",皆出于作者一时感发之所至。由"用"可以见"体",由"体"亦可以见"用"。若如《诗人玉屑》所述,把"体"和"用"对立起来,固然是诱导初学者致力的一种方法,但其流弊可能成为猜谜语的诗。所以这种说法的意义,有其自然的限制。

中国文学讨论中的迷失

——一九七九年九月二十二日在新亚研究所文化讲座讲辞

一

这个标题，只表示我年来的一种感想。

忘记了是去年还是前年，有位西德作家，来到香港，请胡菊人先生约几位中国作家，谈谈作家如何可以尽到社会责任的问题，这可以说是中国传统文学中的老问题。我看了《明报月刊》上会谈的纪录后，感到两方并未能作相应的讨论；因为中国方面的作家，对西德作家所提出的问题，根本采取否定的态度。假使西德那位作家，以为这几位中国作家的意见，是由中国传统文化而来的意见，便是一种莫大的误解。我当时曾写封信给胡菊人先生，没有得到他的回信。

最近香港举行一次极有意义的"中国文学周"，请了几位专家，作文学方面的专题讲演。从《明报》上的纪录看，应以名小说家白先勇先生所讲的"社会意识与小说艺术"的分量较重。但站在一个对中国传统文化稍有常识者的立场来看，依然感到在讨论中似乎迷失了什么。鲁莽地说，可能是把文学得以成立的根源及发展的大方向迷失了。好在白先生对中国传统文化，是抱有好感的人；所以由此一相同的立足点提出不同的看法，应当是可以讨论的。

白先生讲话的要点是：

> 从五四以至三十年代之文学思潮，文艺被视为社会改革工具。这种功利主义的文学观，使文学艺术性不再独立。
>
> 无论五四的文学革命或后期的革命文学，两派都有同一的精神，就是以文学为名，其实以社会改革为目的……而小说艺术反成其次。所以五四以来，左翼作家……在小说中往往流露强烈的社会意识。
>
> 由于十九世纪以来，中国知识分子纷纷兴起救国的使命感，他们相信文学可改革人心……但现代批评家夏志清则指出，中国现代小说家对中国命运所背负的道德重担，使他们流于一种狭隘的爱国主义。反不及许多西方作家往往能超越国籍，探讨人生的意义，重视小说艺术性。
>
> 只要社会意识与小说艺术能互相取得平衡，溶和一致，内容与技巧协调，更能表现其时代精神。
>
> 唯有再加倍注重小说的艺术性，配以社会意识，才会有更深度之作品。

综合白先生的意思，是认为五四以来的文学（他专指小说），因社会意识过剩，以致贬低了艺术的独立性，限制了文学健全的发展。

二

白先生谈的是小说，我稍稍扩大一下，想把诗歌、戏剧，也包括在里面，这三者可以说是历史中发展的关系，也可以说是文学中一个大家族的关系。在整个文化部门中，以文学这一部门的争论最多。尤其是自达达主义兴起以后，奇谈怪论，风起云涌。这种风潮大概慢慢地过去了。白先生的讲话，是比较平实的。并且他也未尝抹煞社会意识，而只要求社会意识与艺术性的均衡。这都是比较健全的说法。问题是出在他对社会意识的产生及其在文学创作中的根源性的作用，似乎没有真切地把握到，因而不知不觉地把它加以外在化、疏离化。于是不认为文学的艺术性，是社会意识表现的自身要求，而强调艺术的独立性。认为两者的关系，不是生发的关系，而是配合的关系。尤其是忽视了文学的心灵，是缘文学家所处时代中的问题而发。十九世纪中国文学作品中的爱国精神，来自当时中国的生存发生了问题。西方许多文学家，探讨人生的意义，是这些作家，对人生的意义发生了问题。从本质上说，两者都是道德负担的不同形态，不应在这种地方分高分下。并且谈人生意义的作者，他的主题使他不谈国籍问题，并非存心非要超越国籍不可。"世界文学"不是成立于否定"国民文学"之上，而是成立于国民文学中所发掘出的彻底的、根源的人性，即通于世界的人性，于是最成功的"国民文学"，同时即是"世界文学"。文学家以人生意义为主题，也必由与他血肉关连的具体人们生活的洞察，发其端绪；所以文学中的乡土气，也是构成文学特性之一。我根本不相信存心要超越国籍，四脚凌空的人，

中国文学论集续篇

而可以成为出色的文学家。白先生更不了解，包括香港在内的中国文学所遭遇的危机，是有的地方不准作家有真正的社会意识，有的地方又不容易产生社会意识，于是所谓艺术性云者，只成为内容空虚的逃避所。白先生把问题看颠倒了，在这些地方，不能不使我有迷失之感。

三

从文学创造的动机动力来说，亦即是从文学得以成立的根源之地来说，中国文学，可以约略分为三大类型。

第一种，是由感动而来的文学。感愤、感伤、感激、感慨，方便地都包括在"感动"一词之内。从这一点说，文学家常是多情善感之人。

第二种，是由兴趣而来的文学。中国因老庄思想之助，出现了不少特出的山水田园诗人。从这一点说，文学家常是悦生爱物之人。这两类型的作者，虽然生命中感情的活动，有浅有深，有轻有重，但当其发生感动或兴趣之时，都是把自己的感情，投入于对象之中，并将对象融入自己生命之内；此时感动、兴趣的主体与引起感动、兴趣的客体，合而为一，要求表达出来，所以作品中必注入了作者的感情、气质乃至整个的生命。这两者都可称为"内发的文学"。

第三种，我方便称之为由思维而来的文学。对前两种内发的文学而言，或者亦可称为外铄的文学。因为作者并无主动的创作动机，只是因为外面有种要求、压力，不能不创作，于是只好凭思维之力去建立观点，寻觅主题，有如试帖诗、应酬文、为了换稿费、奉命写宣传文字等等皆是。从这一点说，文学家常是机灵巧思之人。这一类型的作品，因为作者的感情、生命，无法注入进去，便常特别在技巧上用心，亦即是在艺术性上用心，想以艺术性的形式，掩蔽空洞无物的内容。所以在过去，应酬文中，常以骈四俪六之文为当行出色。假定批评这一类型作品的艺术性的格调不够高，这不是来自作者对艺术性不曾"加倍"的留意，而是内容自然限制了艺术性的成就。

为避免误解，还须补充说明一点，任何类型的作品，包括思考、想象在内的思维，都非常重要。尤以在小说戏剧中，思维的重要性，更为增加。不过前两种，思维的作用是在创作的历程中而不是创作的动机。

四

上述由感动而来、由兴趣而来、由思维而来的三种类型，只是就各有偏向上作概念性的划分。事实上，不仅一个人常有三方面的创作；而且在创作时，三类型的因素，亦未尝不可互相流注。概略地说，如第二类型中流注有第一类型的因素在里面，有如陶渊明的田园诗、柳宗元的《永州八记》、苏东坡的前后《赤壁赋》，就更成其深厚浑含。第三类型中，如因思维而引起第一、第二类型的因素在里面活动，则在应酬文章中亦常可自成高格；在卖稿费文章中，亦常可出现卓越的作品。惟有存心为权势作打手，或存心供权势者消愁解闷的作品，则作者才气再高，用心再巧，也必然是文学中不可救药的秽物。

这里不再进一步去探索全面的问题，而只对第一类型的文学稍作讨论。因为真正的社会意识，常出现于此一类型文学之中；而此一类型的作品，在文学史中，数量上虽占少数，但在对文学的要求上，则一直是中国文学的主流。由《尧典》的"诗言志"，到韩愈的"大凡物不得其平则鸣"，都是此物此志。其中把创作的动机、历程，说得最完全的，莫如王褒所引《诗传》的"诗人感而后思，思而后积，积而后满，满而后作"的几句话。

所谓"感动"，概略地可分为两类：一类是原始性的个体生命的感动。由这种"感动"所产生的作品，用寻常的语言表达，即是所谓"劳人思妇之辞"。劳人思妇之辞中所含蕴的感情，乃是人类基原性的感情，即是把名利之心、世故之念，完全剥落尽净，由赤裸裸的生命在挣扎、希望中所呈露出的感情，陶斯亮在《一封终于发出的信》中所流露出的陶铸、陶铸的夫人和陶斯亮自己的感情，可以称为人类基源性的感情。这种基源性的感情，是发自个体生命，但因为是基源性的，所以同时即是万人万世的。不仅不言社会意识，而其中自然含有伟大的社会意识，并且人性的普遍而永恒的意味，常可从这种地方去把握，至于一般人在名利欲望追逐中，因受到挫折所发出的叹老嗟卑的声音，乃是漂浮在生命表层的波纹，不能称为个体生命的感动，和基源性的感情，隔了很多层次。

另一类是文化性的群体生命的感动。我所以加上"文化性"三个字，是因为这类的感动，必须在两种前提条件下才会产生：一是作者的现实生活，系在群体中生根；一是作者的教养，使他能有在群体中生根的自觉，并由此而发生"同命感"，乃至称为"连带感"。这需要文化发展到某一程度时才会出现。孔颖达在《毛诗正义·大序》的疏释中说"诗人揽一国之心以为己意"，指的即是这种群体生命的感动。这种感动，在深度上与前一类的感动相同，但规模上自然会更为宏大壮阔。这是今日所说的"社会意识"的根源之地。最伟大的作品，常由此种感动而来。

五

白先生所说的爱国精神与社会意识，假定不是由权力者的意志而来，而是出于作者的内发，则作者所感的虽有浅有深，有中和，有偏激，但总起来说这必然会加强文学创作的动机，提高文学创作的素质，把中国文学的发展，推向一个新的里程碑。所以白先生说到由五四到三十年代文学的成就时，不能不归到鲁迅、巴金、茅盾等人的作品。以由感动而来的社会意识为创作动机的作者，当然对自己的国家、社会，存有无限待望之心。而贤明的统治阶级，及社会富有良知良识的人士由这种作品发生反省以促进政治社会的改革改进，也为常情所应有。若说这是文学中的功利主义，则这种功利主义，正是中国两千多年来的文学传统，决非如白先生所说，是始于梁启超《论小说与群众的关系》的一篇文章。所以《诗大序》说"先王以是（诗）经夫妇，成孝敬，厚人伦，美教化，移风俗"。这种要求，一直延伸到后来的小说戏剧中去。作品的品质是否与这一要求相符应，那是别一问题。

现在谈到作品中的艺术性问题。在研究或学习过程中，常从作品中抽出构成艺术性的因素，如结构、修辞等，作独立性的处理。但这只是研究、学习过程中的方便。若深一层去了解，则这些被抽出的因素的自身是"无记"的，无好坏可言的。各因素的艺术性，要在作品的统一体中，亦即是要在中国之所谓"文体"

中始能决定。作品的统一性，乃来自作品内容主题的展开。若内容的主题是某种社会意识，则此统一性是来自某种社会意识所凝结的主题的展开。究极地说，能将主题通过文字作如实地、有效地表达出来，这即是文学中的艺术性。所以艺术性是附丽于内容而存在，可以说这是出自内容自身的要请，无所谓独立性的问题。当然，内容自身在表出时对艺术性的要请，并不等于有了这种要请，即可得到艺术性。因为从内容到内容的表达，中间不仅有一段距离，而且还含有由距离而来的抗拒性。要把距离和抗拒性解消掉，既关系于个人的禀赋，也关系于学习的功力，还关系于有关文化经验的积累。所以每个人的生活、生命都可以含有创作的内容，但并非每个人都能成为文学家。我们以社会意识为内容的小说、戏剧，假定追不上世界第一流作品的水准，不是来自作者的社会意识在作祟，而是来自学习及经验积累的问题。只要想到在我们有长久历史的文学批评中，独对小说、戏剧的批评，非常贫乏，也可以思过半了。

六

生长在夹缝中的香港知识分子，多数是不能在群体中生根，乃至也不愿在群体中生根的人。因此，香港的文学活动，几乎可以说先天地缺乏真正的社会意识的动力与营养。过去有一段时间，不少人随着"四人帮"的叫嚷而叫嚷，那只是乘风倚势的一些心灵麻木的投机者，及只知由按钮发声的可怜虫，表面上好像社会意识过剩，实际则除口号外空无一物。物换星移，这些叫嚷已成过去了。

我没读过香港文学家的作品，但常看电视上的连续剧。这也是文学中的重要角色。拉上百回以上的连续剧，绝对多数是散漫、拼凑、"不知所云"，糟蹋了许多好演员的演技。受到社会严厉批评后，还有人说它是"剧以载道"，真可谓无知无耻之尤。这种艺术性的低劣，还是来自内容的空虚，空虚到连由思维而来的主题、主线都没有。所以当前应鼓励青年们培养内发的社会意识，提倡对中、西古典文学的学习；而当学习时，应当由内容的把握以走向艺术性的把握，更由艺术性的把握以加深内容的把握；内容与形式，可以暂分而必归于复合。应当卑视个人的功利主义，但应当重视对社会大众的责任感，这或许是一条平坦之路。至于由毛泽东一九四二年延安文艺座谈会上的讲话所引发的一连贯的严重问题，留在另一篇文章中再把它写出。

　　　　　　　　　　　　　中国文学论集续篇

王梦鸥先生《刘勰论文的观点试测》
一文的商讨

　　王梦鸥先生，是一位好学深思、著作宏富、很值得尊敬的学者。但我这些年来读到他的著作时，常觉他由立异以求自成一家之念太强，这本是一种前进的推动力，未可厚非。但若以此态度来诠释古人，便难免屈人从己，蒙混了古人的面目。《中外文学》八卷八期刊出他的《刘勰论文的观点试测》一文，即其一例。《文心雕龙》，是对中国传统文学想作比较完整而有系统的了解的一道关卡；书中的"文体"观念，又是对《文心雕龙》作真切把握的一道关卡。我在二十年前，曾写《〈文心雕龙〉的文体论》一文，首先指出，由南宋起，把"文体"与"文类"两个观念混淆了，一直到今天，许多人仍以"文类"当作《文心雕龙》中所说的"文体"，形成了了解上的最大障碍。年来台湾研究《文心雕龙》的风气颇盛，是个极好的现象，但不知已经把上述的关卡打通没有。王先生则以"语言"抹煞"文体"的观念，曲解"文体"的观念，对《文心雕龙》的了解，更增加一重障蔽。以王先生在台湾的名德，深恐因此而增加后学的误解，所以于百忙中特写此文，略加商讨。

一、研究的方法问题

王先生大文开始一段，对中国现代做《文心雕龙》研究工作者，作了一般性的批评。在这段批评中，涉及到研究的方法问题。不先将此点加以澄清，以后的商讨便无法进行。王先生说：

> 到了近代，这方面（指校勘、考典）的工夫差不多做得相当完备（按实际上，对此书的训诂工夫还差得很远），而现代人对之，不免要换个方向发展，那就是把此书作综合分析的研究，甚至各研究者使用自己的文学观念，建立种种纲领，然后割裂原文，以分配于各人拟造的纲领之下……但有数点值得商榷。

按从思想的观点来研究一部古典，以分析的方法，确定古典各部分的内容；以综合的方法，从分析中抽出纲维，条其统贯；这是很重要的研究方法。因中国古典，常只有内容上的经验逻辑，而缺乏表达上的形式逻辑，于是由分析综合的交互运用，将原典加以"分解后的再组成"，这是最基本的研究工作。至于，王先生说"研究者使用自己的文学观念，建立种种纲领"云云，王先生的大文倒恰是如此；这正因为分析综合的工夫不够，或竟如王先生一样，根本没有做过这种工作，只在原书中摘录几句话，不顾文字训诂，不顾上下文关连，随意作歪曲的解释，才会发生这种毛病。从王先生上段话中说的"甚至"两字看，是王先生对分析综合的方法不满，并以为"使用自己的文学观念……"与分析综合的方法有关，然则王先生在研究时要用什么方法呢？王先生认为"值得商榷"之一是：

> 第一，应用现代的文观来重新安排作者的意见，固可使其意见为现代人接受，然而经过改头换面，是否会走失了此书立说精神？这是可考虑的。因为时代相隔千有余年，原作者为着因应当时的情势而著书……昔之所重或为今之所轻；如宗经、用典、组词方式等，都是《文心雕龙》所一再强调的。但这些问题，经过千余年的演变，已经是今非昔比了。如果仅注意这些细部的归纳，而无视其时代精神之所系，将使人误会原书的价值，或仅认此书只是六朝文的辩护状了。

上面的话，应分两点来讨论。首先是应用"现代的文观"的问题。把对古典的研究，用文字表达出来，不论是训诂的，或是思想的，其最基本任务是解释，而解释都是以今译古，使今人易于了解。训诂之学，即是以今言译古言。所以应用"现代的文观"以解释此书，不仅是无可避免的，而且是非常困难，又非常必要的；我们只应指出应用的是否得当。例如王先生在上段文章中，"用典"可能是译此书《事类》篇的，"组词方式"，我不能确定是指此书的什么，但皆为"现代文观"中的名词无疑。应用的得当与否，决定于对此书原文所下分析综合工夫的浅深。因为王先生没有下过这种功夫，所以全文中以今译古的都不太适当；但何可因此否定此一最基本的解释方法。

其次是"如果仅注意这些细部（按指此书的宗经、用典、组词方式等）的归纳，而无视其时代精神之所系，将使人误会原书的价值，或仅认此书只是六朝文的辩护状了"的问题。这就更难于索解了。（一）今日研究此书，只是把它当作文学批评史来把握。经过千余年的"今非昔比"，研究者正是要把握其"昔"；假定研究的结果，它是"六朝文的辩护状"，便应承认它是"六朝文的辩护状"。这正是客观的态度。（二）王先生既承认"宗经、用典、组词方式等"都是此书所"一再强调的"，假如王先生此言可信，应当即是研究者的重心所在，而不应称为"这些细部"。把此书所一再强调的贬为"这些细部"，然则研究些什么呢？（三）此书一再强调宗经，这是仅仅因应当时的情势吗？由宗经而可导引出"六朝文的辩护状"吗？由此可知王先生对当时（就刘勰而言，不应称"六朝"）的文风及刘氏"是以楚艳汉侈，流弊不还，正末归本，不其懿欤"（《宗经》篇）的特别用心（当时他人无此用心，故称"特别"），毫无了解。

王先生认为值得商榷之二是：

第二，此书以"文心"标名，而作者于书中复时时提出文学与心理相关连的描述，因而今人研读此书，尤多引据现代心理学之绪余，以与此书相附会……然心识之存在，不过是现实生活的投影。倘若现实生活不同一例，则原作者的构思，未必皆通于今人之识见。易言之，今人之识见，亦未必为原作者所曾梦见的事实。如是敷论，固无妨直称之为今人的新论，似不须冒以《文心雕龙》的旧题。这也是现代研治此书者之常有现象，而可用常识致疑的一点。

我首先指出一切对古典的研究都是"心识"的活动。假定如王先生所说"心识之存在，不过是现实生活的投影"，则现实生活，不仅古今不能"同一例"，即皆为今人，也很难"同一例"。因现实生活的不同一例，便令彼此的"识见"不能相通，则一切古典皆无由研究，中外文学的比较也无法进行，王先生的"常识致疑"也无由成立。"心识不过是现实生活的投影"的说法，大概是由二十世纪三十年代所流行的"反应心理学"及"动物实验"而来。但这不仅与刘勰在《神思》篇中所述"故寂然凝虑，思接千载；悄焉动容，视通万里"的心识情态，相去太远；也把现实生活中心理活动的各层次完全加以抹煞。王先生所说的"心理学的绪余"，不知指的是什么。"文学心理学"，也应当在"绪余"之列。日人波多野完治著的《文章心理学入门》一书，引了不少西方人士这一方面研究的成果。书中在谈"文章进步的心理"时说："文章进步有宋代欧阳修多看、多作、多商量的三多之法。其中最不可缺的是多商量。一篇文章，最好改写三次。"（页二四六）波多野研究文章心理而可引用欧阳修的"三多"之说，则今日研究《文心雕龙》时，为什么又不可以引用现代文学心理学的成果？有的情形，古人已经体验到，但不能作解释，而今日心理学可加以解释的，有如弗洛伊德的精神分析学在文学艺术中所发生的一部分解释作用。有的结论古人已经得到，而到达结论的历程古人未曾说明，也未尝不可假借西方的理论架构来加以说明。"一般性中有特殊性"、"特殊性中有一般性"，这是研究人文方面所必须考虑的问题，在研究文学时也必然如此。若如王先生之说，便把古与今的通路，中与外的通路，完全隔绝了。

台湾（大陆也是如此）年来研究《文心雕龙》的风气相当盛，

刊出的专文专书也不在少数。我推测，其中可能有牵强附会、张冠李戴的情形，这的确是研究中最坏的情形，但王先生应对这类情形，提出具体的批评，以收摧陷廓清之效。不应因方法运用上的错误或未成熟，便连方法的本身也否定了。王先生在研究上否定了重要的方法，却在人情上又"不想影响时贤的卓见"，这种圆满的打算，只使王先生自己陷于混乱。

二、是"把文学当语言来处理"吗？

王先生大文的正面意见，分五点陈述。但他最主要，同时也是最离谱的是他的第一和第四点。而第一、第四，实际是一个论点。兹略加讨论。王先生说：

> 第一，《文心雕龙》的著者刘勰，他对于文学的基本看法是把文学当作语言来处理。这一点，可说是他一着手就把握到了文学的核心问题。《原道》篇说："心生而言立，言立而文明，自然之道也。"从"心生"至于"文明"，这上面显示一种发展；有发展必有其过程，他称那过程为自然之道。

《文心雕龙》，本是以"文体"的观念为中心而展开的；我二十多年前，曾有一长文专门讨论这一问题，但《〈文心雕龙〉的文体论》的标题，容易使人误解为"文体论"仅是它内容的一部分；实际，它是一部有系统的文体论。刘彦和在《序志》中首先解释他命名的意义。第一句是"夫文心者言为文之用心也。昔涓子《琴心》，王孙《巧心》。心哉美矣，故用之焉"，这是对用"文心"两字的解释。又说"古来文章，以雕缛成体，岂取驺奭之群言雕龙也"，这是对用"雕龙"两字的解释。所谓"以雕缛成体"是说以雕饰繁缛构成文体。《文心雕龙》的名称，是表明如何用心才可以构成有艺术性的雕缛的文体。而王先生的用心，则在用语言的观念来代替文体的观念。

这里先说明一点：日人以"文体"一词译西方的 style，较之以"哲学"译西方的 philosophy 更为恰当。因为"哲学"一词本为中国所未有，而西方由柏拉图一直到黑格尔们的 philosophy 的主流，与我国由孔孟以至宋明理学的思想主流，走的是两条不同的道路，形成两种不同的性格。"文体"则为六朝很流行的名词，它的基本条件及基本内容，与西方文学中的所谓 style 的基本条件及其基本内容，有本质上的一致。例如西方文体观念中的简洁体（concise style）、繁缛体（diffused style）、刚健体（nervous style）、优柔体（feeble style）、枯淡体（dry style）、平明体（plain style）、清晰体（nest style）、高雅体（elegant style）、华丽体（florid or flowery style）等（以上见本间久雄《文学概论》页七八至七九）与此书《体性》篇中的八体，在构成的本质上是一致的。这里应附带说明的是，中国到北宋而"文体"的观念不著，到南宋而渐与"文类"的观念混淆；由明迄今，一般人皆以"文类"为"文体"。影响到日本，他们研究西洋文学的人用到此一名词时都与原义相合；但他们的汉学家用到此一名词时，也随中国的错误而错误。例如本间久雄在《文学概论》中引用明徐师曾的《文体明辨》（页七八），便犯了这种错误。

没有语言便没有文学，便没有文体。日常语言、科学语言、文学语言的分别与关连，这在西方的文学理论批评著作中，是讨论得很多的问题。概略地说："求美的形相于语言之中，才有所谓文学。"语言是文学的媒介体，语言学不是文学的基础，美学才是文学的基础。"语言研究对文学研究发生作用时，或者以调查语言中所含的美的效果为目标时，一言以蔽之，语言研究成为文体论时，语言研究，才可成为文学研究。"（R·ウエレック和 A·ウオーレン合著《文学理论》日译本页二三五）而所谓"文体论乃限定于一个艺术作品或作品群的研究。这些作品是由美的机能与意味所构成的"（同上，页二四〇）。王先生所提到《文心雕龙》中的章句、学理，论《丽辞》、《练字》、《指瑕》等篇，正是为了"调查语言中所含美的效果"，使其成为构成文体的因素而写的。换言之，这是以文学的艺术性来处理语言，不是如王先生所说，抹煞文学的艺术性，而仅作为语言来处理。

三、文体观念的出现及其重大意义

"文体"一词的出现，是由对文学艺术性的反省、自觉所提出来的；在文学批评史上，有特别重大的意义。

文学始于诗歌，而诗歌本是用语言唱出来的。但《尚书·尧典》云"诗言志，歌永言"，所谓"永言"是拉长了腔调之言，这已表示出诗的语言，不同于日用的语言。《论语》记孔子说"不学诗，无以言"，这当然指的是带有艺术性的语言，否则岂有因不学诗便不能语言之理。孔子时代主要是用语言表达自己的思想感情，还很少自己拿起笔来写文章的。孔门四科中的"文学"，指的是典籍之学，这一直到两汉甚至于六朝，还是如此，其中的"语言"

一科，才相当于今日的所谓"文学"。宰我、子贡特列为言语一科，这即说明带有艺术性的语言，有别于日用语言。到战国中期才渐渐把带有艺术性的语言，自己用文字写了出来（以前主要是史官或弟子写），这便不仅把言语中的艺术性，通过文字加以表达，且必然加上文字的艺术性，以加强言语的艺术性。以标音为主的文字，语言与文字的间隔小，以标义为主的文字，语言与文字的间隔大。这在刘勰有清楚的分别。《练字》篇"心既托声于言，言亦寄形于字"，是把语言文字，分为两个层次。但文字出于语言，所以文学中的语言，亦即是文学中所用的文字，把文学中的文字称为语言，亦无不可。

在先秦乃至两汉，只言由文学中的艺术性所发生的效果，而少直接言及文学中的艺术性。只以一"丽"字简称诗赋的艺术性。但将作品称为"文章"或简称为"文"，这即标明文学得以成立的特性乃在它的美，乃在它的艺术性。

文体的"体"，始见于曹丕《典论·论文》，至陆机《文赋》而其义更显，此后即成为文学批评中的基本观念。这是由人体的体所转用的观念。人体是由五官百骸的统一而成，是由肉体与精神的统一而成。人的风姿仪态，必由此统一体而见。所以文体的第一意义是表现作品形式的统一，表现形式与内容的统一。第二意义是形成文学艺术性的各种因素，必融入于此统一体中而始能发挥其效用。统一的身，即是最大的艺术性。而没有语言，便没有文体，但仅称"语言"，不能表现这种统一的意义。文学的艺术性，是以统一为基础而展开的，语言的艺术性，是在统一中，亦即是在文体的"体"中才能决定的。英国的美学者波桑奎特（B. Bosanquet，1848—1923）在他的《美学史》中谈到美的形式与内容时说"原理上，形式与内容，恰恰像精神与肉体是一个东西"的一样，实际也是一个东西。法国自然主义的巨擘福楼拜（G. Flaubert, 1821—1880）说："没有美的形式，就没有美的思想。没有美的思想，就没有美的形式。恰似不能从一个肉体抽出组成肉体的各种性质一样，不能从内容分离开形式。因为有形式，内容始能存在。"（本间久雄《文学概论》页七六至七七）在上引两人的话中，即含有以人体的肉体与精神的统一，来比拟文学的内容与形式的统一的意思在里面。但 style 的语源，只是罗马人用在涂了一层薄蜡小板上书写的金属小棒，没有上述的美学文学的意义。以 style 来表诠美学文学的上述意义，是一步一步发展出来的。不如中国将人体之体，加以转用，当下便把上述的意义表达出来了。《文心雕龙·附会》篇："夫才量（童）学文，宜正体制。必以情志为神明，事义为骨髓，辞采为肌肤，宫商（声律）为声气。"刘勰认为人体是由"神明、骨髓、肌肤、声气"四部分的统一而成，文体则由"情志、事义、辞采、宫商"四部分的统一而成。这即是以"人体"与"文体"相比，文体观念，由人体观念转用而来的显证。没有肌肤不能成为人体，但仅有肌肤，亦不能成为人体。辞采，指的是有艺术性的语言，没有语言，不成为文体；但仅有语言亦不成其为文体；而且不是艺术性的语言，也不能成为文体的语言。称文体，即把语言包括在内，使其成为构成文体的一个因素，以与其他因素镕合而成为文学特性，成为文学的整体。仅称语言，则不仅遗漏了构成文体的其他因素，因而破坏了文学得以成立的特性，并且把普通语言与文学语言，混同起来，把刘勰反映并批评当时重视如何可使普通语言，成为可以进入于作品中的艺术性语言的努力，因而写《丽辞》、《练字》等篇的意义，也完全抹煞了。这是对文学的全般否定。《总术》篇是由《神思》到《附会》凡十八篇的总结。他说："凡精虑造文，各竞新丽，多欲练辞，莫肯研术。"所谓"练辞"，即是将普通语言，锻炼为有艺术性的语言。所谓"研术"，是研究镕合各因素以构成文体之术。他说："况文体多术，共相弥纶。一物（一种因素）携贰，莫不解体，所以列在一篇（将各种因素，列在'下篇'），备总情变。譬三十之辐，共成一毂。"（《总术》篇）刘氏此书，是以文体为中核而展开的，他自己说得非常清楚。今日研究《文心雕龙》的最大障碍在于缺乏对文体观念的明确了解；王先生因无法了解，而要以"语言"来抹煞"文体"，等于把全书投入于黑暗之中。

四、当时文学与语言的界域

然则《文心雕龙》中有没有涉及"语言学"的问题呢？有的，但不是王先生所举出的《练字》篇。《练字》篇说到了历代对文字的整理问题。但它主要是站在文学上来讨论这些问题而不是站在语言学上来讨论这些问题。篇中说"是以缀字属篇，必须练择。一避诡异，二省联边，三权重出，四调单复"。又说"故善为文者，富于万篇，贫于一字。一字非少，相避为难也。单复者，字形肥瘠者也。瘠字累句，则纤疏而行劣。肥字积文，则黯黕而篇暗"。这里是把语言来作文学处理，还是把文学来作语言处理？此种极分明的分水岭，如何可加以变乱？！要说《文心雕龙》中涉及语言学的因素，只能指出《序志》篇中所说的"释名以彰义"，有如"诗者，持也"（《明诗》篇）、"赋者，铺也"（《诠赋》篇）等有关训诂的这一部分。因为训诂可以划入语言学的范围。但此书的这一部分是为了彰明某类文章应具备的基本内容（"彰义"）而采用的。《序志》篇说："敷赞圣旨，莫若注经；而马、郑诸儒，弘之已精；就有深解，未足立家。唯文章之用，实经典枝条……而去圣久远，文体解散……于是搦笔和墨，乃始论文。"这里很清楚地说明了他不走训诂语言的路，而是走"论文"的路。

然则，当时是否自觉到文学与语言的界域问题呢？我认为自觉到了。略后于刘勰的颜之推在他所著的《颜氏家训》卷四，有《文章》第九是专谈文学的。他说"文章当以理致为心肾，气调为筋骨，事义为皮肤，华丽为轩冕"。这与前引刘勰之言，虽稍有出入，但其以文章与人的身体相比拟，则无二致。他在此篇中，虽特凸出"文章"的名词，但他说到"文章之体"、"改革体裁"、"体变风格"，则文字必以能成"体"而始可称为文章，与刘勰亦无二致。卷七《音辞》第十八，则是专谈语言问题的，所以一开始便说"夫九州之人，言语不同，生民已来，固常然矣"，把颜氏的《文章》第九和《音辞》第十八两相比较，文学与语言的界域分得这样清楚，却认为刘勰论文，是把文学来作语言来处理，未免把他看得太糊涂幼稚了。

王先生为自己的主张所引的论证，无一不是出自他对《文心雕龙》文字语言的误解。他最重要的论证是引自《原道》的"心生而言立，言立而文明，自然之道也"的几句话，他说这是"一着手就把握到了文学的核心问题"。王先生所引的是《原道》篇的第一段，此段有三个论点：第一个论点，以"日月叠璧，以垂丽天之象"等，说明天道之自身是文（"此盖道之文也"）。第二个论点，以人"为五行之秀，实天地之心"等，说明在天生万物中以人为最灵，人当然也有文，所以便说"心生而言立，言立而文明，自然之道也"（自自然然的道理）。第三个论点，以"龙凤以藻绘呈瑞"等，说明天所生的"动植皆文"，以"林籁结响"等说明林籁等"形立则章成矣，声发则文生矣"。动植及林籁泉石，都是"无识之物，郁然有彩"，以见人是"有心之器，其无文欤"，这是为了加强第二个论点而写的。特须注意的是，这一段之所谓"文"，不是文章文字之文，而是广义的文采之文，即今日之所谓"艺术性"。"心生而言立"，只说明人高出于其他动物的特征；"言立而文明"，这只是追原溯始地说明人含有艺术性的本质；这是就"原始人"或"初生人"而立论，距离所谓文学乃至文字的出现，在时间上尚有很大的一段距离，所以第二大段叙述了由没有文字而到仅有八卦，由仅有八卦而出现了文字，由比较素朴的文字作品，到有集古代文章之大成的孔子，用刘氏的话说，经过了"爰自风姓，暨于孔氏"的长期发展历程，才把"原始人"所含有的文的本质，发展到一个高峰。王先生把刘氏所说的这样清楚的发展过程，置之不理，却另外设辞说"这心生而言立上面显示一种发展，有发展必有其过程，他称那过程为自然之道"；我不知道王先生对"自然之道"，作何了解。若与我的了解相同，则天道是文，天所生的特为灵异之人，自然也有文的本质，这中间只有"天地生人"的"生"的过程，还有什么发展过程呢？我此处对自然所作的解释，是魏晋以后才流行的"新的用法"。王先生若不采用我的解释，而用"自然"的本意，则所谓"自然"，即是"自己如此"，这是王弼、郭象共同的解释。凡"自己如此"的东西便没有"发展过程"。

五、若干文义的澄清

以下顺王先生文章的次序，作若干文义上的澄清。王先生说：

> 只为他（刘勰）感到"敷赞圣旨，莫若注经，而马、郑诸儒，弘之已精，就有深解，未足立家"，所以掉转目光，专对古经上的语言问题来发挥意见。

颜之推在《音辞》篇中举出对"语言不同"而做了研究工作的，有"扬雄著《方言》"，"郑玄注六经，高诱解《吕览》、《淮南》，许慎造《说文》，刘熙制《释名》"，"孙叔言创《尔雅音义》"。马、郑注经，正是处理经的语言。刘勰分明说自己不走马、郑语言训诂之路，掉转来走"论文"之路，所以他在《征圣》篇中总结孔子"贵文"的情形是"然则志足而言文（言有文采），情（内容）信（真实）而辞巧（辞有技巧），乃含章（此处泛指'作文'而言）之玉牒，秉文（秉文犹论文）之金科矣"，玉牒金科，意谓最高的标准。他尊重孔子删述六经，是为了要使人在作文论文时，得到最高的标准。文章的表现，当然要以语言为媒介，但他有两个最基本的要求，一是内容与形式的统一，二是语言一定加上艺术性（文、巧）。王先生的话，恰恰与刘勰的用心相反。

王先生接着又说：

> 因此可以了解的，他（刘勰）的宗经观念，是出于对中国文章"祖型"的崇拜，远胜于其对经义的信仰……因为他着重的是辞章，而不是义理，所以兼容纬书骚赋诸子百

家的语言。仅仅讨论他们语言表现的功力如何，而不作思想上的批判。

　　尽管他自谓随孔子而南行，但其著书、论文之心，实较论道之心为切。

　　由汉以后之所谓"文章"、"辞章"，即今日的所谓文学。王先生在这段话中，屡用"文章"、"辞章"两词，而不感到与他前面所说的"专对古经上的语言问题来发挥意见"的话相矛盾，是王先生把文学和语言之间，划了一个"等号"。这是王先生个人非常独特的见解，不可强加在刘勰及一切"论文"人们的身上。王先生的意见若果是如此，为什么大文一开始，又把文学和语言，对立起来呢？

　　王先生说："刘勰的宗经观念，是出于对中国文章祖型的崇拜，远胜于其对经义的信仰。"刘氏主要是"论文"，他当然侧重从文体方面去发挥五经在文学上的崇高地位。但王先生忘掉了刘氏论文的一个要点是形式与内容的统一；这一要点贯穿于全书之中，他从两方面加以发挥：一是他认为有伟大的内容，才有伟大的文体；一是他认为由内容的不同，便出现文体的不同。说五经是中国文学的基型（"祖型"两字不妥），这是我们的观念，不是刘氏的观念。刘氏则认为经是文学的极则，这只要把《原道》、《征圣》、《宗经》及其他有关的文句作顺理成章的了解，便不可能提出争论（省去征引之繁）。这里不是刘氏的观点，对与不对的问题，而是我们对刘氏观点的了解问题。他认五经为文学的极则，是来自他认经文为伦理的极则，《原道》篇说"木铎起（就教化方面说）而千里应，席珍流而万世响。写天地之辉光，晓生民之耳目"，

"故知道沿圣以垂文（指六经），圣因文而明道"。《征圣（征之周、孔）》篇"体要（要指《春秋》之内容）与微辞（指《春秋》之表现形式）偕通；正言（指《易》之表现方法）共精义（指《易》之内容）并用"。《宗经》篇"三极（天地人三材）彝训，其书言经。经也者，恒久之至道，不刊之鸿教也。故象（法）天地，效鬼神，参物序，制人纪，洞性灵之奥区，极文章之骨髓者也"，"义既极乎性情，辞亦近于文理"。诸如此类文句，不能算是"对经义的信仰"，然则怎样才可算是对经义的信仰呢？王先生的说法，不仅是把自己的态度去代替刘氏的态度，而且表露了对刘氏的文学理论缺乏了解。

王先生为了证明他的上述论点，便说："兼容纬书骚赋诸子百家的语言，仅仅讨论他们语言表现的功力如何，而不作思想上的批判。"这里有三点应加以说明：第一，刘向、刘歆父子及班固，莫不宗经，但由《七略》而成的《汉书·艺文志》，《六艺略》外更有《诸子略》，对诸子百家，都与以适当而平等的地位，这正是儒家"道并行而不悖"（《中庸》）的伟大传统；然则刘氏主张宗经而兼容诸子百家，有何足异？第二，《文心雕龙》是论文之书；而刘氏文学的观点，是采取"发展"的观点；对各时代所发展出的不同内容、不同形式的作品，只要具备文学得以成立的特性——"文体"的特性，便不能不加以承认。第三，刘氏最了不起的地方，是"在承认中有批评"，"在批评中有承认"；两者的比重，与作品的内容大体上是相称的。这可以说，与近代批判主义（criticism）的精神相暗合。"正纬"的篇名，即是以经义正纬书之谬误。他首先举出了"其（纬）伪有四"；而结之以"经足训矣，纬何豫焉"。继述纬起于哀、平，因光武笃信，而有的学者"集纬以通经"，有的则"撰谶以定礼";刘氏认为都是"乖道谬典，亦已甚矣"，而结之以"是以桓谭病其虚伪，尹敏戏其深瑕，张衡发其僻谬，荀悦明其诡诞。四贤博练，论之精矣"。他对纬可以说批评得够厉害了。然则为什么又著此一篇，以作为文章"枢纽"之一呢？因为纬是"事丰（此'丰'字作'多'字理会）奇伟，辞富膏腴，无益经典，而有助文章"。用现代的语言表达，他发现了神话是文学的源泉之一，这种特出的睿智，今人还少能了解。

《辨骚》的"辨"，是要辨别"观兹四事，同于风雅等也"，"摘此四事，异乎经典者也"。结论是"固知《楚辞》者，体慢于三代，而风雅于战国。乃雅颂之博徒，而词赋之英杰也"。站在今天的立场来看《楚辞》与经义之合不合，对它的评价，并无关系。而刘氏所以费一半以上的篇幅加以辨别，正因为他是宗经的原故。并且刘氏以《原道》、《征圣》、《宗经》、《正纬》、《辨骚》五篇，说明"文之枢纽"；他分明指出纬出于西汉末年哀、平之际，较《楚辞》的时代为后，对文学的影响，不及《楚辞》万分之一，但他把《正纬》安放在《辨骚》的前面，因为汉人以纬是辅经的，他因宗经的关系，不得不如此。

刘氏以赋为"受命于诗人，而拓宇于《楚辞》"，"六义附庸，蔚为大国"。而他对赋的要求是"丽辞雅义，符采相胜"，以"无贵风轨，莫益劝戒"为戒，这依然是以经义为批评的标准。

刘氏《诸子》篇对诸子的观点是"述道言治，枝条五经。其纯粹者入矩，踳驳者出规"，他依经义分诸子为"纯粹"、"踳驳"两大类。对法家的商、韩则责以"六虱五蠹，弃孝废仁，辗药之祸，非虚至也"。他要求"洽闻之士，宜撮纲要，览华而食实，弃邪而采正"，这都是依经义所作的批评。

综上所述，可知上引王先生的论点，似乎不是读过《文心雕龙》所说出来的。

王先生大文中值得商讨的论点太多了，但若像上面一样地讨论下去，会把文章写得很长，暂此搁笔。

从颜元叔教授评鉴杜甫的一首诗说起

奉来示，[1] 拙文允赐利用，并惠下有关资料，万分感谢。观与记者的见解完全相同，认为监察院不应过问此事。观若先知监察院过问此事，即不会动笔写一篇文章来凑热闹。颜元叔教授初返国时所发表的文章，殊堪重视，而此次给编辑先生的信也坦率诚恳。因颜教授年事尚轻，学问的基础也不错，观写文章的目的，只在希望他以后研究认真，下笔谨慎，他日必有更大成就，不应随意加以抹煞。过去曾批评许倬云君，用意亦是如此。许君所犯的错误，远较颜君为大，且其意见，将成为中央研究院历史语言研究所编纂《中国古代史》的一部分，得到好几位"学术权威人士"的支持，关系重大。然观亦以为提出讨论为已足，绝未想到应烦监察诸公之监察也。此函如荷刊出，对颜君为能得其平，是所幸甚。敬颂

撰安

　　　　　　　　　　徐复观上　一九七九、二、二六

---

① 原编者注：按信中之标点，为编者所加。

一

　　黄丽飞先生把他在《现代国家》一六八期刊出的《评颜元叔教授作〈析杜甫的咏明妃〉》的大作寄给我（我们完全不相识），引起我早想说出的一些话。

　　要为中国文学批评开辟出一个新局面，这些年来，我一直属望于对西洋文学有研究的先生们。我常感到，要从哲学上通中西之邮，是很困难的，因为在大脉络上，走的是两条不同的路。中国是以体验为主，落实于行为；西方是以思辨为主，归结于概念。所以凡是拿西方哲学的架子来讲中国哲学的，我感到都有问题。

　　我年来在自己的研究中，宁避"哲学"两字不用。但文学艺术的理论，中西都出于体验，在根源的地方是可以相通的。中国体验所到的最高意境，常较西方出现得早；但不仅这类的意境，愈到后来愈显得萎缩；并且始终停顿在结论性的简单语句上，缺少由分析而来的理论构造，使现代人不易把握。西方文学艺术所到达的最高意境，例如"文即是人"这种意境，甚至感情是文学艺术的生命的这种事实，要到十八世纪中后期才出现；但它一出现后，即经过反省、思辨之工夫，将体验赋与以有系统的理论结构，使体验能因理性的照射而透明于想领受的人。这正是中国所缺少的。像我这种"土包子"，缺少这方面的训练，便把此一任务，属望于学西洋文学艺术的先生们，是很诚恳的。颜元叔教授，应当是其中的佼佼者。但偶然看到他写的东西，例如在《中央日报》副刊上谈《诗经》上的《关雎》，谈苏东坡"横看成岭侧成峰"的《题西林壁》绝句，总没能看完；因为有些话说得太离了谱。何以会如此？我有时想这个问题，大概可以举出下列三点：

第一，有的人心里常存着西方的学问，总比中国的高许多，既懂了西方的，则当处理中国有关方面的问题时，觉得居高临下，易如反掌，而出以轻率的态度。黄先生指出颜教授对杜甫咏明妃诗，把"荆门"错成"金门"，把"朔漠"错成"索漠"，把"月夜"错成"月下"，并且不是出于误笔而是出于误记，以致在文章中反复地多次出现，这不是态度轻率，何以会如此？

第二，因为瞧不起中国的东西，自然也不加研究，缺乏必需的常识。把"荆门"错成"金门"，是缺乏地理的常识。把"朔漠"，错成"索漠"，是缺乏文字学的常识。由这种常识更进一步的条件当然更不具备。

第三，中西文学艺术的体验，只能从最根源之地相通，不能硬把西方的格套，向中国文学艺术身上硬套。把西方的最根源的体验，融会贯通，加以运用，也不是一个简单问题。而由一九二○年左右起，西方所兴起的达达主义这一系列下来的文学艺术风潮，更反成为把握西方文学艺术主流的障碍。

我首先想向学西方文学的先生们提出的：一个民族的诗歌创作，见之文献纪录，三千多年，绳绳不断的，世界上只有中国。其中还经过了以诗赋取士的朝代。所以有姓名可考的诗人之多，有篇章可查的作品之多，有合乐与不合乐的体式之多，世界上没有一个民族可以与中国相比。假定我们诗歌的传统也不如西方，那末我们便真是劣等民族。因文化背景的不同，因文化指向的不同，因语言文字的结构不同，在根源性的感情和表现技巧上也势必同中有异；在这种地方，无优劣可言。例如当希腊的悲剧压倒一切时，中国则抒情诗压倒一切；中国既不必以抒情诗的发展而自傲，也不必以缺少希腊性的悲剧作品而自卑。周初的史诗，被史官的"百国春秋"所取代，所以这一方面没有进一步的发展。但经过《楚辞》而出现汉代体制雄伟的词赋，这是西方所无的，何以因为中国没有由缀辑而成的《荷马史诗》，便发生对中国诗的恐慌情绪。要由对西方诗的评鉴转向中国诗的评鉴，首先要能保持"平等心"，去掉居高临下的妄念。

诗的主要内容是情感；情感的本身便是朦胧的。而在表现上则多使用象征性的语言，象征较实事实物，本有较宽的伸缩性。所以对同一首诗的评鉴，常可以得出不同的看法。但评鉴时所用的基本工夫，应当是相同。即是由作者的人与事的了解，由字句及字句中故实的了解，以把握一个初步的轮廓。再进一步由反复的咏诵以得其韵律，得其神味，得其"情象"中所蕴含的作者的感情，此即日本人喜欢用的所谓"追体验"。把"追体验"加以反省，赋予以适当的概念，加以适应的解释，这便尽了评鉴的能事。

如能假西方文学理论之力，以加强解释的效能，当然是很好的。但主要之点是，一切的解释，一切与西方文学理论的互证或补助，必须顺着上面的工夫，由作品自身"蒸馏"而出。评鉴的高低，决定于评鉴者有关学问的高低，及对作品所下工夫的深浅。断乎没有把《诗经》中诗的章节还没有弄清楚，把杜甫诗的字还没有弄清楚，便把自以为把握到的西方文学理论的格架，从高空上以千斤压顶之势，硬压下去，而可称为评鉴的。何况从颜教授的文章看，对西方文学理论的把握，似乎是相当有限（我手上有颜教授译的《西洋文学批评史》）。

二

颜教授《析杜甫的咏明妃》，这是杜甫《咏怀古迹》五首中的第三首。原诗（依仇兆鳌《杜诗详注》本）：

> 群山万壑赴荆门，生长明妃尚有村。一去紫台连朔漠，独留青冢向黄昏。画图省识春风面，环佩空归夜月（按一作月夜）魂。千载（原注：一作岁）琵琶作胡语，分明怨恨曲中论。

我没有看到颜教授的原文，下面仅依黄丽飞先生所引。黄先生是整段地引，我相信没有断章取义的问题。颜教授对开首两句的解释是：

> 群山万壑赴金（荆）门，揭露什么更深一层的真理？这真理就是，这无数的山，无数的壑，一齐奔赴金门，朝向金门，以致于金门变成了地理中心。只在这样万流归宗，山川精华钟集的一个地点上，才能诞生出来像明妃这样一位绝代佳人，旷代义女。我想这种惊讶感、这种崇仰感、这种赞佩感，是杜甫想传达的。

黄先生对上面这段话的批评是"杜甫在《咏怀古迹》五首中，他只对……宋玉……庾信……诸葛亮表示崇仰和赞佩，绝对没有对明妃崇仰和赞佩"，"又颜以昭君为旷代义女，恐是他个人私见"，"他（杜甫）既知湖北省境接近四川有个荆门山，在长江南岸，荆门山附近有个昭君村。他自己身在川东奉节瞭望着江流滚滚，山川相缪，就可以怀着群山万壑向下游延伸的形势，写在笔底"。简单地说，颜教授认为"群山万壑赴荆门"，是为了表达对明妃的赞佩而写的，黄先生则认为只是将极目所见所想的写出，别无深意。黄先生的解释，在传统解释中占优势；但颜教授的解释，在传统解释中，并不是没有；例如金圣叹《选批杜诗》，对此说"用形家（按指看风水的人）寻龙问穴之法，大奇……楚山楚水，起伏无数，遥遥直走千万里，而后有荆门，而后荆门有村，而后村中有明妃。然则此明妃其为天地间气特钟可知"。《杜诗详注》引"朱瀚曰：起处见钟灵毓秀，而出佳人，有几许珍惜"。我年轻时也以为上句是烘托明妃地位的。此说之所以不能成立，不仅明妃的身份，与此句的气象不相称，而且昭君村并不在荆门。现在看来，黄先生之说，亦不能成立（见后）。但凡是在传统中所有的，即不应说是"太离谱"。在这段话中，我只指出：（一）颜教授在使用语言上，过分地夸张，漫无分际。（二）在使用名词上也不够严格。我们对哲学、科学的所谓真理，而可以主张美学的真理。但美学的真理，是从文学艺术的整体探索下去的。在上面两句诗中，常识上只能追寻"意象"的意，"情象"的情，而颜教授却要揭露更深一层的"真理"，颜教授不觉得这不会因名词的滥用而反增加对诗体认的障蔽吗？语言是个人通向社会的桥梁，应当有"共许"的要求。"义女"一词，从宋时起，即与"义子"、"义儿"同义，至今尚在流行，称明妃为"义女"，可能与颜教授的原意相反。但最离谱的是紧承上面所说的下面的话。

于是他（杜甫）在"吟成一个字，捻断数茎须"的苦心推敲熬煞下，把作为主词的"我"删掉，把山川作为主词，让千山万水，同赴金（荆）门，以透露他对明妃的赞赏。当然杜甫未见懂得我们这一套文法，但是作为大诗人的直觉彻悟，使他抵达了这样一个句构，以最大限度的能量，表露了他的想象力之见睹。这种着重句型的字面结构，在变型文法倡导的表层结构理论，可以获得支持。将山川写成一群可以走动的个体，其手法之高妙怪异，现代的超现实主义也许可以作为见证。

上面的议论是从两点引导出来的。第一点是首句把作为主词的"我"删掉，第二点是首句中用了一个"赴"字。关于第一点，不仅如黄先生所指出，"我国旧文学，词简意长，隐去主词的很多"；也不仅是在我们日常语言中，常常把"我"的主词省掉，这是一种习惯性的问题，决引不起像颜教授那样的惊异。而且"群山万壑"是客观的事物，对客观事物的叙述、描写，当然以客观事物为主词，等于当我叙述"颜元叔是台湾大学的名教授"，此时的颜教授当然是这句话中的主词，怎么能加上"我"的主词呢？把"我看山"写成"看山"这是把"我"的主词删掉，因为"看"的动词是属于"我"，在"群山万壑赴荆门"这句客观描写中是有哪一个动词或状词是属于作者，而作者"把作为主词的'我'删掉"了呢？假定不删掉，"我"的主词怎样用上去呢？开始繁衍于黄河流域广大平原的中华民族，大概总有十万年以上的"自然语言"，有三千年以上的文学语言。加以文字是属于孤立语系，在积字成句时易于变化。宋、梁之际，又发现了四声，文字组织变化的繁多，为任何其他民族的语言文字所不及。再加以在长期文化活动中，许多大思想家大文学家在词汇、句型、文法上不断地创造，汉代的赋与连珠，已极绚丽之功，进入到晋、宋以后，文人们更在用字及句型上力求新异；可以说，每一代有每一代的句型字法的创造变化，每一代中的大作家，又有各人的创造变化。还有由体制的不同，而句型字法亦因之而异。文法学只不过在过去和现在所通行的语言文字中，归纳出它的规律，并不是另外拿一套规律去绳墨有长久历史性的语言文字。杜诗中有他精心创造的句型字法，而"群山万壑赴荆门"，除了他特地用上一个"赴"字外，只是当时最普通的句型（分为四字与三字的节奏），我不知道颜教授，却如何能说出"当然杜甫未见懂得我们这一套文法"、"这种着重句型的字面结构，在变型文法倡导的表层结构理论，可以获得支持"的这类大话？颜教授有"一套"什么文法？杜甫这句诗，又何以是西方现代一部分人所说的变型文法？

再进一步要指出：文学家、艺术家，常常由其对客观事物的观照，或想象，而发生"感情移入"或"移出"的情形，将无情之物化为有情，将无生命之物，变为有生命之物，即所谓"拟人化"或将自己"拟物化"，把这种情形，加以理论的解释，中国较西洋大概要早出一千多年。但自有成功的文学艺术作品以来，这种事实即已存在，否则诗的比兴即不能成立。杜甫在"群山万壑"与"荆门"之间，用上一个"赴"字，不仅由此而把两者连结起来，更因此而赋与群山万壑以有生命的感觉，固然这个"赴"字有千钧之力。但这在中国文学创作中，是常有的意境，是常有的手法；注释家并引《世说新语》顾长康所说的"千岩竞秀，万壑争流"，作此句的来历。这种"拟人化"，不论来自观照，或来自想象，必然是以眼见，或曾经眼见的现实形象为基础，亦即

　　　　　　　　　　　中国文学论集续篇

是通过作者之目，直接由自然所得的"形相"以构成作者的"心象"（意象），这是来自现实而属于"意识层"的心象。对超现实主义者而言，他们会认为这不过是表面的，什么也不能代表的东西。原属达达主义的布尔顿（Andre Breton）在一九二四年发表了《超现实主义宣言》，认为"不能不给想象力以自由"。为了使想象力得到自由，对善恶美丑、宗教国家等一切既成价值系统，都要加以破坏。更排斥理智与逻辑，主张只有潜意识才能产生伟大的作品。这与杜甫的思想、精神、人格，太天壤悬隔了。并且在写作的方法上，超现实主义者，为了不受理智性逻辑性的局限，而提出"自动记述"的方法，即是要在"无意识的状态"之下，听任手上的笔，作无意识的记述，这与杜甫"新诗改罢自长吟"的态度，更是天壤悬隔，我不知道颜教授何以能在"群山万壑赴荆门"的这句意象清晰而雄浑的句型上，能和超现实主义拉上关系。

三

像上面样地批评下去，会把文章写得太长，所以应当说出我自己对此诗的解释，当然，这也是一种尝试性的解释。不过，在说出之前，还有一点想提出来讨论一下，即是我看到有几位学西洋文学的先生，喜欢拿时间空间两个观念来分析中国诗的写作技巧，颜教授在分析此诗"一去紫台连朔漠，独留青冢向黄昏"的第二联时也正是如此。他说："再看'索（朔）漠'对'黄昏'。这两个词，前者是空间，后者是时间，构成一个世界，把明妃包围其中。她有生之年，便翻越索漠，她死了便躺在黄昏之下。在此，'连'与'向'，应该再加入讨论，'连'意谓一连串的动作，把无垠的索漠，纳入到明妃的步履间。'向'是静态的动词；这静态的动词，把个流动的时间'黄昏'，给固定封冻起来，好像时间不再流，好像永远是黄昏。我们可以说，在'独留青冢向黄昏'这句诗自划的世界内，没有白日，没有黑夜，时间永远是黄昏。杜甫抉择了'黄昏'时间为色调，永恒地渲染着明妃的悲惨的命运。"

颜教授上面的说法，没有已经讨论过的一段话的离谱；而"杜甫抉择了黄昏时间为色调……"这两句，大体上是说对了。但我所要指出的是，西方哲学中所提出的时间空间，是抽象的时间空间，要以此奠定认识得以成立的基本形式。中国诗词中的时间空间，或者是渲染着感情的，或者是由时间空间的变动、对比，而引发感情，乃至增强感情气氛的。因此，诗人所开辟出的世界，依然是感情的世界，而绝不是抽象的空洞的时间空间的世界。所以颜教授"前者是空间，后者是时间，构成一个世界，把明妃包围其中"的说法，不仅没有意义，而且障蔽了对这一联诗的了解；为了将就这种时空的格套，甚至把上句中的"紫台"，下句中的"青冢"，也弃置不顾。我的了解是"一去紫台连朔漠"，紫台与朔漠，在空间上是这样的悬绝，而明妃竟一离开（去）紫台，便直到（连）朔漠，由这种空间悬绝的变化，以显出明妃当日的遭遇，实在令她有难以忍受的悲怆之情。塞外草白，而明妃死后冢上的草独青，这象征她到死也不曾忘怀故土。这正是相传她在胡中所作《怨诗》中"父兮母兮，道里悠长。呜呼哀哉，忧心恻伤"的神化。所以"独留青冢向黄昏"句的重点是在上四字；"向黄昏"三字是为上四字增加悲怆气氛的。这句应当是说明妃死后，特（独）留青冢于人间，受尽凄凉寂寞（向黄昏），以显出她至死不忘故土之心。上句写其生时之情所难堪，下句写其死后的心犹不死。

四

此诗一般解释上的问题是在首二句。首先是杜甫写此诗的时间问题。注释家多以《咏怀古迹》五首，作于大历元年（七六六年）。是年夏初，杜甫由云安迁往夔州（奉节县），即系在夔州所作。宋鲁訔编《杜工部草堂诗笺》，则系于大历二年（七六七年）秋；此时杜甫仍在夔州。惟近人高步瀛《唐宋诗举要》，则定为大历三年杜甫由夔州至江陵后所作，我认为最恰当。古迹必为自己曾经过之地，而后可托之以咏怀。若杜甫仍在夔州，足迹尚未履归州（秭归）、江陵，则除第四首刘备的永安宫遗迹及第五首的武侯庙外，前三首的古迹仅能在杜甫想象之中。第二首咏宋玉"最是楚宫俱泯灭，舟人指点至今疑"，这是亲历的语气，不是想象的语气。大历二年，因他的三弟杜观将于是年游仕江陵，杜甫即有出峡赴江陵居住之意。《送王十六判官》诗"荒林庾信宅，为仗主人留"，是他未到江陵，即已想到庾信避难于江陵时的故宅。他在大历三年三月到江陵，至秋天，即已感到江陵人情凉薄，又将舍之他去，这五首诗当是此时感慨万千时所作。初到江陵，虽未必真能住庾信的故宅，但最先引起对江陵兴味的却是庾信，所以第一首即将自己的"支离"、"漂泊"，连结上庾信的"萧瑟"、"平生"。庾信避难江陵时，即系居在宋玉的故宅（见《渚宫故事》），而宋玉又是杜甫素所倾倒之人，所以第二首即是咏宋玉。由江陵回溯上去，即是归州，所以第三首便咏明妃。再回溯上去便是夔州，所以第四、第五首，便咏刘备及诸葛亮。此一时间上的考证，对咏明妃诗的了解，也有连带关系。"群山万壑赴荆门"的形相，是他出峡后，在舟上观照所得的动的形象；所以他用上一个"赴"字，以与舟上所得的动的形象相应，由此字而赋与山壑以生命感，是非常自然的。

其次，最大的误解，是来自"群山万壑赴荆门"的荆门地理位置问题。历来注解家，多以"荆门山"释此处的荆门。按荆门山在宜都县西北五十里，在长江南岸。昭君村在归州（今秭归县）东北四十里，在长江北岸。由秭归到宜都，中间要经宜昌、长阳两县市境。昭君村与荆门山，既分在长江南北，又相去约百公里以上，杜甫不可能把昭君村与荆门山连在一起。并且杜甫所说的群山万壑，应当是指长江以北，由奉节、巫山趋赴宜昌这一带的群山万壑，绝不会是趋赴到长江南岸的荆门山。荆门山虽险要，但一个山也承担不了"群山万壑"的趋赴。

因此，我认为杜甫所说的荆门，指的是江陵相接的荆门县这一带而言。荆门县虽建置于唐贞元二十一年（八〇五年），上距大历三年有三十五六年之久；但依中国置县惯例，应当是先有荆门之地名，然后有荆门之县名。虽然我目前未能考出在长江北岸另有一荆门；但至少可以推出当时对"荆门"已作广义的使用，贞元时才可援之以名县。而杜甫的所谓"荆门"，绝不是指的荆门山，而系泛指荆门县一带。由奉节而来的群山万壑，一直到荆门县这一带，始陵夷而开出江汉之间的一大盆地。此盆地与山地之交，特为险要，所以《读史方舆纪要》卷七七在"荆门州（明、清为州）"下说："州环列重山，萦绕大泽，西控巴峡，扼其咽喉；信荆楚之门户，实襄汉之藩垣。"这里才可以承担得起"群山万壑"的趋赴。

荆门县这一带，与秭归，虽同在江北，但和昭君村，在空间上仍有一段相当长的距离；因此，我对这两句的解释是，在群山万壑趋赴荆门之中，多少人间故事，都在这荒荒莽莽的大自然中埋没掉。但在这荒荒莽莽的大自然中，却依然（尚）还保有明妃村的名号，由此可知明妃故事感人之深。只有这样的解释，才可把握到杜甫的"尚有村"的"尚"字，才可体认到杜甫作此诗时的感叹之声。接着以充满悲怆的气氛，概括了明妃生前死后的辛酸故事，这便是上面讨论过了的第二联。第三联是说明造成此辛酸故事的原因，是由于元帝仅看（"省"，将"省"字作"省约"解不妥）画图以识春风面，当然容易受欺骗（"画图省识春风面"）。受欺骗后虽想翻悔，也无可奈何，只有"环佩空归月夜魂"的结果了。上面以悲怆之情叙述了明妃的故事，以感愤之情叙述了故事形成的原因和结果；虽然作者把自己的感情，很深厚地沉浸到题材中去了；但这都是站在第三者地位的感情。若作为故事主人公的明妃心境，是麻木的，或者是欢天喜地的，则第三者为她所发出的叹息之声，多少有些近于浪费。所以末联便点出明妃的心境是"千载（犹'当日'，用'千载'，乃在口气上加强分量，此乃杜甫惯用技巧）琵琶作胡语，分明怨恨曲中论"。有由明妃《怨诗》所流露的怨恨，才能引起他人的悲怆，他人的悲怆才有着落。全诗赖此两句而把前面的气氛、情调，一起照明了，这是杜甫律诗末联最不可及的地方，颜教授却说"杜甫的诗，常于结语时，力道衰微，张力不足"，未免对中国诗太隔膜了吧！昭君故事的起点固然是她的美，但故事的感染力，是来自较她的美更进一层的她的遭遇，而颜教授似乎始终在昭君的美上着眼，也未免有些浅薄。

我初到台湾时，台湾有几个博士？现在则真正受了现代思想训练的博士拥有一大批，这当然表示台湾学术水准，提高了很多。但博士之可贵，在于由博士所受的训练而知道做学问的方法；更重要的是由博士上所受的训练而知道做学问的艰难。学问都是以适当的方法，在艰难中成就出来的，我这个老土包子，谨以此微忱，期与许多年轻博士共勉。

敬答颜元叔教授

昨天（六月十八）收到《中国时报》的朋友寄来他们副刊上由六月十三至十五日刊出的颜元叔教授《敬复徐复观老先生》的文章（以下简称"复文"，而将他评鉴咏明妃的文章简称为"原文"），今早（十九）拜读过了，现在作一简单的答复。拜读颜教授的复文后，对颜先生治学的态度及学问的底细，有更多的了解，假定颜教授向我继续赐教时便恕不奉陪了。这些年来，在政治学术上我也常常想到"然而无有乎尔，则亦无有乎尔"的两句话。

我想首先答复复文结论中指教我的一段话，这段话是：

> 浸淫于中国传统的宿儒，知晓忠恕敦厚，乃中国传统之圭臬。则实践忠恕敦厚，更是忠恕敦厚之瑰宝。徐老先生对我尽可不必忠厚，徐老先生应该对他一生所怀抱的传统美德，在知行之间，替后辈立一个榜样。退一步说，我们姑且不谈什么忠恕敦厚，只谈逻辑推理，那么徐老先生全文的思维，不嫌草率轻率？不是满纸草菅。

老实告诉颜教授，我认为中国所以堕落到这种地步，原因之一，是因为许多知识分子，对私人的名利，则钩心斗角，丝毫不放松。但对政治学术的是非，则假"忠恕敦厚"之名，行"乡愿"之实。我一生，在这种地方辨别得相当清楚，我请求《中国时报》的编辑先生，把我"认为监察院不应过问此事（调查颜教授配不配当大学教授之事）"，并着实为颜教授讲了几句好话的信，刊在我批评颜教授一文的前面，我的"忠恕敦厚"，仅能止此。至于我懂不懂逻辑推理，后文再说。我的文章，不能引起颜教授丝毫反省，而仅以游辞虚说，逃避、隐瞒所要答复的问题，并且不惜采取"栽赃问罪"及"掉包"等手段以争胜，则我的文章对颜教授来说，岂仅是"草菅"，简直是芒刺，是大毒草。

复文中再三说我是因为他把杜诗抄错了三个字，所以跟在黄丽飞先生后面继续批评他。任何人看了我的文章能得出颜教授所说的印象吗？我主要只向颜教授提出三个问题来请教。颜教授原文中说："当然杜甫未见懂得我们这一套文法，但是作为大诗人的直觉彻悟，使他抵达了这样一个句构……在变型文法倡导的表层结构理论，可以获得支持。"我便追问："颜教授有一套什么文法？杜甫这句诗（群山万壑赴荆门），又何以是西方现代一部分人所说的变型文法？"这是我向颜教授提出的第一个问题，也是颜教授应首先答复的问题。何以复文中说了许多与讨论无关的文法ABC，却不从正面答复这个问题，此之谓以游辞虚说来逃避、隐瞒问题。

颜教授原文说杜甫"将山川写成一群可以走动的个体，其手法之高妙怪异，现代的超现实主义也许可以作为见证"。我便追问："我不知道颜教授，何以能在'群山万壑赴荆门'的文句意象清晰而雄浑的句型上，能和超现实主义拉上关系？"这是我向颜教授提出的第二个问题，也是颜教授应答复的第二个问题。何以复文中绕了许多不相干的圈子，却不从正面答复这个问题。此之谓以游辞虚说来逃避、隐瞒问题。老实说，我执笔写文章的动机便在看不惯打着西方的招牌来吓唬中国人的这种行径，我曾当面向胡适之先生说过："您们提出一个英文名词，便使大家佩服了，我便要问问实际货色。"胡先生当时很难过，但我认为论学问必须如此。至于第三个时空问题，我只是附带提及。颜教授倒有了答复。

我文章中开始的一段，便说明中国传统文学艺术理论，在表达上的缺点，需要西方有关理论与方法的启发，使能将简单的体验结论得到有系统的理论构造，让一般人容易了解。并且我过去有许多次提到这一点，而且自己也作了若干努力。即在批评颜教授的拙文中也应用到西方文学艺术上的理论，以互相印证。我所说的是"不能硬把西方的格套，向中国文学艺术身上硬套"，这一点，颜教授也不能不承认。但复文中却再三明说或暗示我是反对应用西方的理论、方法的人，这不是栽赃问罪是什么？颜教授对时空观念的运用，还勉强可以说是"硬套"。至于我所提出的第一个问题的内容，"敦厚"地说，连硬套也够不上。

下面再看复文中对我的反击。

复文中首先指出我有三个"误解"，第一、第二两个误解，我非常希望是真的误解，尤其是我完全不知道颜教授在台大英文系及淡江所作的努力。但我之所以有此误解，是认为颜教授学问上的成就，绝不止于原文所表现的程度。这才真正是出于忠厚之心。后面要提到的第三个误解，幸而当时有此一误解，否则下笔时恐怕更不够忠恕敦厚。

我由颜教授把"荆门"错为"金门"而批评他缺乏地理常识；把"朔漠"错为"索漠"而批评他缺乏文字学常识，颜教授反问：

"这些个案，经过何种逻辑推理，居然可以作出这样的结论？"复文并"打个比喻说，我不认识刘家的老二，这能不能解释为我也因此不认识刘家的老大与老三？"以此加强证明我的不懂逻辑推理。但问题是出在颜教授正在与刘老二打交道。连与自己打交道的刘老二，都误认为是张小二，则我可以根据此一经验事实而判断不曾与颜教授打过交道的刘老大、刘老三，颜教授更不认识。这在"经验逻辑"上，是可以成立的。湖北的荆门，在历史上很有名。福建的金门，则在今天很有名。荆门、朔漠，在咏明妃诗的构成中占有重要地位。颜教授评鉴这首诗，即是与荆门和朔漠打交道。我由与颜教授打交道的重要地名文字都弄错了，而判断这是因为缺乏地理常识、文字学常识。这种"经验逻辑"的判断，大概不致太违反形式逻辑的判断吧！

我由颜教授缺乏地理常识、文字学常识，而推断进一步的条件，当然也不具备，因为不是专门讨论文学批评条件的，所以我便没有说进一步的条件是什么。颜教授便抓住这一点，从文学定义起，罗列出一大堆名词出来，其实不必如此。较之"荆门"与"金门"之分，"朔漠"与"索漠"之辨的进一步的条件，如由字句的正确理解，一步一步地前进，如由一句的意味以通向全篇的意味，由全篇的意味以确定一句的意味等，都是进一步的条件。而从颜教授的复文看，不能认为具备了这些进一步的条件。至直指文学批评的条件而言，例如《文心雕龙·知音》篇中所举的，对颜教授说，便更无从谈起。颜教授因此反驳我，将地理与文字比作"一栋大厦的两个砖头"，这是不可以的。地理在诗作中只是偶然出现，其轻重的分量也不可一律看待。文字在文学中的地位，只是大厦中一块砖的地位吗？若把文学的定义以公式简化为：内容（思想感情）＋媒介（语言文字）＋艺术性＝文学，便可了解。离开语言文字的媒介，还有什么文学。

复文中把硬套说成是"废中文用英文写中国诗"，这是非常奇怪的说法。

"诗的多义性"是由诗的本质而来，似乎不是像颜教授所说的，由评鉴者多塞几个观念进去所形成的。此问题非三言两语可尽，现时点到为止。

复文中提到弗洛伊德的精神分析学用到文学评鉴的问题，假若把弗洛伊德所说的潜意识加以扩大，而不限于色欲冲动（日人译为"欲动"），各诗的评鉴上可以发生若干效用。例如赋比兴的"兴"，我认为须有某程度的潜意识的存在，才可由外物引发。但我应指出，弗洛伊德意识冲力的发现，对达达主义、超现实主义提供了科学的根据。但应用在文学艺术上，两者的区别是很大的。弗洛伊德认为潜意识须通过意识，并由意识赋予以表现的技巧或伪装，始能成为文学艺术。而达达主义、超现实主义则认为潜意识的直接表现，即是文学艺术。

在拙文中，我简单提出法国物理学家彪封（Buffon，1707—1788）于一七五三年，在学士院入院的演词中说了一句"文体即是人"的这句话，给近代的文体论、文学批评以很大的影响。许多未直接受他影响的人，其研究的到达点，也常与其同符默契。马里（J. M. Murry，1889—1957）写了《文体的问题》一书，在其第一章"文体的意味"中，举出近代以降的许多作家、批评家对文体所下的定义，而加以检讨，认为都"归结于把自己作怎样的表现，而使其成为个性的东西"，这即是文体。所以他的全书都是彪封那句话的发挥。不错，现代也有人对此说怀疑，例如艾略特（T. S. Eliot, 1888—1965）在他的《神圣之霖》中，主张"诗人应当表现的不是以其个性（英文原文亦可译为'人格'）而是以其特殊的媒体。媒体是印象与经验用不预期的特殊方法所结合的，不是个性"。但正如李特（H. Read, 1893—1968）在他的《文学批评论》的"诗人与个性"一节中所指出："艾略特的见解，是很例外的。事实上，他是对于一般很漠然地所通用的概念，表示一种抗告的态度。"经李特的检讨后，并未能推翻彪封所提出的那一句话的范围。能把自己很成功地表现于作品之中，这是文体得以成立的基本条件，也即是作品的最高境界。能从作品中发现作者的人，"追体验"到作者创作时所体验的，这即是评鉴所能达到的最高境界。但颜教授在复文中对我所提出的观点说，"究竟是真是假，不敢说半个字"，又说这"一直未能蔚成主流"。而把"文体与人格间的关系"解释为"君子写君子文，小人写小人文"。他对"文体即是人"的反证，是"常见坏人写好文章，好人写坏文章"。并说我"是把两个不同的范畴——价值与关系搞错了"，而主张"人格与文格应该分开处理"。近年来日人对 personality 一词，多用音译而少用意译。因为他可译为"个性"，也可译为"人格"，但不如音译较为周衍。中国说人与文体的关系时的所谓"人"，综合性的表达则用"心"、用"神"、用"情性"；分解性的表达，则用"才"、"气"、"学"、"习"。在文体上的人，根本没有用过"君子"、"小人"这种称呼。价值观念可以用到道德方面，也可以用到艺术方面，想不到颜教授还不知道"价值"一词，可以用到文学艺术方面。中国从曹丕在《典论·论文》中提出"雅"、"理"、"实"、"丽"四个文体观念后，迭有发展，《文心雕龙·体性》篇则以"典雅"、"远奥"、"精约"、"显附"、"繁缛"、"壮丽"、"新奇"、"轻靡"为"数穷八体"。司空图的《二十四诗品》,实即二十四种诗体。从来没有人把君子文、小人文列在文体里面。古今中外有颜教授这种幼稚的讲法吗?由此可推断颜教授对中西的文体论,连边也不曾沾到。至颜教授所提出的一世纪罗马批评家朗介纳斯的《论雄伟的文体》,这是我以前所不知道的,谢谢颜教授的见教。但由个案命题,到全称命题的出现,这中间有很大一段距离。而其对近代文体论的影响,更不可与彪封的话,同日而语。

复文中说我对"群山万壑赴荆门"的"感受很正确",但"并不知道构成这个印象的因子是什么"。很奇怪,我不是引用了李普斯的感情移入说,以说明群山万壑何以能"拟人化"吗?颜教授何以能视而不见。

颜教授则用"简单的文法分析",而分析出"群山万壑赴荆门"的"素材,应该是'我杜甫走过群山万壑,来到荆门'。不过这么一句陈述,单调平淡,于是杜诗人的创造力发作了,他把原来作为我的主词取消掉,让群山万壑做主词,把'走过'这类平淡的动词更置,换成浩浩荡荡的'赴',于是这句诗便剧力万钧了。这种分析,应该是合情合理的吧"。马里说:"文体论与文艺批评,不是两样东西,而是完全一致的。"山本忠雄在他所著的《文体论》中认为文体是"以人格为中心的机能论。在这种意味上,它与文法论——将一般的语言形式加以体系化的文法论,是互相对立的"。我们可以不完全接受他们的意见,但由此也可以了解,以文法分析来找文体的因子,是不太健全的。况且文法分析是以现成文字结构为对象。离开了现成的文字结构,悬空地讲文法分析,便只有打胡说。颜教授何以知道杜甫由夔府来到荆门是"走过"群山万壑，这是从这句诗的文字结构的文法中分析出来的吗？颜教授知道杜甫从夔府到江陵是"移家"吗？从这句诗的文字结构的文法分析中，怎能证明杜甫能携家带眷"走过千山万壑"？杜甫在夔府已有"孤舟一系故园心"的"孤舟"，出峡后便一直伴随到死。不知颜教授在文法分析中知道当杜甫走过千山万壑时，这只孤舟是怎样安排的。

尤其是诗中明说"赴荆门"的是群山万壑，在文法分析中如何能发现出原来不是说的群山万壑，而是说的杜甫自己。颜教授在这句诗的文法分析中何以能分析出，它的素材是"我杜甫走过群山万壑来到荆门"。古今中外有完全离开文字结构而可作文法分析的吗？实际颜教授是把自己的幻想，说成是文法分析，我禁不住不忠恕敦厚地说一句，这未免太荒唐了。幸而我当时只就黄丽飞先生所引的非常识性的批评，这即是颜教授所说的我的第三误解。

复文中在答复我所提出的第三个问题时反驳我"诗人所开辟的只是感情的世界，而绝不是抽象的空洞的时间空间的世界"的说法，而引雷辛"文学是时间艺术，雕刻是空间艺术"之说，反问我"它们（文学、雕刻）不都变成了空洞的艺术？"雷辛的本意，大概是说诗是呈现于时间中的艺术，雕刻是呈现于空间中的艺术吧，我没有看到原文，望颜教授把原文的上下文细看一遍。但可断言的是雷辛所说的，与我们这里所讨论的是风马牛不相及。否则诗岂不是没有空间的吗？而颜教授在咏明妃诗中却大谈空间。颜教授说"徐老先生的误解，出在把他的感情的世界与时间空间的世界，看成对立的两种世界"。我很清楚地说"中国诗词中的时间空间，或者是渲染着感情的，或者是由时间空间的变动、对比，而引发，乃至增强感情的"。这在什么地方，有如颜教授所说的有"对立"的意味。唐杜牧《题城楼》诗"不用凭栏苦回首，故乡七十五长亭"，他所开辟的是七十五长亭的空间世界呢？还是以七十五长亭的辽远空间来增强他怀念故乡的感情，因而所开辟的依然是感情世界呢？宋石悆《绝句》："来时万缕弄轻黄，去日飞球满路旁，我比杨花更飘荡，杨花只是一春忙。"他在这里所开辟的是"来时"、"去日"的时间世界呢？还是以"来时"、"去日"的时间变动，增强他漂泊之感的感情世界呢？诗人的时间空间与诗人的感情，不仅不是对立的，并且也不是像颜教授所说把自己的感情，像装衣服到衣箱里面样，充塞进去的，而是二者自然融合为一。融合之力还是来自诗人的感情。颜教授和另外几位新诗人，常常只从时间空间去分析诗，而把诗的本质的感情遗失掉，所以我特提出来加以指点。颜教授说我是"试图排除文学批评中的时空观"，又是栽赃问罪的手法。偶然也只有时间空间而没有感情的诗，这必然是只有形式而毫无内容的"伪诗"。

颜教授更进一步指摘我所说的诗的感情的世界"是一种狭隘而过时的说法。实际上，文学的世界有情感，也有思想，是情感思想的世界。合称之为情思的世界。假使说文学只是搞搞感情！为什么许多文学作品……所谓文学……所谓文学的……"我告诉颜教授，我在学术上从来不使用奸诈，但防奸自卫的能力还是有的。我分明说的是"诗"，是"诗人"。诗是文学中的一种，诗人是文学家中的一种，文学可以包括诗，但诗不能包括整个文学，这是中学生都能了解的。颜教授为什么要把我明明白白地说的是诗，"掉包"成"文学"，这是种什么手脚？诗是感情的世界，诗人所开辟的是感情的世界，诗人的思想是"感情化"了的思想，这是极寻常的话，但也是读了中西相当多的有关著作，加以长期体验，所说出的一针见血的话。要说这"是一种狭隘而过时的说法"，连颜教授这种人也有点难于启齿，于是只好动手脚把"诗"掉包成"文学"，他知道一般人看文章不会这样细心的。颜教授又接着说："所谓文学是感情的或吟风弄月的，这是一种流俗的误解，我希望徐老先生不要传播这种误解。"从这几句大话看，颜教授连喜怒哀乐爱恶欲的"感情"也不懂。吟风弄月，是"趣味"或称为"情趣"，乃感情中的"乐"所作的微弱的表现，岂可与感情等同起来。颜教授提出"情思的世界"的新名词，假定"情思"两字是出于颜教授的创造，他人倒无话可说。若是用的传统中约定俗成的名词，则我可以告诉颜教授："思想"的思读平声，"情思"的思读去声。

颜教授在原文中说"千载琵琶作胡语，分明怨恨曲中论"是"力道衰微"，而我"遽然冒出一句断语'未免对中国诗太隔膜了吧'"，于是责问我是"借着什么逻辑"。中国七律诗的尾联容易气力衰竭，而杜甫七律的尾联则常精力弥满，这都是中国谈诗的人所共许的常识。咏明妃诗的尾联正是如此。特别评鉴这首诗，却得出那样的结论，这种"经验逻辑"判断，也和前面所说的一样，不会违反形式逻辑的。颜教授更辩解他咏明妃诗尾联力道衰微，还有他的"文法分析"作后盾。他的分析是：

> 进一步，我们把这两个尾联（另一尾联指"关塞极天唯鸟道，江湖满地一渔翁"），作一番文法分析，加以对比。"千载琵琶作胡语，分明怨恨曲中论"，"千载"状"作"，"分明"状"论"，都是副词。副词常常是比较软弱的语词。实际上，在此两者都是附加的。"千载"与"分明"也可视为形容词，分别形容"琵琶"与"怨恨"。形容词与副词一

样，比起名词或动词是比较软弱，而且常常是附加的，像在这里一样。你可以把它们删掉，变成"琵琶作胡语，怨恨曲中论"，辞义上损失无几，依旧清晰明白。这种"手术"却绝对不能施之于"关塞极天唯鸟道，江湖满地一渔翁"身上；去掉前面二字，就不成句，不成话了！此外，我认为作为动词之"作"与"论"，都不够透剔，没有力量，比起同诗之"赴"、"去"、"留"、"归"等，软弱多了。所以，"分明怨恨曲中论"，根本承担不起"独留青冢向黄昏"那样辽阔无垠的"长恨"！所以，我说这两句诗衰竭了。请徐老先生分析分析，为什么它们不算强弩之末吧。更请徐老先生说明，为什么上面的分析证明我对"中国诗未免太隔膜了"。

我首先说一句，颜教授在这里所做的，倒真是文法分析工作，可惜颜教授的语文程度太差了，分析得使人非常失望。"千载"是指出明妃弹琵琶的时间，如何可以说它是"作"的状词？"作"是"作胡语"，怎么颜教授把"作胡语"改为"作琵琶"，因而说"千载"是"形容琵琶"的。"分明怨恨曲中论"的"论"，应作"说"字解。这是承上句的"千载琵琶作胡语"（当日明妃在琵琶中不作汉语而作胡语）而加以申述说"这分明是把自己的怨恨，在所弹琵琶的曲子中说了出来"（"分明怨恨曲中论"），所以若说"分明"是状词，便应当是"怨恨曲中论"五个字的状词，如何可以说是"论"字的状词。怨恨曲中论者是明妃，"分明"两字，是诗人加上去的，以点醒他人了解明妃的心迹。状词的作用，亦即副词的作用，《马氏文通》卷一《正名》界说六，已经叙述得相当清楚，颜教授缘何可以说它是"常常比较软弱的语词"？一篇律诗中所用动词、状词，常常是在上下联中出现的最有力的两个字，南宋的批评家对此便称之为"句眼"，其余的用字只要求能全篇均称。但杜甫的"语不惊人死不休"，不应以句眼的方式加以衡量，这是前人已经说过的。我不知道颜教授凭什么可以断定"作为动词的'作'与'论'，都不够透剔，没有力量，比起同诗的'赴'、'去'、'留'、'归'等，软弱多了"！至于颜教授认为这两句诗可以动手术，把"千载"、"分明"四字去掉，"对辞义上损失无几"，以证明这一尾联的"力道衰微"，这大概是由《笑林广记》中得到启发的。《笑林广记》中有一则记一位妙人说有的诗要吃补药，如"久旱逢甘雨"应补成"十年久旱逢甘雨"，"洞房花烛夜"应补成"和尚洞房花烛夜"等。有的要吃泻药，如"清明时节雨纷纷"，应泻成"时节雨纷纷"等。颜教授要知道，这类"手术"，毕竟是使人作呕的笑话。颜教授这样重视时空观念，为什么认为可将点明时间的"千载"两字去掉？颜教授嫌它的"力道衰微"，为什么认为可将加强下五字意味、气力的"分明"两字去掉。颜教授认为此一尾联，不及"关塞极天唯鸟道，江湖满地一渔翁"的尾联；实际则这是来自题材的不同，由题材所引发的感情的不同，所以一是绵绵不尽的哀怨之情，一是浩浩难收的苍凉之感，谁能在这种地方作优劣的比较。

接着颜教授谈到考证与批评的问题。高友工教授在《中外文学》七卷七期中曾刊有《文学研究的理论基础》一文，这是我三十年来所能看到的最好文章，其中有一部分涉及此一问题，析论得极精极密，但并不容易看懂。颜教授应认真地看看。我不批评颜教授的说法，只想借此机会对此问题作常识性的解释。莫尔顿（R. G.

Moulton，1849—1924）的《文学的近代研究》，特设了"文学的内的研究及外的研究"一章，主张把两种研究划分界线。但他也承认此一界线划分的困难及界线亦由人而异的事实。此一问题，我想先以传统的经学为喻。文字训诂本是通经的基本工具，但有人在文字训诂的本身下工夫，并不涉及经学的义理而自成专门之学，有如清代乾嘉学派中的许多学者。若要求每一治经学的人，必先成为文字训诂的专家，而后能治经。并认为不是由文字训诂专家口中所说的经学义理，即不成为义理，有如乾嘉学派之排斥宋学，那是荒谬的。此时我们站在专门之学的立场，主张"考据"与"义理"，是两个不同的领域。但若由此而认为讲经学义理的人，可不通过文字训诂的基本功能，可不利用他人在文字训诂上所得的成果，那同样是荒谬的。此时通过文字训诂的基本功能以把握经学义理的经学家，与文字训诂专家之不同，乃在于因目的之不同，而对文字训诂的要求亦因之而异。一以了解文字训诂的"当然"，并限于读经时的需要为已足。一则必进而求其"所以然"，并顺着文字训诂的自身要求发展下去，而不为文字训诂所拘限。

文学背景的考据（广义的）与文学作品批评，站在专门之学的立场，可以说是两个不同的领域。由文学考据进入到文学批评，需要作态度与方法的转换，这在高友工教授的大文中，有精密的陈述。但有与诗人全部作品有关的考据，有与一首作品有关的考据。为了帮助对作品的了解，且使了解不致陷于胡猜乱想，那便有利用他人考据有关成果的必要。假定对他人的考据成果，发生疑问，以致对作品的了解有发生误导的可能时，便应有勇气有能力自己去作。我对李义山平生的考据，使李义山的人格及其重要作品，为之改观。我对韩偓平生及《香奁集》的考据，使混入韩偃作品中的渣滓得以澄清，使他的作品得到新生命。我对苏东坡所作的一部分的考据，使林语堂的东坡与妹妹恋爱之秽语无所遁形，且因此而增进了我对东坡人格与作品的了解。我在咏明妃诗中对荆门的考据，使首二句得到了确解。"客观的印象"，是来自客观的了解；客观的了解，必须根据客观的有关材料。把文学中必不可少的考据，作为通向文学批评的一个历程，一种确定批评方向的补助手段，这是今后研究中国文学所应走的一条大路。颜教授"从事考证与从事批评，这两项工作的方向，恰恰相反"的莫名其妙的说法，只是为了遮盖自己的痛脚。

最后再看看颜教授把自己高置于"老派人士"之上的批评能力。颜教授说："老派人士有一项最大的忽略，便是忽略文学创作的'转化过程'。他们以为有了素材，把素材原封不动地堆砌起来，就成了文学作品——所以，他们以为把握了素材，便了解了作品。其实，整个文学艺术之成型，就在这个转化的过程中。让我举一个例子，杜甫的《秋兴》八首里有两句：'织女机丝虚夜月，石鲸鳞甲动秋风。'叶嘉莹先生编的《秋兴八首集解》里，收罗了多家的评注。对于这两句，他们互相抄袭，重复指出长安昆明池旁有牵牛及织女之石像，昆明池中有一头石鲸等等；还引用神话，说雷电交加时，石鲸会怒吼等。这些是素材，他们处理得很周全。可是，他们忘了谈这两行诗的本身，这两行诗写成后的型态。简简单单地说，那昆明池的织女与石鲸是石头的，是死的，在诗行中却变成了活的。它们是如何变成了活的？因为它们受到全行及全诗的其他辞字的激荡，它们便活了起来。这些属性不是昆明池旁那织女石像所有的，这些属性是杜甫经过全诗辞字的安排而赋给的。"

颜教授引的一联诗，是杜甫《秋兴》八首中的第七首。原诗是：

昆明池水汉时功，武帝旌旗在眼中。
织女机丝虚夜月，石鲸鳞甲动秋风。
波漂菰米沉云黑，露冷莲房坠粉红。
关塞极天唯鸟道，江湖满地一渔翁。

　　颜教授说"织女"一联，是把死的织女、鲸鱼石像变成了活的，并且由这种活的形象"传达出一片萧瑟破败"，这都说得对。用西方美学中最普遍的说法，这即是诗人艺术家所表现出的自然，都是由"第一自然"转化为"第二自然"。但如何能由死变活，由第一自然转化为第二自然呢？颜教授不追溯到诗人作此诗时的精神状态、感情活动，而说这是"因为它们受到全行及全诗的其他辞字的激荡，它们便活了起来"，这便使人无从索解了。使织女成为活的，大概是"虚夜月"的"虚"字。使石鲸成为活的，大概是"动秋风"的"动"字。"全行"的"其他辞字"，上句便是"织女机丝"和"夜月"，下句便是"石鲸鳞甲"和"秋风"。"织女机丝"加上"夜月"六个字，与"虚"字有何内外关连，而可将其激荡出来？"石鲸鳞甲"加上"秋风"六个字，与"动"字有何内外关连，而可将其激荡出来？至于"全诗的其他辞字"，则"织女"这一联，是第三、第四句。其他的第五、第六、第七、第八四句，尚未作出来，如何能激荡得出第三、第四两句？在这一联前面的第一句，只是把昆明池叙述出来。第二句只是回忆天宝之乱以前之盛，如何能激荡得出第三、第四两句？并且文学批评的目的，是由作品艺术性的把握以通向作者之心；由作者之心以开拓读者之心；这只有在"统一的直观"中才可以得到它统一的形相。艺术性系由统一的形相而见。所以中国过去提倡反复地读，西方也有人提出这一点。以颜教授走的语言文法分析的路，可以当作初步历程中的一种历程，或补助手段中的一种补助手段，不能由此直接把握到文学中的艺术性。何况颜教授对于自己所运用的工具还没有弄清楚。

就我的了解，杜甫是以庾信写《哀江南赋》的心境写《秋兴》八首。不知道庾信写《哀江南赋》的背景，及由背景而来的心境，便难对此赋作深入的了解、评鉴。忽视了杜甫写《秋兴》八首时的背景及由背景而来的心境，便难对此诗作深入的了解、评鉴。八首诗中，都流注着"哀时念乱"之心。而乱是始于安禄山之变。经过安禄山之变后，生产受到大破坏，天下到处都是"杼轴其空"。杜甫对这种"杼轴其空"的情形，蕴结于感情之中，通过想象之力，以投射浓缩于昆明池畔织女之上，这便写出了"织女机丝虚夜月"的充满哀愁的句子。天宝乱后，杜甫所经历的岁月，都是"带甲满天地"的岁月。杜甫对这种带甲满天地的情形，蕴结于感情之中，通过想象之力，投射浓缩于昆明池畔石鲸之上，这便写出了"石鲸鳞甲动秋风"的充满悲愤的句子。什么力量可以把死的变为活的，是杜甫挟带着深刻而强烈的感情所发动的想象力。全诗由第二句到第三句，经过了一次大转折。由三句以后，都应顺着我所提出的方向去把握。这又一次说明了某种程度的考证，对于文学批评所能发生的意义。

颜教授很瞧不起"老派人士"，我也觉得老派人士不行。但"新派人士"若是以颜教授为代表，那末，中国文学研究的前途便更为可悲了。

答薛顺雄教授商讨"白日依山尽"诗

顺雄：

　　当收到你四月二十五日来信，及余光中、吴宏一两先生和你自己商讨"白日依山尽"一诗的三篇文章时，我正住在浸会医院里，神昏气索，所以一直到出院后的第二天才勉强阅读。你在这方面积累之厚、功力之深、用心之密，正如去岁在回给你的信中所说，时下很少有人能赶得上。一俟火候完全成熟时，在传统文学批评上，当以你为巨擘。你寄来的《论王之涣〈登鹳雀楼〉》一文，"敬乞吾师海正"，"海正"两字太客气了，但我可参加一点意见。因自知时日无多，微末的意见，希望能供虚心好学的青年们参考，所以采用公开答复的方式，你应可以谅解。

＊　　＊　　＊

　　你的文章，是由余光中先生《重登鹳雀楼》，及吴宏一先生《读〈重登鹳雀楼〉》两文（皆先后刊出于《中国时报》一九七九年十月十四日及十二月十二日人间副刊）所引起的。诗是：

登鹳雀楼

王之涣

白日依山尽，黄河入海流。

欲穷千里目，更上一层楼。

　　我不了解余先生何以在诗题上加一"重"字。此诗作者，吴先生已指出编成于天宝三年的《国秀集》，系于朱斌名下，诗题为"登楼"。自《文苑英华》起开始系于王之涣名下，诗题为"登鹳雀楼"。《全唐诗》则分系于两人之下，以示存疑。经你的细心考证，断定作者是"朱斌"而不是"王之涣"，我认为可以成立。至于你断定诗题一定是"登楼"而不是"登鹳雀楼"，主要根据是引周必大的话，认为《文苑英华》的版本校勘，都有问题，以致将"登楼"误为"登鹳雀楼"。这便不一定能成立。编《文苑英华》时所根据的多为手钞卷，手钞卷较印刷术盛行后的版本更为复杂。"黄河入海流"的"入"字，编者已注明"一本作'彻'"，则其所根据者非一个卷本可知。以常情推之，小家的诗，误入名家者较易。特定名称，简为一般名称者亦较易。假定诗题本为"登楼"的一般名称，而钞者却特改为"登鹳雀楼"的特定名称，这种可能性是很小的。且《文苑英华》虽成书于雍熙四年（九八七年），但据周必大《平园集·文苑英华跋》谓："《太平御览》、《册府元龟》，今闽、蜀已刊。惟《文苑英华》，士大夫间绝无而仅有。"孝宗欲刻江钿《文海》，并不知有《文苑英华》，因必大的提及始由"秘阁……取入"，"舛误不可读"。所以南宋方崧卿作《韩集举正》、朱元晦作《韩文考异》，均未引证此书一字。宋初沈括的《梦溪笔谈》，着笔于元祐元年（一〇八六年）退居京口之后，其未能见及此书，殆无疑问。他在《笔谈》卷一五，提到此诗时，亦与李益、畅诸二人之诗，并称为"鹳雀楼诗"，则沈氏所见之诗题为"登鹳雀楼"，并非受《文苑英华》的影响，乃系别有来源，是可以断定的。且此诗为登有三层高之鹳雀楼而作，甚为恰切，不必改移他处。但你之所以坚持诗题为"登楼"，是为了脱出余、吴两先生解释首两句时所遇到的窘境；实则这种窘境的造成，使我感到非常惊讶。

＊　　＊　　＊

沈括说鹳雀楼"前瞻中条，下瞰大河"。余先生说："我们试看地图，便知由东北向西南行的中条山，一直伸到黄河岸边。从鹳雀楼上远眺，黄河滔滔，是向南流的；要到潼关附近才折向东流。至于中条山，却在楼之东南方向。而西眺呢，黄河对岸，却是一望平原……如此说来，王之涣的'白日依山尽'，并非实景，而'黄河入海流'，却是南流而非东流。"

四句诗，经余先生的解释，便有两句成为凑句。虽余先生提出"造境"一词来加以宽赦，但四句的登临诗，一开始便舍实景而不能写，却要去造境，造境是由某种特殊感情鼓荡出来的，不是作藏拙胡凑之用。在这样的四句诗中，开始两句便是造境，则作者的才穷力绌，不问可知。

早上的太阳，照射在山的东面，所以人向西望时才可看到山上的太阳。下午的太阳，照射在山的西面，所以人向东望时才可以看到山上的太阳。这正是此诗作者登上鹳雀楼时，向东望去所看到的中条山上的太阳。不过他是黄昏时登楼，中条山上的太阳已经是夕阳斜照。山上的夕阳斜照，随太阳的西沉，而慢慢收敛，山上的斜照收敛完了，太阳也就完全沉没下去了。所以我们乡下称"日没"为"太阳下山"。作者以"白日依山尽"五字写此实景，何等精妙而自然。余先生何以不在"依山尽"三字上体玩，却硬要作者背着眼前中条山上的斜阳，非掉转身去"西眺"不可呢？

作者登鹳雀楼，不是为了考察地形，或调查水文，而只是一时情绪的排遣。在这种情绪下的眺望，常不期然而然地把想象融和在一起。在眺望中排除想象的因素，不仅诗人做不到，我们常人也做不到。杜审言《登襄阳城》："楚山横地出，汉水接天回。""接天回"三字，固然是汉水发源之远的夸张，但汉水的发源，岂是襄阳城上可以望见。杜甫《登岳阳楼》"吴楚东南坼，乾坤日夜浮"，两句都是把眺望与想象融和在一起，此例不可胜举。黄河九曲，不论它有时向南流，有时向北流，但毕竟会流入海，这是妇孺皆知之事。作者见楼下浊流滚滚的黄河，而唱出"黄河入海流"之句，太自然不过了。假定作者说"黄河东向流"，余先生还可以挑剔说，"此处是南向流啦"。作者说的是"入海流"，即使它一直向南流去，最后还是会入海。更不会亲眼看到入海，才可以说"入海流"。读诗不就作者的境地及他所用的文字去体玩，则古人任何诗都易被误解。把上面的话说清楚了，吴先生所引徐增的别解，及你移楼就景的苦心，似乎可以不再讨论。

余先生对此诗评鉴的重点，是放在后面所作的哲学性的解析上。孔子说"诗可以兴"；"兴"的深度与广度，常因人而异，并且有时可以与原诗不相干，这只要想到《论语》上子夏问"巧笑倩兮"三句诗的情形便可了解。但不必把读诗者的"兴"，硬看成是作者的"意"。此诗"欲穷千里目，更上一层楼"，只是作者由二楼上三楼时，"触机而出"，在这种"机"的后面，作者可能有种向上的潜意识，在暗中鼓荡，但他是学问上的向上，功名上的向上，或人生修持上的向上，读者都无由追究，而且也不必追究，只在能挹取他当时触机而发的情怀、气氛，便已经够了，更何必追问上到三楼以后，能不能"穷千里目"呢？哲学是"方以智"，诗则是"圆而神"。责难宋诗者的口实之一，是说宋诗爱说理，爱发议论。所以拿着哲学式的固定格套来评鉴诗，可能说得愈高，离开诗的本质愈远。我不懂西方诗。中国诗的大统，其本质是感情而不是哲理，则是可以断言的。当然二者不可断然截断，但也必有主从之分。

＊　　＊　　＊

附带说几句闲话。我很少机会读到梁实秋先生的散文，但有次偶然看到他教人写散文的方法，重在"割爱"，这真是甘苦之谈。我的文章，越写越汗漫，常以不能割爱自愧；学术性的文章也不例外。唐君毅先生曾不止一次地向我说："你常把文化中一个重要问题，用两千字左右的文章写出来，真是一个本领，可惜我缺乏这种本领。"其实，这是因为受到报纸专文篇幅的限制，并不表示我有割爱的能力。他人写文章时，每苦材料太少，你则每苦材料太多。我认为写的时候，应放手写，把所有的材料和观点都写上。但写成以后，一定要大大地割爱一番。

以上写写停停，漫无统纪，我只好以病体未复以作宽解。

徐复观启　五月六日

简答余光中先生《三登鹳雀楼》

朋友寄来《中国时报》七月十五日刊出的余光中先生《三登鹳雀楼》大文，主要系对我的《答薛顺雄教授商讨"白日依山尽"诗》的答复。我也相信，余先生的散文比诗好，此文即其一证。同时他说"白日"一般情况之下，此词常指"太阳"的说法也很正确。他大文的后半部是谈诗及评诗的原理原则，我不想讨论，因为这样便要"自从盘古开天地"说起，"说来话长"。此处只限于文字解释上面。

诗人登楼可以向任何方面眺望，而登楼的心境也各有不同。读诗的人，只能顺着诗人的辞句去了解，而不必以自己的意见去加以限制或修正。余先生为了坚持"白日依山尽"是造境，便预定一个前提是"我认为观赏夕照，当然应该西眺，怎会背着日轮和晚霞，东望山的残阳呢？"登鹳雀楼是为了"观赏夕照"，这是余先生"认为"的；从这句诗中玩索不出作者的心境是在"观赏夕照"。并且余先生认为夕照之值得观赏，是"日轮和晚霞"，而诗中却偏偏没有日轮和晚霞的踪影。"当然应该西眺"，也是余先生的"当然应该"，诗人在楼上不西眺而却东北眺，难道说犯了什么天条吗？当他东北眺而看到中条山的残阳时便写出"白日依山尽"的实景，于情于理，非常自然。何必一定要他西眺平原无山之景，再"造"一个"依山"的"山"出来，这是为了什么？为了观赏日轮晚霞的夕照吗？凭空"造"一个"山"塞在日轮晚霞之间，岂非大煞风景？况且在这句诗的气氛中，只有时光易逝的淡淡哀愁，看不出他是在观赏夕照。余先生何必把自己"认为观赏夕照"的心境，强加之于作者身上？或者余先生可以说，既不是观赏夕照，为什么会提到"白日"？很简单，这是为了表现时间，为了表现在时间推移中所引发的情感。余先生引耿沣《登鹳雀楼》诗首两句"久客心常醉，高楼日渐低"，作者此时也没有眺向东，也没有眺向西，而只是眺向他所登的楼，以表现时间推移中"心常醉"的情调。所引吴融《登鹳雀楼》诗首句"鸟在林梢脚底看"，这是从上向下眺。次句"夕阳无际成烟残"，这是向西眺。第三句"冻开河水奔浑急"，这又是向下眺。第四句是"雪洗条山（中条山）错落寒"，这却是向东北眺。登楼后眺向何方，都是很自由的，能找出"当然应当西眺"的"当然"吗？他们都写了"夕照"，但都不是为了"观赏夕照"，何必偏偏要强迫"白日依山尽"的作者改为强颜欢笑的观赏呢？

至于余先生说"太阳下山，当然是指日落西山，不会指日落东山"，并引"日薄西山"等为证。这是一个"经验事实"问题，不是理论或掌故问题。以作者为中心，把在作者东边的山称为"东山"，把在作者西边的山称为"西山"，难道说早上的太阳只照东山而不照西山，近黄昏的太阳只照西山而不照东山，因之，只有西山才有日落，而东山没有日落吗？并且在作者西边的山，过午以后日光慢慢从山的东面移向西面。下午四时以后，只能看到此山东面的一片阴，并看不到西面的残照。由这一经验事实，则所谓"日落西山"的"西山"，只能指的是山的西面，而不能固定指的是西边的。余先生说"依山尽，当然是说为山所蔽"，余先生忘记了自己已规定作者"当然应该西眺"，而西眺并没有山，然则是为什么山所蔽呢？余先生可以答复说，这是"无山而有山"的造境；难说余先生不感到，由人造出之山的一"蔽"，是"蔽"了余先生所要观赏的"日轮和晚霞"吗？诗人为什么要这样给自己过不去？余先生大文中的"当然"用得太多了，可收明快之效；可惜在"文义"上"当然"不下去。余先生大文中又说到从鹳雀楼南望，望不到华山；抗战中我由永济三渡黄河，一度由中条山进入太行山，在黄河渡口，怎会望不见华山呢？不过这是与主题无关的。

余先生除了强迫作者西眺，以便造出无山而有山的造境外，更认为黄河此处是由西向南流，于是"黄河入海流"也不是实境而是造境，我说作者在眺望中沾上了想象，自然可以说"黄河入海流"。并说若作者说"黄河东向流"，余先生还可以挑剔说这里是南向流呀。但诗人是说"入海流"，纵使一直南向流下去，最后还是"入海流"。余先生在此文中反驳说："徐先生则认为不写实景却写造境，无此道理。但在后文之中（按指对'黄河入海流'一句的解释），徐先生却说登楼眺望之时，常不期然而然地把想象融和在一起……徐先生否定我的造境于先，却自行造境之句以印证他的想象融和之说于后，似乎自相矛盾。"

这里有三个问题。第一个问题，在一首诗中，上句写实景而下句写造境，乃诗中的常格，没有矛盾可言，准此，我以"白日依山尽"为实境，以"黄河入海流"中融和有想象，而这种融和有想象的，余先生即称之为造境，也不能称为矛盾。第二个问题是我在《中国文学中的想象问题》一文中，曾引文捷斯特把想象分为三种之说，因为这是涵盖性较大之说。一是"创造的想象"，二是"联想的想象"，三是"解释的想象"（见拙著《中国文学论集》页四四九至四五〇。编者注：现为页四〇八至四〇九）。所谓"造境"，应属于创造的想象。我说"黄河入海流"是把眺望的想象融和在一起，即是说把当下所看到的实境融和着它是"入海流"的想象，这分明是联想的想象。联想的想象中的虚境，是"实境的引申"，大概不能称为造境，除非余先生对造境另有规定。第三个问题，我曾简要地提到而为余先生所忽略的问题。凡是造境，乃适应某种特殊感情或特殊置境的要请，经过作者苦心经营，而始能出现的。在"白日依山尽"一诗中，看不出有这种要请，及经营之迹。余先生两文都强调此诗为"律截"，必讲对仗，为了对仗的原故，只好造境。这种说法太不能成立。首先，以前有人说绝句是由律诗中截取四句而成，如截取中间四句，便四句都要对仗。此种说法的幼稚可笑，早经人指破。其次，为了对仗而造境，这是不入流的诗人，与此诗的风格全不相应。登临即兴的四句诗，很难有造境的精神上余裕和时间上的余裕。

在答复了上述文字的基本解释后，我应对以前自己所说的，借此机会加以补正。我对"欲穷千里目，更上一层楼"两句，说是可能有某种"向上"之机在潜意识中推动，这失之于推求太过。以后，我仔细想这两句诗，还是出于思乡、怀远之情的可能性为大。

海峡东西第一人

——读陈映真的小说

一

小说，是近代文学王国中的王国。但我四十多年来，可以说，不曾读过一篇，这决非出于怠慢，而是来自时间压倒了兴趣。但这几天却破例读了陈映真先生的小说——《第一件差事》。

在台北养病时我曾问一位博学深思、对文学很有研究的青年学人："现时台湾的小说，哪一位写得最好？"他举出陈映真。回到香港后，另有位年轻朋友和我谈到当代作家情形时，曾说"海峡两岸，应推陈映真第一"，使我为之震动。因为这位朋友与陈映真并无一面之缘，而他的看法，对他个人没有丝毫好处。他看了海峡两岸不少的作品，写了不少很深刻的文学批评的文章。所以他是有资格说这种话的人。我在台北卧病时，映真来看过我几次，有一分特别亲切的感受，但没有机会谈到他生活的现况，连他的通信地址也没有。于是写信给首先向我提出的那位青年学人，要了一册收有五短篇，即以最末一篇的《第一件差事》为书名的小说，把它读完了。这里写出一点读后感，在映真及其他研究现代文学的先生们看来，当然是非常幼稚的。但社会既有"老天真"，也不妨文化界中有"老幼稚"。

在《第一件差事》未收到前，我看了第十八卷（总二〇九期）《中华杂志》陈映真写的《试论蒋勋的诗》；其中有一段话是批评曾在台湾流行一时的所谓"现代诗"的。他说："在现代诗的世界中，整个宇宙，只剩下极端化了的诗人的自我。因此，在现代主义中，除了'天下至大，唯有一个我'这样一种庸俗、浅薄的思维外，别无思维。这样造成了现代诗在思想上极度的贫困——尽管不少的现代诗人，以玄学的语言写了不少即令诗人自己也不懂得的理论——也终于造成了现代诗的萎殆。"就这样几句话，把"现代诗"的神龛一下便凿穿，也便踢倒了。他在《唐倩的喜剧》中，把风行一时的存在主义、逻辑实证论，在形象化的过程中，也用简净的笔墨，作了一针见血的批评。假定不是经过彻底了解，彻底反省，把包装上的浮烟瘴气，洗涤得干干净净，是决做不到的。映真写这篇小说时大概只有二十多岁，我不了解他如何便有这种学养。

二

没有上述的学养，便不能提升他的立足点和他的洞察力。但若仅有上述的学养，他可以成为哲学家或者是文艺理论批评家，不一定能成为出色的作家。看映真的小说，首先引起我注意的是，他驱遣了许多"社会层的活语言"，使它与"文化层的语言"取得谐和，谐和到融为一体。"文化层的语言"，不能说它是死的，但多少是从社会层的活语言浮游了上去，成为另一层次的较为稳定、较为一般化，但也较为凝固的语言。我们写东西时，固然使用的是这种语言；鲁迅的小说中，依然以这种语言为主，不过他用得特为洗练。陈映真小说中的语言，可能较之卅年代作家，更多使用了社会现实生活中带有各种特性或个性的语言；这不仅能给读者以新鲜的感觉，更对于人与事的形象化发挥了更大的效用。文学创造，同时也含有语言创造在里面，这可以通过不同的途径去实现。在不同的途径中，蕴藏最丰富的是运用社会层的活语言。但不要因此而把作者与读者间的桥梁变成沟堑。这只有活语言与文化语言间取得和谐，才能新鲜而不晦涩，并且能保持特性中的共同性。这种事，说来容易，实现便困难。陈映真在这一点上可以说十分之九是做到了。

其次，文学作品不同于其他文章的特点之一，是因重视描写而形容词比较用得多。但陈映真摆脱了这种格套，以"随机设喻"的方式来突破形容词的狭小范围，加强了由比喻而形象化的效果。他把"刚刚拆下来的毛线，密密麻麻地卷着"去比喻一个黑人的头发（《六月里的玫瑰花》），以"一株野生的热带树"去比喻黑人的黑色身体（同上）等，随处可见，而安排得毫不做作，安排得恰到好处。

他在表现中常常出现"入其环中"又"超乎象外"，有如杜甫《缚鸡行》"鸡虫得失无了时，注目寒江倚山阁"的神来之笔。把具体的情节，化为若有若无的气氛，使小说富有诗的最高意境。《第一件差事》篇中，叙述周警员"漫不经心地说，什么事想不开（指在旅馆中自杀的胡心保）？那么好看的老婆"；这已迫进问题的中心了，却接着是"外面是个大好天，一晴如洗"。这种例子不少。

因映真对人情物态，观察、体贴得入微入细，所以他的描述也是非常入微入细的。他便以情节发展中的跳跃，避免了由微细而来的繁冗。但在跳跃中埋下若干草蛇灰线，不着痕迹地把各个跳跃点连缀起来，保持作品的统一，有如《第一件差事》中的"水泥桥"即是一例。

上面有关技巧性的看法，可能是映真与许多作家所共同具备的；更可能连映真的能耐也并非如此，而只是出于我个人的胡猜乱想，此之谓"老幼稚"。好在映真的成就，并非突出在技巧上。

三

假定"文学是人性的发掘与反省"的命题可以成立，便不妨说，陈映真每篇小说结构的发展，都是对人性发掘的历程。发掘得愈深，人性某一部分或某一方面的真实呈露，这即完成了反省的任务，也会浮出由反省所提出的问题与解答。在《第一件差事》中，他以侧写、暗示的方法，写出由大陆来到台湾的胡心保，"因为他的路走绝了，尚且并不甘心"，于是悄悄地自杀在一个小镇的旅馆里的故事，陈映真借曾偶然与胡心保打过一次球，也是由大陆来到台湾的一位小学体育教员储亦龙口中，说出过去在大陆的光荣，"像黑夜里的烟花，怎样热闹，终归是一团漆黑"之后，因而想到"倘若人能像一棵树那样，就好了。树从发芽的时候，便长在泥土里，往下扎根，往上抽芽。它就当然而然地长着了。……有谁会比一棵树快乐呢？……我们就像被剪除的树枝，躺在地上。或者由于体内的水分未干，或者因为露水的缘故，也许还会若无其事地怒张着枝叶罢。然而北风一吹，太阳一照，终于都要枯萎的"。这种反映出流亡在外的中国人的人性深处的呼唤，也反映出大陆从文化上、从社会体制上，实行"拔根统治术"下的九亿多两脚腾空的中国人所遭遇的悲哀，不能由台湾的现代派作家们反省到、说出来，也不能由大陆九死一生的许多作家们反省到、说出来，却由一位年轻轻的出生在台湾的陈映真反省到、说出来。仅就这一点，我承认他是"海峡两岸第一人"的说法，因为他透出了中国绝对多数人是没有根之人的真实。

学问的历程
——《卧云山房论文稿》序

　　荀子认为人性是恶的，而学的目的，在于"始乎为士，终乎为圣人"。由士到圣人的历程，是生命转化、升华的历程。这在儒家，不是"观想"中的顿悟、渐悟所能达到，而需由实践的不断积累。积累的历程，即是生命转化、升华的历程。所以荀子特提出一个"积"字，以作学的基本工夫。他认为能"积善成德"，即可"神明自得，圣心备焉"。

　　现在言学问，主要是追求知识，和荀子所指的方向不同。但也必以积为基本的工夫；而积之久而又久，也可得到"神明自得"的境界，则与荀子所说的无异。有艺术创作上的天才，决无学问成就上的天才。并且即使具有艺术创作上的天才，但若无学问上积累之功，便最好和李贺一样，死得早；否则才气随年龄而消歇，势必有"江淹才尽"之叹。这便反映出积的重大意义。

　　说到积，一定是由一点一滴着手。朱元晦曾说："某年十四五，便觉得这物事（学问）是好底物事，心便爱了。某不敢自昧，实以铢累寸积而得之。"铢、寸，怎么能算作学问？但它是构成学问的材料。仅铢、寸这点材料，又济得甚事？所以需要积。积是与时间成正比例，时间愈久，在学问上便积得愈多。积是与生计、与世故成反比例，在生计与世故上费心得愈多，在学问上所积的也愈少。由此可知学问之积，不仅要由对学问的信心毅力而来，并且也要由生活的淡泊超卓而来。在这种地方，尽可由学力以窥见人品。断乎没有营营苟苟，而能积累知识，成就学问的。积的动力，还是朱元晦所说的，"心便爱了"的"爱"。假使一定要说学问上也有天才的问题，则有无天才，表现在对学问的爱与不爱。

荀子除了"积"的工夫以外，又提出"渐"的工夫。水慢慢浸透于某种物件之中，谓之渐；这是由外向内的浸润。荀子提出此一观念，大概是要人注意环境，注重亲师取友。但我可以把渐来深入一层去看，认为渐是积的消化。试以吃东西作比喻：假定一个人"积食不消"，此时积的食物是食物，与人的生命，两不相干，甚至可由此而得下胃病。食物消化了，有营养的被吸收，没营养的被排泄，于是积在胃里的食物，进入到自己生命之中，以坚强的生命力出现。学问基本表现在"识力"上，任何有关材料，到自己面前，都能判别它的分量，发现它的意味与问题；将零碎者加以合乎逻辑的贯通，将隐秘者加以自然而合理的显露；自己犯了错能反省出来；若经他人指出，便自然而然地以感佩的心情来接受、改正，此之谓"识力"。一个人所得知识的妥当性，决定于他识力的高下。识力高的，也可比拟为荀子所说的"神明自得"。这一境界，主要是来自以渐来消化所积的材料。积有如牛的吃草，渐有如牛的反刍。积的心理状态是穷搜远绍，较量锱铢。渐的心理状态是心平气静，从容寻绎。在寻绎中有反省，在反省中再寻绎。这样才可去芜存菁，化零成整，使材料所含的意味，浃洽于心。于是平日所积的，不再是以材料呈现，而是以它的意味呈现。至此，它都是某时代某人物的再生，而不再是死物。这也可以说是"神明自得"。但渐必须来自积。不仅腹内空空，说不上渐；并且渐的自身也是不断的积；断无由一旦之渐，即可养成识力之理。必须积而又积，渐而又渐；积以终身，渐以终身。由积与渐的功力之差异，表现于文章时，是尖新、奇崛、平凡的伟大三者间的差异。至于不积不渐，臆说妄言，纵能取宠一时，但在学术上不仅不入流，且常为学术中的一蠹。

这里还要补充三点。（一）是在识力未养成以前，积应从古典性的大家名家入手。我常告诉学生，一钱两钱的金戒指可以算是"家当"，一两二两的铜手镯，便不一定可以算是"家当"。（二）是积从一点一滴着手，并不是说初学时是如此，以后便可大而化之；而是一生中每读一部重要的书，每遇一个值得谈的问题时，都是从一点一滴着手，不过因识力之不同，而所谓点滴的着眼也自然不同。（三）是至今尚有势力的乾嘉学派，都是由字句的点滴着手，许多人一生从事于此，这也是一种积。但他们中成就高的，也只是积得一些零散的铜币。铜币纵然积了一屋子，但手上能拿出用的总只有这些，能作出什么？真正积钱，是由硬币积成纸币，由纸币积成能兑现的支票。这在学问上，是由训诂校勘积而成考据，由考据积而成思想。今日，竟有标榜只谈训诂校勘、考据，而以谈思想为大戒的学派。我敬重其中的一些态度诚实的朋友，但对学问而言，"磨砖作镜"恐怕永远不能见佛了。

薛君顺雄，过去侍东海大学讲席时，并未引起我特别注意。毕业旅行到日月潭，晚间我偶然问到他的毕业论文时，他对王渔洋的"神韵说"，源源本本，作很有条理的陈述，使我心里感到歉疚。他年来执教东海大学，以其讲授及研究所得，发为文章，其援据之博，解析之深，每使我惊叹。其积累之功，为我所不逮。

去岁八月，我在台北割治胃癌，他每周都来病榻相伴，辄为我谈诗词的新解，以解寂寞；其胜义常使病体为之朗快。稍嫌不足的，乃在"渐"的工夫上面。但这在今天，已足端正空疏的学风，医治陈腐的滥调而有余了。他把年来所写的文章，汇印为《卧云山房论文稿》行世，问序于我，爰书此以答之。薛君年方壮，其人品足以推进其积与渐之功，则此后的成就，正未可以今日为量。

一九八一年六月徐复观序于纽泽西客次

附录 诗文旧稿

余愧不能诗，有所作，亦随即弃去，现就记忆所及，及友人开示者二十余首，附录于此，盖十不存一矣。

一九八〇十月二十日记

随黄季宽先生赴北平中途折赴石家庄二首
（一九三七年八月）

一

登车慷慨上幽燕，不信金瓯自此残。

宫阙九重留帝宅，长城千里剩雄关。

覆巢尚有求完卵，击楫宁无共济船。

未许新亭空洒泪，如公一柱已擎天。

二

太行落日乱千峰，也似秦关百二重。

胡马正寻千里牧，将军真欲一九封。①

徒闻上将矜奇策，又见青磷怨大风。

---

① 山西所筑国防工事，直同儿戏。

莫道此行行不易，河山入眼总匆匆。

由巴东坐船至重庆（一九三八年暮春）
乌栖无复旧楼台，庾信江南事事哀。
万树杂花和泪落，^① 满帆春水载腥回。^②
天留一角藏丝管，人共三生见劫灰。
欲写芜城千百赋，望中烟雨又凄迷。

退休（二首，一九四一）^③
一
廿年轳辘欲何求，接世无才且退休。
卧治已能容蠹吏，清时应许乞扁舟。
书生兀兀痴人梦，蜀道巍巍帝子愁。
鸟雀稻粱喧正急，不知天地有浮鸥。
二
非关种树换平戎，苦励钻研岂救穷。
瓜豆得时真有意，诗书深处本无功。
思归宛似经秋燕，小住翩如踏雪鸿。
收拾头颅从此去，空山同挹大王风。

---

① 山野间难民充斥。
② 船上装满奸商私货。
③ 原编者注：此同后之《退休》，为同一组诗。

谷关杂咏（一九五九年）

春假偕诸生赴谷关，重过天轮水力发电厂

前车驰掣后车尘，路转溪回记尚新。

万丈纲维都逝水，六年岁月只奔轮。

亏天瘴岭移何用，入渎苍澜吐岂伸。

难共诸生明此意，岩花簌簌是残春。①

与同人及诸生宿谷关

一

千寻峭壁压寒川，幻化烟岚堕眼前。

气静不妨尘土污，清凉小住已神仙。②

二

危崖一索险悬空，诸子飞腾若御风。

我欲临流呼勿渡，奈他儿女有英雄。③

三

且随欢笑且忘年，观复山庄急管弦。

一树青梅酸带苦，十年春梦淡如烟。④

四

攀藤辟径作山行，团坐分甘月正明。

难得片时俱放下，清言娓娓足平生。

---

① 六年前曾偕孙立人将军游此。

② 初到电力公司招待所。

③ 由招待所赴观复山庄，须过一吊桥绝险，菲阮、陈两生鼓励，余将废然而返。

④ 男生往观复山庄，见余等至，以自携乐器演奏为乐。馆前青梅一树如盖已绽子满枝矣。

青草湖偶占（六〇年二月）

庚子生日，赴新竹郑君钦仁家素餐，渭川兄自台北来会，因游青草湖灵隐寺。

百年岁月付寻常，拯溺援饥事可伤。
久乱更无家可念，余生偏有愿难偿。
千秋坠简追遗绪，半日闲心托上方。
珍贵友生亲厚意，江湖犹许暂相忘。

茧庐以近作二首见示感叹和之（六〇年十月）

飘风乍过万林喑，雾绕千峰夕照沉。
一叶随阶惊杀气，微霜接地感重阴。
知无来日甘遗臭，好舐残羹漫黑心。
辜负诗人悱恻意，空山苦作候虫吟。

三月二十九日余与茧庐、蘅之偕中文系应届毕业生游阿里山（六一年）

年年乳燕喜新成，阿里山高快此行。
雾里樱花如梦寐，劫中神木自峥嵘。
峦重壑巨疑神怪，语俊歌清发性情。
腰脚漫辞吾辈老，暂时相与总三生。

余写《庄子艺术精神主体之呈现》一文，颇历甘苦，四月二日写成感赋（六四年）

茫茫坠绪苦抓搜，辟径探微只自雠。

瞥见庄生真面目，此心今亦与天游。

三月三十日应漱菡伉俪邀于华侨联合会小聚，座中有铸
秋、沧波、秋原、研田、纪忠诸君子，事后即寄

偶趋华峤拜群仙，聚散萍根小结缘。

淅沥窗前春似梦，[①] 笑嗟声里事如烟。[②]

芽枯干朽河难润，[③] 意尽才刊贼是禅。[④]

去日来朝忘却尽，暂欢犹赖主人贤。

新岁醇士先生以诗见贶依韵奉答（六六年）

方圆同画古难周，艰苦何曾获一筹。

岂意微阳动寒谷，顿教寸木托层楼。

耆年犹许传经愿，国论由来按剑酬。

自喜结庐同洛下，学诗谈艺与公游。

东行杂感

此为一九五〇年赴日旅行时之打油诗，久已忘记。达凯弟偶
尔清出，欲刊出以作纪念。日本十余年来，各方面之发展，已使世
人感到惊异；与此诗所述之情景，又如隔世，则此诗真成刍狗矣。

六六年七月九日复观补志

---

① 是夕微雨。

② 座中颇及巨宦趣事。

③ 此赠秋原。

④ 此赠沧波。

其一

回风今日向神山，霸业都随劫火残。

万树樱花开欲绝，一般旖旎似当年。

其二

雄图第一是焚书，误尽苍生为此儒。

岂意蓬山千劫后，故宫犹自写唐虞。

其三

保津清水尽含香，花下婆娑舞欲狂。

儿女最知时世变，学来英语唤檀郎。

其四

八纮一宇意何如？冷巷残宵走敝车。

万唤不醒征服梦，弥天风暴又愁予。

其五

矜夸国宝有辉光，偶溯渊源亦宋唐。

封建罪成文物尽，神州今日正荒凉。①

其六

莫嫌过眼太匆匆，乱里生涯自转蓬。

也算江南真入梦，杂花开似孝陵红。

得今生自加拿大沙城寄诗奉和，时大陆文化大革命正剧
（一九七三年十月）

故人万里尚悬悬，岁月迁流意未迁。

---

① 同伴中有一卷逃将军，沿途痛骂中国文化；以为非铲尽，即不足以图存。及到京
都参观日本旧皇宫，见明治即位之紫辰殿屏风，皆系中国历代圣君贤相之画像。
此卷逃将军，亦稍感汗颜也。

八表昏霾灯欲灭，千山寒冻鸟难旋。

乘桴此日真成谶，扫迹他乡便是禅。

莫向天涯悲暮景，摊书啜茗自年年。

山行（一九五七年九月于东海大学）

团团明月照山行，向晓疏林气自清。

小市灯光浮霭上，千峰岚色背空明。

虫声唧唧知秋急，海雾濛濛待日升。

未敢高歌破寥寂，众人酣卧一人醒。

塞上杂诗

民国二十二年，黄季宽先生以内政部长奉命在归绥编组孙殿英残部，拟入新疆平定马仲英与盛世才等之内争，以免为苏联所乘。余二十一年离广西时，持有罗君（忘其名，与盛世才同学，时在广西总司令部充上校参谋）介函，拟赴新疆投效。闻黄有筹边之举，乃转向黄投效。盖志在边疆，不在某人也。四月间，率四辆大汽车，由归绥出发，经百灵庙横渡内蒙，至居延海二里子河而返，侦察沿途交通及饮水等状况，作运兵入疆之准备。旋因胡宗南之反对作罢。沿途有《塞上杂诗》十余首。今录存仅能记忆之三首，以作生活中之纪念。

一九八〇年十一月十二日补记于九龙寓所

由南京初至塞上

风情无复旧翩翩，冷落金陵载酒船。

极目沙尘三万里，应无红粉梦燕然。

过贺兰山

书生投笔太从容，战骨难忘异代功。

欲为飘摇寻勒石，贺兰山下起寒风。

漠中幻景

忽惊缥缈见蓬莱，金殿瑶台水一围。

车到近时仍旧物，干河碎石甲杠堆。^①

相忆

民国二十二年在连云港作，时世高正在北平求学，婚事为人所阻。

怜余落拓难谐俗，喜汝痴呆未解愁。

美眷似花情款款，流年如水去悠悠。

但凭精卫能填海，未许高梧遽作秋。

此夜颇知相忆否，海涛明月共孤楼。

婚后赠世高（民国二十四年八月于杭州）

三年痴念竟成真，百折难挠百炼心。

但愿得为千里马，负卿同上域中程。

---

① 沙漠中有许多干河，犹保有大水流过时痕迹。另有一种能抗旱之小灌木，土人呼为"甲杠"。

忆内（民国三十二年七月十二日作于延安）

常将怨语托微辞，诉尽艰难总不知。
遥想痴呆私计议，十年相见几多时。

中年落落有何成，却使狙公坐笑人。
今后不归如此水，一犁烟雨共春耕。

阿儿已解忆长安，更记呢喃蜀水船。
何日一灯亲课汝，闭门贪取合家圆。

当时

一九六三年，妻患肝疾，神情憔悴。偶阅一九五一年合家摄影，妻独容光焕发，惘然作此。

当时未觉好容颜，此日相看意惘然。
忧患十年谁不老，见卿憔悴为卿怜。

退休（三首之一）

一九三九年，余为湖北荆宜师管区司令，驻节鄂西建始。征兵制度，在抗战初仓卒开始，未具备若干基本条件。加以各级"接兵"人员，常克扣被征壮丁伙食费，壮丁自被征上路之日起，即饥寒交迫，沿途逃亡颇众。接兵人员为防止逃亡，以各种残暴手段，加以阻吓。有命壮丁一律脱裤就寝，至次早出发前始得穿上者，于是逃亡与虐待成恶性循环，其惨绝人寰，较杜甫《兵车行》所描述者远为过之。此一现象，直至抗战末期，始稍有改善。

"师管区司令"，因可分饮壮丁之血泪，当时视为肥缺。余骤膺斯命，对若干根本问题，自无能为役，唯思杜绝贪污，进而求地方行政官吏与征兵业务，作合理之配合，以减少壮丁之痛苦。县长兼国民兵团团长，在法理上亦负有协助之责任。当时负湖北最高军政领导之某长官，亦以肃清贪污为号召。余到任不久，发现前任司令办理移交人员，私刻师管区、团管区、国民兵团及补充团之印章全套，日夜制造假账，余震骇之余，报请军管区司令处理（某公以战区长官兼省主席兼军管区司令）。岂知不特不加处理，反对余恨之入骨；盖前司令乃黄埔一期，又为其旧属，其所标榜之肃清贪污，特以此作人事斗争之工具。而余对地方行政配合之要求，则认为系不满彼所领导之省政，极欲对余加以打击。首先命兵站不补给师管区司令部之粮食。时补给粮食与市价相去甚远，所有部队及军事机构，一律由兵站补给，中途截断补给者，仅余之司令部，逼使买市价粮食。余乃率官兵亲自种菜，日食蔬厉以维持生活。军政部兵役署长赴恩施开会，道经建始，来司令部视察早餐时，有六种菜蔬而无鱼肉，署长为之惊异。该长官更进一步示意情报人员，制造余贪污之幼稚情报。时朱怀冰先生为民政厅长，余到恩施，乃出自朱先生之要请。朱一日奉到长官"手谕"，内容谓"师管区司令部参谋主任李某，赴渝受训时，带茶叶三千余斤送礼，徐司令若不贪污，此款由何而来？望转告徐司令，但求己莫为，莫谓人不知也"。朱先生将此"手谕"转到后，余当即复谓："一、李参谋主任赴渝受训时，系与长官部多人同坐一车，谁人见李携带有三千斤茶叶？二、三千斤茶叶，必以专车装载，除长官部及省公路局外，更无车可用。则运茶叶之车，又从何而得？三、现时物资缺乏，三千斤茶叶，除用麻袋外，实无其他方法包装。以麻袋装茶叶送礼，恐太不雅观。"余在鄂薄有声誉，故某长官不敢遽下毒手。然余之处境危殆，自不待言。辛向军政部（因直属军政部）辞职未准时，师管区改组，调余为中央训练团兵役班教官，得因此离职，如获大赦。当时有退休诗三首，第一首仅记首联"置身天地欲何求，入世无才且退休"及末联"鸟雀稻粱喧正急，不知海上有浮鸥"。中两联及第三首皆忘记。仅将记忆之第二首存录于此，不妥之字句亦未加修改，借作此生中之一纪念也。

一九八〇年十月三十日补记于九龙寓所

栖徨镇日为征兵，急矣关何战垒横。
上客三千频减灶，[1] 军书十二又添名。[2]
难辞小吏催科拙，[3] 谁信孤鳌惜怫情。
耿耿一灯凄不寐，[4] 万家儿女泪同倾。

---

[1] 当时逃兵及吃空额之风甚炽，部队兵员日益缺少。

[2] 为抵补壮丁途中逃亡数字，某部队请求补充新兵。假定为二千名时，军政部发下之征兵数额，常增为二千五百名。师管区、团管区又递有增加，故向县所要求之征兵额，常远多于实际补充之名额，地方因此更受骚扰。

[3] 余向下转达军政部征兵命令时，决不增加名额，亦禁团管区增加。

[4] 当时每奉到军政部征兵命令，征兵中之各种惨象，常涌上心头，辄终夜为之失眠。

林资修《南强诗集》序

诗者性情之所感发也。其或绮章绘句，真宰不存之不足以为诗，固无论矣。即同一性情也，所以感发之者有深浅巨细之殊，其见于诗者亦因而有高下壮轻之异。斯乃积累作者平生志节之所尚，意念之所存，诚于中，形于外；非巧饰貌似所可得而假，此诗品之所以必通于人品，而论诗者之有贵乎知人论世也。岁己丑，余因蔡峰山先生而识庄先生遂性，耿洁有高致，古之君子人也。复因庄先生而识林君培英，温文厚重，藏书满家，心窃洒然异之。旋出其尊人幼春先生所为诗，并稍及其平生，则知培英之得自拔乎流俗，盖所资于家世之熏陶教养者深矣。幼春先生年十七即以诗名，所作往往惊其长老。尔后学益进，诗益邃，抒情范景，率多荦荦新意，而驱遣清骏雅健之辞以出之，无湮滞陈熟之累。盖其天资既高，复能不苟于作，故得驰骤于法度之中，而不为法度所窘。然其诗之所以为诗，尚不在此。先生身当乙未厄运，以华夏衣冠之族，遽沦为豺虎异域之民。欲苟且偷生，则历世贤圣宗祖之英灵如在。欲力图恢复，则宗国朝野上下之腐蚀日深。抱嫠妇不恤其纬之奇哀，处孽子如履薄冰之危地，其操虑盖亦苦矣。于是挟其踔厉振奋，郁勃纵横，而又无可奈何之气，一惟以诗发之。虽于从容觞咏之中，亦无以抑其激烈悲歌之概，中原之山川文物，常萦回盘郁于其笔端，固结而不可解。故其诗意境深而宏，气象光而大，斯固不可以一岛之地笼而域之，亦不可以寻常之才士骚人拟而限之也。癸亥十二月，台湾治警变起，先生当入狱前夕，赋有《吾将行》一篇，深以苟全为戒，以殉名自矢。发愤抉择于生死存亡之际，卒抱羸躯就狴犴而不辞。盖先生乃以生人之大节激励其性情，而一人性情亦即潜通于家国废兴之运会。由此发而为诗，实万劫不磨之民族精魂之所寄，岂与嗟一己之荣枯，感四时之代谢者之所能同其量哉。今世士大夫其去宗国也惟恐不速，惟恐不久，且举此以相夸饰，呜呼！是亦足以观世变矣。诗若足以资教化，励末俗，则邦人君子，不于先生之诗求之，奚以哉。当梁任公之避难来台也，栎社人士蓄其平日对宗国之眷怀与期待，集发于任公之一身。旬日盘桓，互相激勉，并新亭西台之泪，倾入于唱酬杯酒之中。是会也，求之我国史乘，殆未能见其先例。先生时年三十有二，和任公七古诗中有"冤禽填海纵有心，衔石应须历千祀"之句，悲深痛巨，情见乎辞，殆亦哀而伤矣。呜呼！不幸而先生之不克永其天年，未能亲见冤禽之终能填海以不爽也。亦幸而先生之不克永其天年，得不及见填海后之桑田，尤可痛于苍冥浩淼时也。今培英出先生遗稿《南强诗集》，附文若干首，将付之梓人。继志述事，培英其有以自勉哉。

六二年元旦浠水徐复观谨序

培英于我独厚，闻以风疾病废于家，存亡亦不可问。光复时，彼有"我比所南犹有幸，不须长画露根兰"之句，掷地有声，以郑所南自况，亦其先人之志也。念之惘然。

一九八〇年十二月廿九日补志于九龙寓所

《鹤亭诗集》序

　　孟子曰，王者之迹息而《诗》亡，《诗》亡然后《春秋》作。《春秋》者，圣人以微言诛贬乱臣贼子，内诸夏而外夷狄，为万世建大防，立人极者也。《春秋》之义，每为僭窃者所不容。而念乱忧时，亦人心之所不得而泯。故自《离骚》以降，诗歌之作，代有其人；其能卓成一家者，殆无不托词比兴，以申其忧愁愤懑之思；而一代之是非得失，辄赖之以纲维于万一，则虽谓《春秋》亡而诗作可也。甲午之役，台省沦于异族者凡五十年。此五十年间，志士仁人，处于百无可奈何之时之地，辄结为诗社，于流连光景之中，一写其故国西台之恸；盖诗继《春秋》以微言见志，于此不尤为彰明较著乎。余违乱来台，因故友庄君遂性而得与台中诸俊彦相过从，则知有所谓栎社者，实台湾诗教之中坚，亦并时诗社之翘楚也。栎社始倡于林痴仙、林南强、赖悔之三先生。而四十年间，始终主其事者则为傅先生鹤亭；盖其温纯诚笃之志行，不诡不随，乃得为社中诸君子所推置；而君每于周旋进退之中，辄收盐梅调剂之效，故栎社得因君而历久不衰也。丁卯岁暮，林君云鹏，以君之诗集印稿见示，并乞以一言为序。余受而读之，冲融淡雅，一如余所得君之为人。其中如"黄土当年埋白骨，高楼今日俯深池"（《春日游台中公园》），"果是人民城郭异，重来只剩北门楼"（《旧六月十三日台北偶赋》），"夕阳凭吊旗山垒，废壁犹留旧弹痕"（《打狗》）等句，其哀怨为何如也。及闻台省光复，君有诗云："股失蓬莱五十年，东邻在在逞强权。虎狼一败终涂地，道义双高果格天。卷土重来人久望，感恩不尽策难传。再生父母遥临日，崩角吾当迓马前。"（《乙酉八月十五号》）与杜工部"初闻涕泪满衣裳"之什，同自忠义骨髓中，喷薄以出，盖亦可以惊风雨而泣鬼神矣。今所谓文人作者，国未亡而心先死，食吾民之膏血，谓异族为父母。主持坛坫者，且从而张大提倡之，读君之诗，以窥栎社诸君子之志，其亦傥知有所愧耻也夫。

戊申旧正三日湖北浠水徐复观谨序

《邃加室诗文集》序

己酉秋。余自台来港。执教新亚书院。诸生中。有向余盛称苏先生者。问之。则联合书院苏君文擢也。余既心焉识之。及相见。厚重温润。褎然有儒者气象。赠余诗。一如其人。书法则有东坡意度。后知其家学固如此。盖已三世矣。数年来。往来益密。所得于君者益多。今日名士。率尚野乘而不数先圣之旧典。君则于五经四子。数之累累如贯珠。率矜异闻而不道圣贤之法言。君则口讲指画。既反复以教诸生。复应机以启迪人间世。学者言义理率疏于故训。君则考证之文。乘时间出。多典实可观。文人或能散而不能骈。善议论而踬于吟咏。君则囊括而尽有之。各极其致。呜呼。可谓绩于学而富于才矣。顾余尤爱君之诗。腴而能透。婉而有骨。人情物态。于舒展自如中。皆跃然纸上。此其所以为工也。海滨与神州接壤。每西北风骤起。激谪叫谫之声。怨慕泣诉之语。常可入于耳而感于心。时流辄充耳而不敢闻。失心而无可动。或且烟视媚行。以争旦夕之光宠。君则激昂慷慨。即其所闻所感者。吐纳于篇什之中。一与斯民同其呼吸。诗之所以能感发心志。妊育生机。亘万古而不可废者。岂不以此哉。今君辑其诗赋骈散诸作。都为一集。而问序于余。凡君之所能者。余皆无能为役。序君之文。只以滋余之愧怍而已。然平日读君之文既多。盖亦欲辞而有所不得也。君年方五十余。成就已卓荦如此。自兹以往。学如不及之所至。又岂能以此集限之耶。呜呼。君其自此远矣。

戊午冬湖北浠水徐复观谨序

编后小记

为徐师复观编纂这一本文学论文的选集，说起来实在是件很偶然的事。那是在去年秋天，徐师应邀自港来台，参加中央研究院所举办的第一次国际汉学会议，后顺便到台大医院作全身的体检，无意中发现有胃癌的现象，经过一番顺利的手术之后，依医师之嘱，暂留在台疗养。养病中，我曾数次前往探问。在阔别的欢叙中，我曾建议徐师，将近年来所发表的有关文学评论的文章，略加整理后，刊行于世。因为我深知徐师所撰的文章，不管是哪一方面的，可说都如同白居易所谓的"文章合为时而著"，每一篇都是富有其时代的意义的。虽然这一本集子，所收的都是一些属于文学评论性的文章。可是，我极为了解徐师是一个深具诗人"悲天悯人"情性的人，因为他对于时代是那么地"多感"，而内心又经常是那么样地"不自由"。他的多感，诚如唐代顾非熊所说的"有情天地内，多感是诗人"；而其内心的不自由，又正同元朝徐津（仲盟）诗中所云"百万哀鸿与目谋，江州哭后又神州。鬼兵夜夜空城守，未必诗人得自由"。在身遭四海不息的干戈，面对民族文化的浩劫，他的内心岂能无感，又岂能得以自由！

从徐师一连串激于不得已的情怀，而写有关时论性的文章中，我们可以感知他是多么样地关心人类的命运。所以对于文学，特别是诗，他能真正地入乎其内，而感知其中的意趣；同时他又是一位专治思想史的学人，故能透过深厚的理知涵养，以出乎其外，而不陷溺于情感活动的纠葛。所以由其深刻体认而写出的文学论文，皆能入微破翳，解蔽启蒙，实大有益于社会学术的发展。虽然徐师论文中的所有观点，并不一定能为大家所完全接受。可是，徐师在这些文章中，所呈显出的那种严谨的治学态度，诚恳的求真精神，锐利的批判眼识，以及周密的解析与推理的能力，在在都是值得作为这一代浮荡学子的借镜。今日，我之所以乐于促使此书的早日刊行，这就是其中最大的一个因由。

当然，我能为徐师服劳而编校完成此书，在内心上确实是感到无限的欣喜。因为我感觉到，个人如今又为社会做了一件有意义的事，那就是不让徐师的这些论文流失，并能促使它较早完整地呈现在世人的面前，以启发后之来者。同时，也期借此编校，稍答徐师多年来对个人在治学砺行上，殷切关怀与指引的德惠。当然，此书的问世，个人是特别兴奋的，因为在此书之中，不但蕴含有师生的风义与情谊，更可体会到徐师对个人浅薄能力的完全信赖，所以此书在编排与校对上，若有任何差错的话，那一切都应由我个人来负全责。

以上谨就编后所感，聊致数语，以明此书纂订的原委。

一九八一年五月廿五日识于台中大度山东海大学中国文学系